# NOUVELLES
# DE
# L'HORIZON

Vincent Thierry

*Éditeur Patinet Thierri*

Harmonia Universum
**Harmonia Universum**
*La Création en Action* ®

Le code de la propriété intellectuelle n'autorisant, aux termes de l'article L.122-5, 2° et 3°, d'une part, que les copies ou reproductions strictement réservées à l'usage privé du copiste et non destinées à une utilisation collective et, d'autre part, que les analyses et les courtes citations dans un but d'exemple et d'illustration, toute représentation ou reproduction intégrale ou partielle faite sans le consentement de l'Auteur ou de ses ayants droit ou ayants cause est illicite (Art. L.122-4). Cette représentation ou reproduction par quelque procédé que ce soit, constituerait donc une contrefaçon sanctionnée par les articles L.335.2 et suivants du Code de la propriété intellectuelle.

1er Édition ISBN 2-87782-619-8
2e Édition ISBN 2-87782-620-4

© 2019
PATINET THIERRI ERIC

Éditeur : © Patinet Thierri 2019

ISBN 978-2-87782-620-4

# NOUVELLES DE L'HORIZON

L'Art en sa demeure.

Du verbe la demeure l'Art est insigne de la présence Humaine dans ce qu'elle a de plus fascinant comme de plus tragique, de plus désespérée comme de plus comique, mais par-delà les errances attribuées on retrouve en chaque essence de sa capacité l'inénarrable consistance de l'éternité.

Veille d'avant-veille dont les définitions se parfondent à l'infini dans un rituel ordonné qui de l'inconscience vogue vers la conscience, et qui au-delà des abstractions dans l'entendement et la compréhension dépasse la conscience pour émerger dans la surconscience, état moteur de matrice décisionnelle dont les facteurs déploient depuis les temps immémoriaux la Connaissance, l'apprentissage de cette connaissance et au-delà la maîtrise qui permet d'affermir et signifier chaque latitude comme chaque longitude de cet espace engendré qu'est la Vie, en ce sein de l'Univers dont les dimensions s'épousent, se rencontrent, s'associent, se dérivent, s'éploient et se déploient, telles des nefs qui jamais ne se perdent mais toujours vont à la rencontre de l'Unicité et de ses ordonnances.

Ainsi dans l'Art se régit le Monde et au-delà du Monde des Mondes qui ne s'ignorent, une unité précise que l'orientation des temps, qui se mesurent à l'aune du vivant, dans les affluents de leurs devises, lentement ramifie, initie, perdure et au-delà de la contemplation agit.

Conquête souveraine que le voyant n'épuise, et inscrit dans la pierre, dans la glaise, avec l'encre de son chant, dans la pluviosité des cristaux comme dans la sève des fluides colorés, marques, masques, tempêtes des mots et des verbes qui irradient, et prononcent dans l'horizon voilé la nature même du sillon vivant, allant de l'inexpérience vers l'expérience avec pour seul guide cette cristallisation universelle qui veille.

De l'Art et de la Beauté.

Où la parole est donnée l'acte se correspond, mais assiste-t-on réellement à cette opportunité dans le cadre de ces domaines artistiques qui se veulent élus alors qu'ils ne sont bien souvent qu'émulation d'officines de basses œuvres commerciales qui correspondent à la dénaturation profonde de l'effervescence et de ses constellations, à l'appauvrissement de l'Art en général et de ses voûtes sacrales qui ne doivent d'Âges se perdre dans ces remparts mornes où le cœur de la citadelle ne s'atteint ?

Il y a là une perversion et une dénature qui ne peuvent se correspondre dans le cadre de la beauté majeure que représentent l'Art et ses divers rameaux, ses Océans de plénitudes et ses ferments qui ne peuvent être tus sous peine de blesser à jamais la réalité de l'imaginal et de ses cohortes.

Chaque Être Humain est créateur, et ce serait le rendre infiniment petit que de croire un seul instant qu'il ne soit pas capable de prouver par ses actes la déification de ses potentialités, fussent-elles les plus humbles, car l'Art comme en chacun d'entre nous est en lui, l'Art de générer et de signifier, Art malheureusement dans ce siècle devisé dans une élection qui n'a d'élitisme que dans la portée du revenu monétaire qu'il impose, Art fustigé, englouti dans une détresse profonde dont chaque sursaut de notre aire correspond l'impitoyable pauvreté.

Ainsi serait-il temps de réveiller la conscience de l'Être à cette écume vitale que représente la création par des moyens éducatifs appropriés, et non reléguer cet enseignement dans un créneau horaire dissipé, car l'Art est épanouissement de l'individu comme de la Société, il est ce qui affirme le Vivant, l'ordonne et le sublime, il est la caractéristique de l'Ordre dans sa temporalité comme dans sa Spiritualité, il est l'incarnat qui ne se devise, et devant lequel on ne se prosterne, mais bien le vecteur permettant à chaque Être d'affirmer le don de soi, ce don à autrui que chacun porte en soi.

Éveiller la conscience du Vivant à sa propre pérennité commence par cet apprentissage, qui fait partie intégrante de la Vie, et qui dans la mesure de la perception, certes peut faire l'objet d'une contribution naturelle mais en aucun cas d'une affaire commerciale, l'Art n'ayant rien à voir avec ces commerces douteux auxquels on assiste depuis des décennies, livrant au public tant de déshérences que l'on ne peut être qu'apitoyé devant le sort que le temps leur réservera.

Mais l'Art n'est-il pas un reflet du temps qui passe ? Ce temps majestueux qui jamais ne se laisse impressionner par l'inanité et imperturbablement poursuit sa route vers cet horizon que l'Humain accompli ? Et dès lors pouvons-nous dire, malheureusement, notre temps le nous montre, que nous avons perdu le sens de la beauté, cette beauté qui se reflète avec magnificence dans ces monuments que nous visitons, dans ces galeries où nous savons admirer la densité, dans ces écrits où nous savons retrouver un hymne de sagesse et de clarté, du temps passé le temps qui veille, et qui reviendra je n'en doute pas un seul instant, pour balayer les mers oublieuses de la beauté et de ses arcanes.

Art et conjugaison.

Où l'Art nous est demeure comme un conte immortel, dans le ciment de la fertilité d'une assomption qui ne se renie mais se vit pleinement, attitude, devoir, conjugaison du Verbe en ses semences, ses apparitions et ses tumultes, dans la certitude des injonctions qui précisent les motifs du peintre et de ses assauts, au-delà de la simple contemplation, mesure de l'action profonde qui détermine le Vivant, le fructifie et l'ordonne, le saisi et le déploie, dans une myriade de constellations dont les vagues vont et viennent le cil de la perfection, la candeur de l'instant et le témoignage de l'Éternité.

L'Artiste ici est et dans sa mesure, configure l'agencement du Monde et des Mondes à satiété, jusqu'à déployer l'oriflamme que ceint sa ténacité, son vouloir, et par-delà l'orgueil son humilité face à l'œuvre qui s'agence, se perpétue et se dévoile, frugale de la beauté des sens, destin de sa pérennité, de son exacte ascension dans le pouvoir du Dire qui rejaillit à l'infini sa fertile dénomination, son ascension, loin des mots, des verbes douteux, des critiques impuissantes, des sommets du parjure qui sont les yeux des châtrés qui ne voient en ce moment épique que l'image qu'ils ne savent pas lire, écouter, regarder, car inféodés à un système de valeur sans fondement sinon celui du moment, du profane le seul esquif qu'il faut vaincre afin de donner à la réalité d'une œuvre sa parure dimensionnelle qui n'a d'exactitude que son image dans l'Éternité.

## La Passion

La Passion du Christ est un film remarquable, quels que soient les atermoiements des uns ou des autres, remarquable pas sa densité et son expression. Qu'on ne se leurre, la souffrance du Christ est représentée ici telle qu'elle a dû être. Et pour celles et ceux qui n'y verraient qu'expression chorégraphique, qu'ils relisent l'Enéide de Virgile pour se rendre compte de la violence sans limite qui était non la représentation mais la réalité de ces périodes temporelles où l'Humain comptait beaucoup moins que le Pouvoir.

Cette souffrance est la marque de millions d'êtres à travers le monde, et au-delà de cette souffrance, dans le strict abandon de la dépendance temporelle elle marque par son sujet, le Christ, le potentiel de l'expression Humaine dans sa réalisation la plus extraordinaire, le Pardon, pardon pour les êtres asservis à leurs pouvoirs temporels, pardon pour les êtres asservis à des autorités qui les dépassent dans l'inhumanité, pardon pour les êtres, tous les êtres, quels qu'ils soient.

Leçon de ténèbres ouvrant sur la lumière de la compassion et de la miséricorde, leçon tragique démontrée par chaque face du film de Gibson, sans allusions, sans perfidies, dans ce désintérêt confluant aux racines du don suprême qu'a vécu le Christ.

L'horreur est là, la cruauté est là, la barbarie issue des pouvoirs est là, chaque état de la disgrâce est à sa place et leurs tonalités évertuent la destruction du Vivant, car l'enjeu est ici et non ailleurs, quel que soit le modèle historique que l'on propose, l'enjeu est formel, né d'un simple constat : la reptation ou bien la mort, et sinon la Vie dans l'accomplissement afin de taire à jamais les dissonances cruelles des pouvoirs tant politiques que religieux.

Personne ne sort indemne de la vision de cette Passion qui jusqu'à présent a toujours été édulcorée, jusqu'en nos croix en nos églises qui présentent un Christ à peine atteint par la souffrance que les hommes lui ont fait endurer.

Fasse que cette leçon ouvre les yeux des êtres Humains afin qu'au-delà de l'asservissement, ils se lèvent et communient ensemble afin d'éviter à tout jamais sur ce front de la Terre qui nous est commune mesure, l'humiliation, la détresse, l'abus de pouvoir, l'asservissement des corps comme des esprits, des esprits comme des Âmes, la barbarie, toutes ignominies subies par le Christ Roi, qui dans son expression divine, a témoigné en se sacrifiant, du pouvoir de Pardon permettant aux êtres Humains de s'élever ensemble et non de s'abaisser, de construire ensemble et non de détruire, afin d'advenir ce règne Temporel où chaque être Humain sera respecté dans sa dignité, par-delà la bassesse de l'animalité reptilienne qui asservit son potentiel de puissance créatrice !

Je sais ...

Je sais de la Vie des montagnes de silence, et des ennuis qui s'envolent au premier rayon de soleil, dans l'Amour et sa claire autorité, dans cette diaphane demeure dont la lisse vertu correspond l'harmonie dans une splendeur dévolue, et les parterres de soupirs en cet éventail de bonheur s'évaporent pour ne laisser à leur place que l'incandescent frisson d'un règne sous le vent où la douceur d'un moment exons la divinité, toutes faces en cette préciosité éveillant des âmes la correspondance souveraine de la beauté et de ses forces, dans une irradiation merveilleuse où le cœur exulte une passion azuréenne.

Ô demeure de la tendresse qui ne s'exclue mais se partage dans un sourire serein dont les aubes perlent des ramures de douceurs et d'éternité, perles en sérail d'un diadème qu'il suffit à chacun d'évoquer pour en retrouver dans le dire la gravitation insouciante et ivre, ivre de la roseraie des enchantements, ivre de la portée des vagues que les villes de pétales déploient d'oriflammes souveraines, ivres de la féerie des vagues où les corps baignent la densité exquise de ce devenir qui marche en sépale les orées les plus tendres comme les aventures les plus nombreuses.

Mage éloquence du grand vœu, de voir enfin se laver du soupçon de l'antagonisme tous les Êtres en parchemins qui éclairent de leurs stances les pentes de ces cimes qui sont notre essor commun, vers ces cieux enchanteurs dont les volatils chamarrés de couleurs solaires inventent, par courses adulées, les mille sources colorées, dansent dans le vent, dansent dans la nue de l'hospitalière vision où chacun dans ses secrets écrins anime la flamme de l'existence, la partage et donne au-delà de ses prémisses la splendeur de son chant.

Dans des arcs-en-ciel de lumière accueillant toutes larmes afin de les transformer dans un sourire merveilleux développant ses draperies par toutes latitudes de ce monde, afin de naître ces rameaux que chacun attend, de l'équilibre harmonieux des mondes qui ne se rejette, qui ne se détruit, mais prospère et construit, par des actes divins l'enfantement des chants qui naîtront une architectonie où chacun viendra sourire dès son éveil, sans peur du jour comme du lendemain...

Initiation ...

Essor sans complainte des jours neufs qui parlent de la raison du sort, nous y voici dans la demeure qui nous fixe, étrange calvaire dont les architectures reflètent la noblesse d'un parcours, cheminement de dorures et glacis de portiques qui s'agencent, s'entremêlent et se respirent dans des festins d'odeurs monacales dont les turbulences lamentent le devenir, éclosent la perception et préviennent des coloris cramoisis dont les larmes cernent l'affût puisatier de colonnades majestueuses.

Hors du temps comme de l'Espace, regains d'un songe qui ne se distrait mais se perpétue, tandis qu'à l'Ouest, gravitant, l'hyperbole magique de l'aube se tresse, dans les armoiries fidèles d'une chevalerie magnifiée portant haut les drapeaux du règne et de son sceptre, par toutes faces, en toutes faces, glorification de la Voie qui ne recherche en les dévots les prémisses de ses racines et de ses pentes, mais bien au contraire attise la saison nouvelle pour en signifier le pur présent, déité du rêve, contemplation du Chant, dans le frisson mélodieux des orgues qui s'enchevêtrent indéfiniment.

Au limon de l'azur sans peine ouvrant la voie de l'action à sa parure diaphane, éclairée, mystérieuse en son incarnat, épousant les sols conquis et les trêves à conquérir, tant sur le feu que sur le fer, tant sur l'air que par les eaux, dans cette quadrature éloquente dont le rayon puissant harmonise une énergie particulière, densité précieuse parmi toutes les luminosités des espèces qui s'inventent, écument au large équinoxe la candeur de la solsticiale renommée.

Dans une Lumière Mage dont le fruit instaure, en ce lieu et par ce temps, par-delà la frivolité des mesures escarpées des louanges hâtives aux consciences apprivoisées, le sens souverain de l'œuvre Démiurgique qui ne s'attend, mais dans la sérénité, se comprend puis se déploie, dans une vision immaculée destituant des vagues prononcées les égarements, les manifestations, les sombres scories, pour enfin révéler au regard la puissance de l'Éternité, cette Puissance qui ne se love, ne se mortifie, ne s'égare ni ne se corrompt, cette Puissance baignant, assidue, la présence immortelle de cette Chevalerie exposée et sublime.

Dont le regard franc transcende tout devenir, cohorte énergétique ranimant dans le cœur du passant l'esprit de sa transcendance et développant cette transcendance, par la conscience intime d'une appartenance dépassant les limites de l'apparence, du paraître et de leurs écumes moirées de songes qui alimentent la destinée des appariteurs de la pauvreté, ces sérails sans conditions qui manœuvrent dans les champs de l'ignorance.

Combattus et à jamais réduits dans le cercle propitiatoire de l'errance dont ils sont issus et en lesquels ils doivent retourner, afin de laisser la Lumière vivre de sa plus belle harmonie aux champs souverains de la Vie, en féeries, dans la nuptialité qui exonde l'intemporalité par-delà l'abnégation et ses adages qui ne sont que cristallisations du désespoir, ce désespoir qui mute l'espèce, déséquilibre son orientation, l'amène aux précipices de la matérialité la plus captive, enchaînement que dissous dans un embrasement le cil de l'élévation de la luminosité dévoilée.

Arc-en-ciel d'une présence fastueuse où l'Humain, libre de ses chaînes, ajouré de ses contingences, dévoué au devoir du firmament Vivant, prend toute conscience de sa réalité qui n'est dualité, mais complémentarité de toutes faces par toutes faces, indice sans soupçon de l'exhaustive demeure qu'il rejoint, désormais signifié par l'onde car en l'onde naissance et renaissance de l'immortalité qui le guide, le légifère et le porte vers ces êtres en sommeils qu'il se doit à son tour d'éveiller afin d'éclairer ce monde d'une harmonie sans dissonance fractale.

## Écumes du jour de la Vie

Dans la décence du matin et du jour de la Vie, aux flots d'azur qui marchent à grands galops les flammes fraîches des sables mordorés, dans l'espace majestueux des houles et des cimes rejoint des étoiles passagères à la lumière du sérail qui jaillit, l'Âme sillonne la vertu et la pluie d'arc-en-ciel, aux grenats des adages lentement puise en sa source le miel de l'horizon pour d'un safran éployer sa force aux orfèvreries diamantaires des mystères à propos, limbes des cycles et sites des pluviosités granitées qui s'abreuvent aux sillons de la volupté et de ses épanchements.

Monuments de festives langueurs dans la communauté des rites qui s'approprient, se perpétuent, et qui, dans l'immensité d'un cri rejoignent la dimension sacrée de la renaissance et de ses fruits, danse à mi repos des algues sous la nue, que la déité des âges signifie, alors qu'un ruisseau d'ambre parfume le dessein fatal de la pérennité, de ses lagunes portuaires de fauve roseraie aux lianes épervières qui chantent dans un vol gracieux les stances d'un partage, les souffles d'un précieux équipage, gréant de nefs altières les préciosités du Verbe et de ses coralliennes effervescences, sans abandon du terme qui lui-même dans sa vêture de printemps, à la parure ourlée de divine essence, lance dans l'azur un vol de circaètes éblouis.

## Que le songe de la Vie

Que le songe de la Vie ne s'héberge dans des rives incongrues où la menace devient reine, cette menace délirante qui s'inscrit dans les fastes d'un propos, dans les rires et dans les actes des puissances qui marchent vers la folie et son royaume, que ce songe jamais ne s'oublie par le plus humble comme le plus fort par-delà les trêves, les guerres et les outrances du langage qui se glorifie de sa propre destitution lorsque le sang versé devient la parabole du bonheur.

Que jamais ne cessent de penser les uns et les autres à cette obligation sacrée que nous avons vis à vis de la liberté de vivre, cette liberté bafouée de plus en plus dans le regard des fauves reptations qui immolent jusqu'au nom de sa grâce et de sa volonté, pour de faibles dérisions dont les hospices sont les amalgames monstrueux de scories qui baignent de leurs tentacules les limbes de ce monde, ces limbes qu'il convient d'éclairer de la plus vive lumière, cette lumière indivisible qui marque de son sceau toutes fractales dimensions afin de les élever vers ce sommet d'azur où chaque Être humain reconnu et respecté parle en paix à chaque Être Humain.

Dans une diversité sublime et surtout par-delà les règnes moroses des identités détruites renvoyant à l'œil de tout peintre, ce tableau glauque où nulle couleur ne transparaît, ou nul désir ne s'inscrit, latitude de l'abstraction qui ne peut se vouloir maîtresse de ce Monde dont elle figure la destitution. Ainsi et que chacun veille afin que ne se produise cette antinomie de la Vie dont chaque vivant ne peut en servir le destin sous peine d'oublier la vie et de se retrouver réduit à la plus simple expression des amibes qui peuplent le silence...

## Des Âmes de la nue

Des Âmes de la nue, les sortilèges s'enfuient pour laisser place à la beauté des harmonies qui pleuvent leurs mélodies par toutes faces de ce Chant, ici et là, dans l'ambroisie des sens et dans la pluralité exonde des lieux vivaces où l'onde se déploie, magique et majestueuse, surannée et souveraine, pour fortifier ces lendemains à naître, essaimer, construire, renouveler dans l'ardeur la plus précoce des œuvres de la Vie.

Où l'aube en marche, d'un regard salutaire, sans esquive se porte, pour embraser le firmament, ses routes, ses rives, et ses fleuves, dans la cacophonie des cils à midi, dans ces sources qui s'en viennent naturellement aux portiques Solaires dont les empreintes titanesques ruissellent des sèves à Minuit, là où se tient le vœu, ce vœu qui ne s'exhausse mais se prononce, ce vœu majestueux de voir l'unité jaillir de la densité et de ses forces multipliées, là où règne l'immortelle grandeur.

La déité des souffles et la fragilité des roses, là où le moment s'incarne, se félicite et dans un sommet d'opale légère s'initient à la candeur des mondes qui ne s'ignorent, mais toujours s'évertuent afin de prononcer le seuil de toute délivrance, seuil de la Vie en la Voie et par la Voie partagée qui ne se témoigne rupture mais dans la profondeur des états se vivifie pour glorifier l'instant messager, cet instant de vivre, cet instant de naître, cet instant de féconder au-delà des inféodations et des stériles aventures, au-delà des marbres sans nidation, au-delà des constellations dont les épures enchantent des lacs amers.

Où parfois se retrouvent, ondes éperdues, les miroirs des regards qui s'épanchent, là, ici, plus loin dans la frénésie des heures qui s'excluent, dans la torpeur des royaumes en oubli, alors que jaillissant des brumes natives se dresse l'horizon, cet horizon qui semble inaccessible et qui pourtant au-delà des limites de son appartenance peut se prendre et se conjuguer afin d'efforcer ce temple de la réalité qu'est l'Humain qui se doit de transcendance et non de transhumance, ainsi dans le flux des vagues qui avancent et jamais ne n'estompent ...

## Écume Solaire

Des songes d'écumes aux rêves d'oasis, lyres de la passion des œuvres aux sens affines de la perception des âmes bien nées, de celles offertes au préau de la mesure des mondes qui n'ignorent ni la réalité ni le destin, dans la Voie sacrale de l'orientation qui définit ses œuvres aux talismaniques vertus de la nue ouvragée, Œuvre en signe dans la fécondité diamantaire des sursauts des terres antiques qui préfigurent les stances du devenir.

Dans le flux et le reflux des vagues amazones dont les souches fleurissent des ondes bienfaitrices, là, aux lagunes que l'ivoire pleut, ici dans le souffle et par le souffle opérant des circaètes fluviaux aux ramages étincelants d'hivernale grandeur, et plus loin dans l'assomption des orbes qui culminent les principes élémentaires des forces vivantes, de celles qui déterminent, qui alimentent, qui fructifient l'essor et ses sources dans une splendeur magnifiée.

Que les Sages, dans leur livrée de vaillance étonnée, demeurent, immobiles et simples dans la féerie d'un miroir qui explose de mille et mille conjonctions advenant d'efflorescences en efflorescences le jade souverain des enfantements enivrés, libres d'étreintes dans le sursaut des fantasques mesures que déploient les oriflammes, alors que, déjà, sonnent les lourds tambours de bronze l'agencement des armes et la litanie des guerres épervières, émondées des irisations qui flamboient de vives aurores, dans le feu et par le feu, dans ce sol des souches que l'Univers bâti pour éclairer d'une arborescence le tout d'un principe harmonieux.

Éclair de la pulsion solaire aux marches titanesques que bruissent les Océans ataviques, les Mers radieuses, et ces Îles sur le front d'Ouest dont les accents en mélopées se dressent pour offrir au passant un hymne signifiant, celui d'Être parmi les Êtres et prospérer la nouvelle du renouveau qui ne se signe ni ne se circonscrit mais toujours s'épure afin de révéler aux Univers l'accomplissement et ses devises, fierté des chœurs qui se ramifient à l'infini pour porter nouvelle de son Chant, de haute haleine par le timon des étoiles naguère en respire d'une flamboyance qui naît ...

Vers l'Accomplissement

Des cils qui s'ouvrent sur le perfectible, dans la mesure de ce déploiement intense de la génération des œuvres et de leur sens, dans cet éblouissement frontal irradiant la beauté des signes, dans cette force intrépide et sublimée dont les pétales diamantaires du lotus en leur profondeur et leur répons désignent l'Absolu, voici ce qui fut et ce qui sera au-delà des apparences, des atermoiements, des rires et des pleurs qui ne sont que les méandres de ce samsa dans lequel nous baignons tous.

Limpides ou fiers, talentueux ou inféconds, sinuant ou sans desseins, les uns les autres de notre aventure commune en notre aventure individuelle, en sources et ressourcement de la destinée qui nous enjoint, et nous conjoint dans ce rappel des immensités qui bleuissent sur l'horizon, et qu'il faudra, par-delà le temps, franchir pour en connaître les auspices, les grandeurs, la nature propitiatoire, afin d'en féconder l'Azur en dans la sérénité la plus humble en acclimater le sort.

Ce sort de la Vie qui dans ses fractales dimensions nous enseigne, nous appelle et sans désespoir nous rappelle l'intensité de notre avenir dans la perfection de notre devenir, cette perfection qui nous est cause commune et qu'il nous faudra déterminer dans ses assises, dans ses olympes comme dans ses caches les plus secrètes et les plus évertuées, dans ces seuils qui nous assignent à la reconnaissance de toute détermination.

Afin d'offrir au soleil levant dans la désignation de l'aube le cheminement de la puissance qui nous ouvrira ces portiques intenses des royaumes sous le vent, par-delà les sphères du cristal, par-delà les mondes visibles, par-delà les écumes et les naufrages, voyant la voile du navire de l'humanité s'accomplir au vent serein de la prédestination qui ne songe mais accomplit par-delà les écueils et les remparts de l'incertitude.

Pour dévoiler au voyageur dans une clarté impassible le moment de sa maturité, l'équinoxe des balbutiements et la solsticiale épopée à prendre afin d'éterniser son hymne, hymne conquérant s'il en fut, de plus noble et de plus volontaire dans un assaut impérieux dessinant au-delà des cartographies les plus visitées le passage de l'étreinte Humaine par les facettes sans nombres des étoiles qui scintillent et dont les flux sont un appel à la densité de nos existences et de nos chants.

Insigne de notre devenir que nous ne pouvons feindre d'ignorer, que nous ne pouvons oublier, car dans la Loi de l'Ordre cette gravure s'impose et au-delà de toute tergiversation interpelle la conscience de chacun, façonne le respire de tous, qu'une conséquence déploie, l'Universalité des valeurs et de leurs souffles, par toutes faces de ces continents qui nous abritent comme des cocons desquels le jour viendra vivant voir confluer non seulement l'espérance mais l'accomplissement, dans la coordination qui se doit.

Dans cette maîtrise souveraine qui se cherche dans cet aujourd'hui qui semble se détruire, mais qui au-delà de la destruction, soubresaut de l'éternelle confusion, témoigne de la vitalité qu'il convient désormais de transcender afin que l'agressivité, sa face détournée, se transforme en sillon de pure volition, ouvrant ainsi la route à la consécration de toute réalité et de toute potentialité de préhension et de compréhension par chaque Être en marche de ce Temps, du Temple, l'ordonnance de la Sagesse, le creuset d'ivoire de certitude rayonnant en son regard la puissance infinie de l'Être-Humanité en marche vers son accomplissement ...

## Vent Puissant

Ondes déployées des âmes de la nue portuaire, dans la dimension présente des âmes vagabondes, des frénésies collectives, des jours bigarrés qui se comparent, d'une suavité réciproque se mêlent et s'emmêlent pour mieux se perdre et ne renaître, voilà donc le détail des heures de litanies, et leurs offertoires sur ces pâleurs qui se dessinent, dont les offrandes ne sont que des pulsions couronnées par d'instinctuelles conditions larvaires qui se béatifient.

Voilà donc le sort commun qui nous attend, ce sort voyeur de l'abnégation, voyant porteur des règnes les plus fous assoiffés de puissance dont les menstrues se congratulent, est-ce donc de ce monde dont nous parlons ? Un monde où l'assassin est Roi, où le crime est légitimé ? Où la justice glorifie l'instinct au détriment de la droiture, de l'exemplarité, de la civilité, creusant avidement les cicatrices des victimes afin de faire des bourreaux les héros de notre siècle !

Et nous devrions nous taire, accepter ce dessein, ces outrages que la perversion des temps nous témoigne, rester silencieux devant le viol des enfants, devant l'assassinat des vieillards et des femmes innocentes, non, il est temps que se lève un vent puissant pour balayer les outrages qui profanent notre monde de vivant, un vent porté par le courage et non par la compromission, un vent déferlant sans répit afin de détrôner les scories atrophiées qui avilissent notre monde, un vent puissant et régénérateur rendant à la poussière ce qui appartient à la poussière et à la Vie ce qui appartient à la Vie !

## Dans l'Ordre du Chant

Mais voici qu'enseigne, la Nef du Chant se prononce, et dans ses féeries votives d'étreintes, de couleurs son flamboiement distinct irradie la perception et ses souffles de vigueur, il y a là témoignage des antiques demeures, de celles qui vont et viennent les mémoires sacrées dont les flots adventices conjuguent les fêtes de l'innocence et de la sagesse dans un essaim de Gloire enfantée, ovation des règnes dans leurs semis de moisson qu'éclaire la conscience.

Un orbe en jaillit la fertile renommée, et des lianes éphémères en tressent le heaume de vaillance à l'étonnant verbiage, conjonction de la nue dans le zéphyr qui parle ses états, ses romances et ses candides préhensions, toutes faces devisées dont les marches au marbre bleu de la jouvence, lentement et graduellement viennent des lys oriflammes la source de la beauté de l'Ordre initié, cet Ordre sans lagunes, sans crépuscules, sans abysses déployés.

Dont le jeu des serments advient la parousie, des villes en miroir, des citadelles aux fronts d'Éden, saphir de la nue dont les portiques s'ouvrent sur le Temple du réel aux armoiries limpides et fières, qu'un signe dans la sphère correspond, mage élan de la gravité des songes et des rêves, mage dans son appartenance et son souci de pure alchimie, qu'il convient de naître afin d'en affiner la juste raison dans la plainte du jour qui se surfait et se répond ...

## Insigne du Chant qui témoigne

Dans l'Astre du zéphyr se tient le lieu de l'éternelle jouvence, ses cristallisations et ses émois, ses candeurs et ses répons dont l'iris déploie les oriflammes sacrées, dans le message des signes et dans la beauté des flores nuptiales qui se prennent et s'éprennent aux roseraies épousées des ferveurs gravitées, aux stances colorées de mille déités où clament en secret les nénuphars de l'Orient et les senteurs de l'Occident, perles rares et nuitées des adamantes sauvages.

L'Oasis en demeure, lac de désir et splendeur affine de toute vertu, de toute volition comme de toute fécondation, y révèle la conjonction des âmes qui de rives en rives, au-dessus des eaux, enchantent le destin et ses florales candeurs, ses sources amazones dont les langueurs dressent dans la détresse des nuits perfides de vastes renommées par les fronts d'or dissipés, instant du Chant où rejointe l'immortalité incante son souvenir voyageur pour épuiser les cales des navires aux flancs doux et purs.

Racines du ferment d'ivoire, d'histoire et de croisière dont les limons fertiles transcendent le lendemain, d'une parole sage et mage dont les parfums d'épures livrent au néant le parchemin de leurs essences moirées de chimères et de jades, âges encore qui dérivent dans la nudité parfaite de l'éclair souriant le baume de la délicatesse et l'empreinte désirée de la pluviosité majestueuse qui unifie la conscience des êtres par son champ de pure allégorie et de vive harmonie ...

30

## Veilleur de Mondes

Et de nuit diaphane, et de songe éternel, et sans regret des larmes et des espérances qui s'en viennent, dans le Chant et pour le Chant, voilure extrême des paysages Océaniques sans troubles qui s'émondent et libèrent, exondes, les pluviosités du Sacre et de la volonté, dans la mesure de l'éblouissement, dans la naissance souveraine qui ne s'éclipse et ne se renie, voici l'Être en sa demeure, qu'initie le Verbe et dont les talismans enseignent.

Ô clameurs des temples en mystères et des gravitations de l'Astre, dans la parousie des cils qui s'éveillent, où ton nom s'inscrit, au-delà des naufrages et des consomptions, dans la luminosité nuptiale de la reconnaissance des actes du Vivant, la pensée des fruits d'hiver dont les roseraies sont de lys perception de l'écume des corps sanctifiés, havre des jours heureux qui témoigne, dans le ruisseau de l'orbe qui ne s'estompe mais se révèle.

Ici surgit du néant, le cri s'impose dans les ramures de l'augure qui distille sa moisson, dans ce feu créateur que l'Olympe déploie, aux rives antiques des nuptialités de ces pentes qui fécondent l'allégresse du jour Divin Oracle parcoure l'immensité pour en recueillir le terme, dans le front mercuriel de l'ultime alchimie de l'œuvre sapientielle dont chacun se doit d'être Gardien afin qu'affine le cil s'éclose et dans la parure de ces mondes navigue vers l'Éternité majestueuse ....

## Respire de la Joie

Des charges de l'Onde majeure les frémissements de l'ivoire s'abandonnent et dans la pluralité exonde des miels souverains se partagent et renaissent le firmament des roseraies vivaces qui d'épures en épures se conditionne pour évertuer et la moiteur du songe et son rayonnement divin par les cycles enfantés, dessein de l'Orbe généreux qui de nuptialité éclose s'enrichit d'un firmament que l'ombre ne sait taire, que la nuit même danse frivole.

Éclair des algues en séjour ne détermine d'un oubli, le Règne en propos, dans la clameur des temps qui passent dérivant des lagunes azurées aux ferveurs d'un signe Renouveau qui, de profane allégresse, dans la promptitude d'un éclat ravie de ses flammes les fêtes grandioses d'un état, Ô superbe éloquence que le jour vibre de ses parfums aux destinées souveraines, ici et là, dans le regard qui ne s'absente mais toujours plus loin s'oblige à une perfectible renommée.

Insigne dans la puissance qui se présente, et loin de tout immobilisme se conjoint pour efforcer les rives essentielles de la portée des rêves, à la parure exacte qui se revêt et s'émonde des prismes les plus glorieux afin de parfaire l'action signifiante de l'aventure et de ses propos, cette aventure qui ne se veut étreinte mais dans la beauté des rangs qu'elle offre, mesure de l'inexpugnable féerie, de ses ordres et de ses ivoires affines.

Que le miroir des siècles témoigne, dans le lambris des certitudes, des renouvellements, des apparats, des vertiges et des sensations, dans la pluviosité secrète de ces métaux qui, d'onyx en perles rares, apportent dans l'éventail de leurs frondaisons une douceur amène qui renvoie les conjonctions dans l'heureuse certitude d'un déploiement dans l'horizon limpide d'un émoi, candeur de la prêtrise d'un serment sans équivoque qui, citadelle, s'éploie et se déploie.

Telle une oriflamme unique et sereine, sans atermoiements du sort et de ses conjugaisons épiques, sans clameurs dithyrambes, car de l'Or le principe sacré, non l'Or matérialisé et éphémère, mais l'Or prairial qui situe le Cœur et ses palpitations limpides, ce Cœur de la Vie qui témoigne au-delà de toutes les errances la foi inextinguible qui pénètre toute densité afin d'en affirmer le souffle de la joie et de ses fêtes, aquilon du devenir en ces circonvolutions les plus magnifiées...

## Aux Âmes de l'Amour Printemps

Qu'initie le Verbe dans sa parure moite de songe, le Verbe en ses hardiesses aux florales renommées, le Verbe au front d'Or qui cingle sous le vent l'étoffe des rubis et le satin des songes que le monde en sa prouesse décrit demeures, hautes vagues aux frissons des parcours enseignés, aux floralies hâtives des marques des cristaux, sans refuge de la flamme épicée et tendre dont les frondaisons étreignent les langoureuses passions diverses et amazones.

Monde sans agonie, où la renaissance est l'éclair du principe, la joie de vivre le promontoire, et le sourire fier des âmes de ce monde, de ces âmes qui ne sont novices mais parousies des effervescences et des domaniales perceptions, de celles qui vont et viennent, jamais ne s'enveniment mais cristallisent les pures dénominations de l'Ordre en ses mesures, inoubliables et inexpugnables dans le secret écrin qui jaillit leur ferment et leur devenir puisatier.

Âmes de l'Amour Printemps aux ruissellements fertiles qui gravitent la pluviosité des sacres et l'enfantement des âges, dans la course des raisons qui s'alimentent, se devinent et participent à l'élan novateur qui ne se sacrifie mais s'oblige et s'évertue afin de prononcer la pureté diamantaire qui éveille, celle de la Voie au cristal signifiant dont les déambulations ne sont que prémisses de ces provocations qui demandent au lendemain la novation et son courage.

Instance du Vivant de vivante perfection au-delà de l'admonestation des temps qui, privilèges, s'étouffent dans leurs déshérences et se congratulent dans leur immobilisme, vanité de leurs déploiements insatisfaits qui confinent à l'inutilité et débouchent sur l'agonie, que ce lieu méconnaît, tant le cil est ouvert sur la réalité des Univers et ne s'opacifie en leur dimension mais s'inscrit dans leur destinée et leur flamboiement.

Du souffle l'exaltation, prisme de la raison enfantant l'Imaginal que la portée développe dans ses mystères et ses allégories, dans ce fruit que l'hommage Divin ne prosterne mais toujours tresse à l'infini afin d'en garder la mesure et le sage argument, mesure de la grâce, argument de la divinité, toujours en marche vers ces seuils éblouis où le temps n'est plus lui-même qu'un symbole et un simple entrelacement qui s'oublie et se referme...

## Devenir des Stances

Des signes la parousie des ondes s'en viennent en flux, gravitant la perfection des âmes en miroir, dont chaque demeure témoigne dans la raison des sursis ne s'affligeant mais mesurant la pertinence de l'Œuvre sans repos, fière rescapée des âges en tourments aux devises de fières existences par les mânes de ces lendemains qui vrillent leurs espérances et obscurcissent leurs léthargies se voulant propos.

Nous ne sommes en leur lieu et dans la détermination qui se provoque, s'officie et se conjugue, déjà le talisman rejoint nous allons au-delà de leurs indésirables perceptions pour promouvoir et les fruits et leurs stances, et les stances et leurs souffles par les demeures qui nous joignent, gréant de préau pour le renouveau baignant d'une forge la florale aventure destinée.
De fidèle incarnation, déjà veillant l'abîme et ses pourpres citadelles, déjà insinuant leurs clameurs dénudées pour affirmer par-delà les voiles et les nuageuses perceptions les mantisses de la nue et de ses ivoires parfumés, dans la nidation des sacres qui se proposent et disposent, dans cette force que l'azur ne sait dissiper mais toujours renouvelle pour inscrire non seulement l'espoir dans la vague de la Vie, mais la nécessité de cet espoir qui se transforme en action et vitale harmonie.

Où ne sont écloses les ramifications des troubles qui s'inventent, les candeurs des sursis et les affligeantes dévotions des styles qui se corrompent, mais bien au-delà, surgissant du néant d'hier, s'ouvrageant et respirant de la pure liberté, pour révéler les stances du rubis, sacre d'un épanchement dont le sourire lumineux initie.

Miracle du Vivant de citadelle féconde que rien ne lie ni ne délie, sinon la volition profonde de naître sans sommeil ce monde endormi sous la vanité des âges, sous les principes de l'offrande de la mue qui n'est que mouroir d'un cil qui ne s'éveille, mais toujours s'obvie pour complaire à un présent qui n'est qu'une coutume oublieuse...

## Instance du Vivant

De la nature des jeux qui sans inquiétude se prononcent, nous pouvons voir bien des règnes s'avancer, et ce ne seront les multiformes épousés des antiques demeures qui viendront trépasser les axes du renouveau qui transcendent le destin de ces jours que nous vivons.

Il n'y a là prétoires pour les grandes foules qu'assemblées dans le limon fertile de la pensée qui ruisselle à nouveau sur toutes faces de nos demeures et de nos âges, de l'ambre parfum des cieux au soleil rugissant qui jamais ne se couche, qui toujours luit de l'espérance la plus farouche et la plus noble pour oser défier.

Défier et le temps et l'espace, défier dans une largesse habile, que le couchant ne saurait taire, ce couchant inquiet qui de facéties en facéties se prononce et observe, s'alimente et s'éternise dans une nature qui correspond ses ambres et ses vertiges, pluralité de matrices initiées recouvrant d'un voile majeur ses latitudes achevées.

Latitudes qui trépignent et dont l'angoisse se mesure dans la pertinence des débats qui de houles en houles se lèvent comme pour mieux se mortifier, alors qu'il serait temps pour elles de s'accomplir dans l'enveloppant paysage qui se développe et offre un propos pour orienter ce devenir qui vient et dont nous sommes correspondances.

Promontoires de l'innocence ne couvant que le plus vaste dessein d'être tout simplement à l'orée de ce chemin où chacun pourra s'éprendre des rives naturelles de la beauté et de ses serments, Art épuré des conditions tapageuses qui foulent la destinée sous les agapes de la déshérence mentale.

En la pluie d'Or ...

Isis en la pluie d'Or des vespérales désignées, aux âtres les secrets, les rimes averties et ces soleils de nénuphars qui comblent de leurs flammes les albâtres oliveraies des jardins sacrés, là où se tient le lieu, là où se vit l'espérance dans sa magnificence, sa candeur et sa beauté, alors que les bruits vivants dans l'étouffement des ramures marbrées de solstices lentement s'éveillaient pour porter aux cieux conquérants l'imaginaire vertu de la possession des ambres.

Nids d'arcs-en-ciel aux soieries divines constellés de miels et d'acacias aux brumes opalines des ivresses affines en lesquelles se perdaient de rares éloquences, de pieuses soumissions, et d'étranges circonvolutions que le monde, passant, n'interrompait, afin qu'elles gravitent à jamais l'espace tourbillonnant des isthmes de la pensée de leurs rebelles incantations, messagères de fières errances délivrant aux préaux des voûtes stellaires de pharamineuses embellies, couvertes de myrtes aux cieux déployés ouvrant leurs bras pour accueillir leurs essors glorieux comme autant de chants de victoires sur le passé comme sur le présent, annonçant l'aube enchantée qui viendrait en passementerie délivrer ce message, par toutes faces révélées, de la liberté retrouvée ...

Combat ...

Vestale à Midi dans la farandole des siècles qui passent, j'allai le sens de l'aventure commune et mes yeux ouverts sur les plus grands déicides, je relevai le front afin de combattre le parjure, mes ailes ouvertes sur ce monde impénitent, ambitieux et arrogant, et mon cœur en pleur dans le mystère de la fécondation des heures, et mon âme en peine, figeant la terreur des sources, destituant la peur des océaniques grandeurs, j'errai à la recherche de ce pur Absolu, empreint de la dimension sacrée qui signe son nectar dans chaque souffle et par chaque souffle, mantisse de l'espace, mantisse de ce vœu sacral qui révèle le vivant et l'oriente dans ce combat qu'une justice épouse au plus profond du chœur qui assemble et rassemble les justes d'un instant, dans la poussière des galaxies qui s'enseignent et se témoignent ...

Gloire éperdue des compositions sacrales qui s'élèvent des terres antiques à la rencontre des cieux majestueux, mon regard ployait dans la souffrance et la tempête des chants, dans la colère des soifs ardentes qui interpellaient les œuvres franchies pour gravir le site enluminé de l'espérance et de son harmonieuse densité, et mon souffle court, dans la pérennité de l'œuvre déjà s'assurait d'un préambule pour convaincre la léthargie des membres des peuples de ce monde de se taire et de discerner afin que, divine enchanteresse, se dresse la somptuosité de la lumière en toutes vagues et par toutes vagues, et non plus seulement dans le sursis d'une heure accomplie qui se déchire un lendemain de trêve, qui s'ourdit d'une compromission qui est augure d'une faiblesse conjuguée ...

Instance de villes en promontoires tressées d'oriflammes et de vierges sillons, j'augurai les sites et leurs épervières conjonctions, délibérant des failles les transes et les agonies afin d'en délivrer l'écume et en défaire les stances impitoyables, ces stances qui parfondent la nuit et leurs votives élections, l'ignorance et le silence pour compagnons insondables, purs ennemis de la voie tracée par le destin qui m'était conté, aux rives funèbres de contemptateurs jaloux, délitant les fonctions des ambres souverains, marchant vers des destinations inconnues, qu'il me fallait découvrir afin d'en surseoir les conditions inflexibles, ces errances maudites contre lesquelles je me devais de combattre afin de naître l'existence en sa splendide détermination...

## Combat 2

Ne voyez-vous la détresse humaine remonter du temps en liane épervière, racontant dans un hymne l'assaut du vivant de l'abîme vers la cime, ne voyez-vous, n'entendez-vous, et dans la complainte de ce chant, tout ce qu'il reste à mettre en œuvre pour que se taisent les larmes, l'agonie et la souffrance, pour qu'enfin sur toutes surfaces de cette Terre, chaque enfant se lève, avec tout simplement un rayon de joie au fond de ses yeux, un sourire clair qui permettra de se rendre compte du progrès que nous autres, pentes de ses cimes à venir, nous avons réalisé, conjonction des temps qui passent et s'élèvent, conjonction de nos actes et de nos pensées les plus vives qui doivent toujours renouveler le combat de la Vie, ce combat sans failles et sans masques devant à jamais se livrer contre l'ignorance et ses vecteurs dissolus, la bêtise, l'outrage, l'indifférence, le mépris, l'aveuglement.

Alors seulement pourrons nous prendre une seconde de repos, une seule seconde qui nous sera enchantement car promontoire de cette réalité souveraine qui aura permis le dépassement de ces parures monstrueuses qui couvent la désertification de l'intelligence, l'agonie des peuples, la destruction du Vivant, alors seulement, dans l'incarnation de ce sourire des enfants qui viendront au Monde non pour se voir anéantis physiquement ou psychologiquement, mais pour vivre avec intensité sa beauté et ses mystères, sa grandeur et son éloquence, et conquérir par toutes faces le savoir, la joie du savoir, et l'étonnement, la candeur renouvelée de l'espérance de la Vie et de ses développements, alors seulement, nous prendrons cette seconde de repos, veilleur à jamais de l'arc-en-ciel de beauté qui trouvera sa plénitude, notre seule récompense.

## Augures

Augures sans prestige, voici des mille vagues les cohortes de la nuit qui reviennent, et leurs feux antiques pleuvent des ramures incertaines, des entrelacs pervers où le flot ininterrompu des sarcasmes jailli, des Êtres contre les Êtres, malgré le respire qui se calme, malgré l'autorité qui veille, gesticulations avides dont les propos dérivent dans le sang humain l'incarnat des pouvoirs qui se veulent légitimes, alors qu'ils ne sont qu'usurpés.

Maux devisés par les astres d'un destin consommé, ici et là, par-delà les remparts de la Vie, se montrant avides et décidés afin d'abstraire le sens du devenir, afin de niveler la raison et la statuer dans ces degrés que l'ignorance, légiférée, absout, nous y sommes, et ce serait être aveugle pour ne pas voir les éléments qui interagissent afin d'amener les opinions à concevoir l'inconcevable, à accepter l'inéluctable, dans une manipulation générée et suffisante permettant de voir chacun hisser un pavois hier encore discutable, aujourd'hui légitime dans ses exactions comme dans ses turpitudes, voies lovées dans une source ne trouvant ses racines dans la pensée et que toute pensée peut annihiler.

D'où l'étreinte, l'encerclement, l'étouffement du réel au profit du virtuel, assomption de l'abstraction et de ses passementeries, dont l'ivoire se ternit, dont l'histoire lentement prend chemin afin d'assouvir la faim des prédateurs sans renom qui ne laisseront en son sein que la mémoire de tyrans délétères, ainsi va le Chant, dans cette effusion de principes belliqueux ne tirant leur gloire que du mépris de l'Humanité et de ses œuvres, ignorants qu'ils sont que leur existence est vouée à l'inexistence ...

## Clameur à mi-repos

Clameur à mi-repos des houles aux fronts d'or, décimant des marginales errances les passementeries abyssales, la voici, nuptiale, conquérante, délivrant l'humaine appartenance de ses scories, ses amertumes et ses délits, dans les cieux mauves féeriques, annonçant la chute de l'ivraie, ses médiocres emphases, ses pulsations délétères, ses insipides saveurs, toutes faces délavées, au cristallin endeuillé, marquant de leur sceau sénile la pureté des sentiments, la grandeur et la majesté de la beauté.

Ô fastes de ce qui fut et qui reviendra, lorsque balayés à jamais, les torrents de boue se disperseront, rejoignant leurs létales prières, poussières d'abîmes qui se circonviendront afin d'affronter la juste mesure de leur néant agglutiné, néant issu de leur torpeur, leur arrogance, leur verbe décomposé, leur déchaînement alluvionnaire, esquisses des menstrues qui ne charrient la Vie, mais bien au contraire des chemins mortuaires ennoblis par de reptiliens pouvoirs dont la cervelle nuisible se targue d'imaginaire, faconde de bruissements, de raclements, de supplications, de téméraires illusions, portiques de la nuit voyant croupir leur insolence.

Nombril alors qu'il existe des milliards d'états vivants qui ne ressemblent en rien à leur devise d'atrophie, cette devise ne voulant voir qu'une seule tête, une seule mensuration, une seule détermination animale, image d'heures sombres, image des défaiseurs de monde croupissant ce jour sous la poussière, image née de toutes dictatures, communiste, nationale socialiste, socialiste, démocratique, dernière-née usurpatrice du nom.

Enlaçant les premières pour fustiger les humains, les ouvrir au néant dans ce grand cri belliqueux, issu de l'ignorance et de ses fastes, par un enchaînement liberticide délivrant ses maux tel un volcan purulent, en adéquation avec les tyrannies les plus bestiales, pire encore, car se réclamant du nom de l'humanité alors qu'elle n'est là que pour la détruire, l'immoler au temple de sa dérision, fantasque fantôme dont le nom disparaîtra, lorsque la clameur de ce monde se dressera, fertile, afin de fustiger son néant, cette aberration monumentale voulant voir l'humain dévoyé, enchaîné, esclave jusqu'en ses accouplements, à la pérennité bubonique de sa déréliction !

Des chants novateurs

Des chants novateurs s'élèvent, de vives voix aux mélodieuses déterminations, libres des envoûtements et des paresses instinctuelles, et leurs mots, et leurs phrases s'en viennent à tire d'aile conter la moisson des plus beaux jours, des cimes éveillées, des souffles adulés, hautes vagues du frisson des jours que les monarques contemplent, ambres parchemins des oasis sans troubles, délibérant en leurs stances éployées la caresse d'un été, joie des frondaisons, hymne des saisons.

Splendeur de l'émerveillement du nouveau-né, enchantant ce festin de perles de rose, de myosotis, de bleuets et capucines enivrés en la rosée matinale des fraîcheurs florales, là, ici, plus loin, témoignant de la vie en la vie et pour la vie, alors que s'inscrivent dans l'ouvrage des nefs antiques, des passementeries d'ivoire et ces temples de marbre, où la sagesse s'évoque, pure voie de l'assomption et de son règne, des isthmes profonds la splendeur élégiaque, inondant les terres arides aux fins de les rendre fertiles, les unes d'un sourire, les autres d'une volonté, toutes ouvertures sans masques, sans outrages .

Versées dans le don d'un accomplissement au-delà de la préciosité, du paraître, de ces ornements factices qui brisent la spontanéité, détruisent l'imaginaire, ensevelissent le pouvoir d'être, toutes marques sans magie épuisant le vivant doit être présence, alors que le ciel pleut de ses rayons ardents la chaleur bienheureuse de l'astre, libère l'écume du corps, délivre l'esprit, magnifie l'incarnation de l'âme.

Incarne l'unité précieuse charriant ses fleuves de rubis scintillant dans l'immensité pour offrir, par la cristallisation de leurs facettes, la parole à la beauté de la multiplicité, au-delà des labours miasmatiques voulant du chant des floralies une seule fleur atrophiée, sans nom devant ce rayonnement des identités explosant de mille féeries, de mille couleurs, de mille et mille rameaux épousant la nature afin de la transcender, dans un éblouissement fractal dessinant dans l'azur un arc-en-ciel de bonheur où la joie se révèle immortelle !

## Des Âges de la nue

Des âges de la nue, jouvences de la vie, où s'en viennent épures les stances de la nuit, s'irise le renouveau dans la clarté de l'aube vibrant ses mille feux sur les corps enivrés qui s'éveillent à sa splendeur, où l'ambre cil devise, miroir amazone de stances destinées, libre dessein des vagues aux éloquences lisses et tendres, souples et vives, dont les efflorescences transcendent la vitale perfection d'un monde magnifié, alors que, dans les vagues, des chants charnels s'éternisent.

Plénitude aux calmes latitudes dont le vent caresse, épouse et réjouit l'univers majeur aux ivresses parfumées, où s'exonde, aux rives nanties par l'amour, une irrésistible tendresse, force de l'éternité, en la voie et par la voie demeure des déesses et des dieux, demeure apprivoisée où la vie sans rupture désigne la libre fertilité des songes, embrasant dans la caresse du jour la destinée de l'hymne, joie et accueil des floralies du règne, dans la préhension et la compréhension souveraine de cette voie sublime.

Celle du don, don à la vie pour la vie et en la vie, don de vivre et faire vivre par-delà les aliénations troublées par les latitudes atrophiées, par-delà les symboles désuets de la solitude et de ses miroirs fracassés, par-delà l'ignorance et ses fléaux, toutes dérisions s'estompant devant la joie souveraine, le plaisir partagé de l'onde surannée, dans le respect des gravitations, dans la reconnaissance de l'apaisement du chant.

Advenant, magnifique, le vivant aux feux de la splendeur de la paix aux oriflammes sacrées, en ce parcours de la vie, parcours à toujours renouveler pour parfaire l'identité humaine, qui dans son cocon viendra sa genèse aux déploiements de ces sérails que l'univers dévoile et signifie, témoignant de l'éternité qui veille...

## Îles sous le vent

Îles sous le vent, des cils volatils, des isthmes précieux, toutes vagues amazones se complètent, ivres des Édens azurés, dans la marche triomphante des circaètes, adulation des forges renaissent, s'exclament, s'opacifient, puis, brusquement, s'élèvent vers la lumière, dans un arc-en-ciel de féerie, libre étreinte des houles éployées, cosmiques, galaxiales épures des mondes sans oubli de leurs racines, enfantant, de voile unique, des serments, des promesses, ajours de rives en rives étincelant un verbiage initié.

Là où l'espérance n'est pas apprivoisée, là où le miel des saisons s'évoque, dans un bruissement de sépales dont la clarté délaisse les vêtures opiacées pour apparaître dans la splendeur d'un matin mage, clameur, enchantement, navigation des confluents de l'orbe, en ces sites magnifiés où l'horizon ne prend jamais fin, passementerie de l'orient voluptueux, de l'occident souverain, et des caprices du vent au songe de l'ardeur, au songe éthéré, délaissant la brume et ses nectars pour proposer aux semis d'altières définitions à vivre, écrins de cils éveillés, destins des sens puisatiers, inscrits de toute viduité, par les temps comme par les espaces qui s'émondent, s'autorisent, et dans le sourire des mondes se dessinent afin d'œuvrer la nature du devenir, éclore des rêves aux portes ouvertes sur la magnificence, sans égarement, alors qu'enseigne, le vaisseau majestueux vogue vers l'infini, nectar puissant de la Voie, incarnant fidèle la Vie en la Vie, allant vers la Vie et pour la Vie, dans un harmonieux épanouissement éternel !

Îles sous le vent de vierge essaim aux mannes étincelantes, vagues moirées de lys ardents, grenats de fèves adamantes, dans la chaleur surannée des algues à midi, épures de chants aux floraisons divines, engendrées et fidèles à la marque des houles, des cimes randonnées aux conques marines que les palmeraies bercent de leurs talismans sacrés, votifs et secrets, aux danses féeriques saillissant le firmament d'une onde mage par la geste de la nue aux rives incarnées s'éprenant et se prenant dans une frénésie souveraine.

Pour joindre l'extase participe de la pluralité des mondes, dans un cri de joie en assumer le devenir, en perpétuer l'avenir, dans des flots enfantés par la jouvence des rimes effeuillées, dans la caresse déployée des signes éveillés, alors que les nombres s'épousent, se glorifient et s'évertuent dans des jouissances partagées aux téméraires délivrances d'exondes perfections, où l'univers accompli prie la nature signifiante de toute désinence, écume des saisons ouvrant sur les âges l'horizon de la gloire du vivant, haute vague de la perpétuation de la Voie !

Rives Antiques

Rives antiques de marbres solsticiaux baignées d'écume et de houle de beauté, font venir des zéphyrs divins les témoignages d'augures participes, de la danse algazelle le libre dessein des âges et des vagues aux parchemins diaphanes dont les âmes épousées naissent des serments d'Éden, des lagunes boréales, et dans le frisson du firmament ces gerbes de soleil, moissonnant des clameurs éthérées, tendres appels, délices des cœurs énamoures.

Aux écharpes moirées hâtivement délaissées, pour découvrir aux souffles palpitant la raison des semences ouvragées, règnes des fêtes du firmament des songes, dans le parfum du rêve qui ne se prie, mais toujours, randonnée des heures, exulte leurs prouesses, là, ici, plus loin, témoignant de l'enivrance occulte de rites divinisés, ivresses des chemins et aux routes adulées, aux routes éclairées de ce monde invitant à d'autres mondes, ceux des autres, ceux que l'on côtoie mais que l'on ne voit pas, ceux des autres qui semblent transparents mais sont d'une richesse existentielle majestueuse, où le merveilleux rejoint l'essentiel, la mesure de la plénitude de la Vie, Vie expressive et souveraine dont la connaissance est reconnaissance du perfectible et de son agencement primordial, l'harmonie, mesure de tout déploiement vital !

## Des algues de la nue

Des algues de la nue, lyre des aubes opiacées, en floralies votives, exondes et souveraines, talismaniques vertus des sèves de l'aurore, bruissement des vagues, efflorescences drapées et nuptiales inondant d'une joie spontanée l'aventure magnifiée de l'onde sycomore, voici du chant la promesse du séjour, onde en corps des florales renommées, viduité des songes, caresse de l'heure, dans l'affinité des sources et des fleuves, la splendeur océanique délivrant ses signes de floraisons aux enivrantes perceptions, de moissons aux altières perfections.

Dont les voies libèrent des aires la volition, l'inoubliable sensation, épure d'un nid d'or, haute vague consciente dérivant aux marges continentales la profusion des effusions, de rives en rives, de terres en terres, sans abandon, dans un séjour de puissance vitale dessinant des passementeries de rêves, là, ici, plus loin, embrasant la sagesse pour l'immortaliser d'agapes festives, voies antiques aux constellations majeures devisant la clameur des univers flamboyants, dont les nefs cristallines dissipent la nuit et ses nuées oublieuses.

Dans des labyrinthes élégiaques où le vivant s'estompe, se trompe, s'ordonne et s'épie, enseigne nos villes embrumées dans une dérision sans fin, apprivoisée de seuils incongrus, délétères des marées équinoxiales où s'abreuvent des cils anodins, invisibles, commuant leurs léthargies dans de grands cris orgiaques où l'Amour puisatier ne trouve place, fuyant ces idiomes aux syntaxes miasmatiques, aux labours mécaniques, aux ruisseaux perfides et pauvres.

Dont le harassement est turpitude, bestialité cupide isolant toute volonté afin d'affaiblir et régner un sépale triste et sans œuvre, un pétale atrophié de roseraies d'antan, dont l'écueil est calvaire, prononcé par la mansuétude du sort, lorsque pleut la lumière, mage essor de caravelles voguant à la rencontre d'un nouveau monde, celui de la voie, celui de la sagesse, de l'harmonie, de l'imaginal tempéré par la raison, instances de l'équilibre, forgeant devant l'abîme la cime imperturbable de l'ardeur renouvelée, irradiante, portant la flamme de la vie à l'apothéose de son firmament, de l'être le serment de vivre pour la vie en la vie et par la vie, témoin du chant de plénitude qui s'inscrit et se correspond dans l'appartenance Humaine qu'il suffit de rayonner pour que s'embrase sa félicité !

## Clameur

Clameur des rives à genoux, dans l'or du soir couchant, aux latitudes évertuées de blondeurs surannées, stance de déploiements agissant leurs fastes et leurs langueurs, aux miels d'horizon, aux clairs obscurs précipitant, sans errance, les sereines aventures opiacées aux divines évanescences ! Où le cœur s'en vient, vif de la nue tendre des heures vagabondes, flâneur d'écumes et de mondes, de joyaux infinis qui, vagues après vagues ruissellent les enfantements des éloquences de la vie.

Ces majestés de l'onde, aux pluies divines d'âges renouveaux ! Clameur à midi aux promontoires du levant, où, collines aux fruits divins, mystères d'opales aux sèves rayonnantes, se perdent les cristallisations d'un rêve mûr et blond, safrané et pur, dans l'humilité des nombres, des genres et des signes, livrant la portée d'un règne aux pages effeuillées, voguant l'entendement d'un vœu solidaire ! Clameur nocturne des gerfauts ivoirins, fugaces et rêveurs venant lyres l'équipage des chênes millénaires, des marronniers aux cils évaporés de lumières et de stances, les parures des frênes aux sèves opiacées.

Dont minuit enchante les charnelles ivresses d'une écume à l'onde magnifiée, palpitant leurs cœurs d'un émoi, sous la nue aux algues reposées de mousses aux lichens bâtisseurs de villes amazones !

Clameur de corps aux mannes surannées dans la moiteur de rêves abyssaux où se lit le règne épervier des heures estompées, estampe de la mémoire des cycles de jouvence libérant les flots enivrants du parfum des roses, puisant des grenats l'enchantement des signes irisés par le miroir des mondes aux nuptiales appartenances délivrant les âmes subtiles d'ardeurs visitées, déployées comme satin de mondes aux lys désirés !

Clameur de l'aube aux cieux majestueux, levant au sacre des étoiles l'épure matinale de l'ambre et de ses sens, dont le quartz embelli prononce du zénith les sources et les fleuves allant à la rencontre souveraine du flot serein où se baignent dans la joie les stances encore ensommeillées des ivres latitudes nocturnes, dont la félicité danse la nue de l'onde sans mystère pour en jaillir diaphane le plaisir de vivre et d'essaimer !

Clameur toujours dans le jour de fenaison, aux chaumes assoupis sous les ardeurs solaires, aux prairials solstices dérivant des nacres la perle des rubis, sous la parole sage et prêtresse de la pythie délivrant un message de pure allégresse dans le cœur des amants, dont les regards s'invitent au plus grand partage, lorsque s'offrent leurs corps enlacés aux mousses tendres et sauvages des forêts stellaires, pour voyager le monde et ses forces, qui vague après vague, celles de l'humaine appartenance, officient la densité des heures, au-delà de la précarité des souffles, au-delà des brumes et des lactescences humides du respire, afin d'offrir la splendeur merveilleuse de l'Éternité à l'Amour toujours renouvelé !

Plaines ivoirines

Plaines ivoirines des amours opalins, ivoire l'histoire de l'aventure exquise de la densité de vivre, alors que le chant dérivait l'azur et ses promesses, dans le pétale des cœurs aux respires élevés, dont la nue précieuse dansait les ornementations fluviales du monde naissant, révélant la candeur du libre dessein de vagues épousées, enlacées, allant essaimer dans une frénésie joyeuse, où le temps s'estompe, où l'espace dispose, par la tendre éloquence d'horizons limpides dont l'espérance devise un gestuel composé aux élans éveillant l'onde magistrale qui vogue impérissable le devenir et ses moissons.

Splendeur de l'aube adulée voyant la concrétisation de la Vie, limpide, déployée, conquérant de territoires en territoires l'assomption de son vœu, force, sublimée, transcendée, en ses étreintes, ses féeries et ses joies épousées, irradiant des souffles les principes de l'avenir et de sa maîtrise souveraine, au-delà des brumes et de leurs moires aisances, par-delà les ombres et les torpeurs de ces ombres, afin d'atteindre ce rivage harmonieux où l'unité vitale se signifie et s'exonde, témoigne de sa délivrance cosmique en l'éternité et ses flamboyances, dont l'œuvre sans sursis régénère toute plénitude !

Enfantement suprême aux hymnes déployés, lors aux rives éployées de clameurs, par l'apprivoisement des sens, désinence du zénith au marbre altier des univers enchantés, naturés de pluviosités et de stances, mannes à propos au rythme qui parle et ne sommeille les rives parfumées des oasis qui légifèrent ordonnent et accomplissent, dont le répons, voie supérieure de la Voie, dessine au temple recueilli, la ferveur du don magnifié, gravitant fertile le lys épanoui qui s'épanche dans une vague prononcée, délivrant aux pétales adulés la sève du séjour, immaculée et vierge, rayonnant la somptuosité d'un éveil signifiant, voyant de l'œuvre l'accomplissement, naturant la parousie et ses hymnes, alors qu'à l'horizon se dressent l'avenir et le devenir accouplés à la raison, pour exalter le plus vaste hommage, celui de la Vie à la Vie, en la Vie et pour la Vie, sacrant l'harmonie et ses rives !....

## Don fertile

Route nouvelle aux offices de la Voie, par l'apprentissage des vagues irisées, aux flots ardents du chant, à l'œuvre ensemencée par les incarnats vibrant, mélodieux, par-delà les accents des équipages, la nature profonde du déploiement, le Don, fertile d'écumes et de joie, fleuve ardent composant dans la pluralité des gravures les vestales correspondances de la nue, souffle après souffle, geste après geste, sans égarement de l'onde bruissant ses corolles, insigne qui vogue une assomption.

Une féerie, dans la nuptialité exquise du vivant, voie souveraine de la vie, voie encore dans la voix qui parle sans détour, se correspond, et dans la nidation s'exprime talisman, jouvence de l'autre, si aimé par la raison des sens frissonnants du plaisir souverain, par l'unité propice taisant le dessein des armes et des larmes, cessant le bruissement des odes fixes temporelles, pour faire naître le rubis des songes à la clarté novatrice de l'éternité et de ses symboles opalins, miroir des mondes.

Dont les fruits de l'astre lavent de fusion les hymnes de la nue, où l'ivoire est perle des mesures, des tourbillons et des demeures, opales de minerais des algues brunes sous le vent, par les signes qui volent vers les cieux à la rencontre de la maîtrise des cycles et des siècles, hautes vagues à midi, dans ce chemin de rêve, dans cette innocence libérée retrouvant le témoignage de la vie, son ardeur, ses mélopées, sa vertu cristalline, aux faces exondes du firmament, dont le temple est semis, dans la définition du verbe adulation qui inscrit l'humain en la pérennité par ce lieu des univers où il trouve racine éphémère, ce lieu d'éclosion, ce lieu de vie auquel il se doit don fertile...

À Jean

Navigateur des ramures épanouies, et des cils en cordages qu'effeuillent les nombres et leurs stances armoriées, nous y voici aux portiques des ambres à minuit, seuils à prendre, victorieux et serein dans la clameur des plus vastes préaux dont les limbes sont les contes de floralies festives, anachorètes leurs noms et leurs nombres dans la frugalité du dessein qui marbre de son innocence les pluralités exondes de la Vie et de ses sources.

Ô Chant de l'Astre en la mesure, la perfection, la raison, l'innocence, et le partage, dont les mondes sans équivoque, aux frondaisons des lagunes septentrionales enseignent les vœux, la puissance et les limites, qu'il nous faudra ouvrager de cils à Midi dans le souffle et par le souffle des mille ruissellements dont les vagues amazones écoulent des rubis diamantaires aux parterres de nos rives en semis, et nous en serons maîtres, de fier équipage le courage, la volonté, l'inexpugnable densité de la fermeté pour principe, essences de la volition qui ne se délaisse mais se prend et dans l'affinité des œuvres qui ne s'enchantent mais se pressent, et s'émondent, et sans parjure aucun aux ramures de l'Éternité qui advient.

Ô faste, Ô Grandeur dans l'ascension du règne qui ne s'isole mais se présente, et dans sa formalité et non sa vacuité témoigne, d'Humaine appartenance, splendeur de la Voie, dans le firmament qui ébloui la promptitude, dans la joie de la félicité qui ne se corrompt, dans la prêtrise de la reconnaissance initiée, là, dans ce Chant Impérial qui ne se tait, ramure de tout épanchement constructif, ramure encore sans corps dans ce lendemain de naître qui s'éploie et se déploie.

Naviguant aux frondaisons des citadelles, des parchemins d'ambroisies, des parterres de coriandre et de myosotis, libre évanescence des dithyrambes cymbales de feux, car le feu lui-même en son répons, sa détermination et sa préhension, par-delà les rêves et les songes du cristal, car le cristal advenu de la pérenne dimension qui ne s'absente mais se présente, haute fête par le Temple qui se réjouit, triomphe de l'Humain, en sa pertinence, sa gravité, au-delà des émotions, gravant le chemin à suivre pour retrouver la fidélité, fidélité à l'honneur de la Vie, fidélité à la mémoire de la Vie, fidélité dans la continuité de la Vie par-delà ce sérail en voie d'assomption, la Terre de nos racines, vibrante poussière d'étoile en Voie de plus vastes floralies, indivisible Harmonie de l'Éternité qui veille le devenir de toute énergie à la rencontre de son Énergie Suprême, l'Absolu Souverain !

## Dessein des âmes de la nue

Dessein des âmes de la nue, que l'ambre cil devient en la profondeur de la nuit, la Vie en son étole de firmament, des ondes épervières, souffle de l'ambre et de la fertilité, toutes vagues en assauts, sans ruptures, inondant l'arc du chant, pour en prospérer la désinence, l'ouvrir à la plénitude dans une féerie diaphane, où puisatier, se tient le chœur, magnifié en ses empreintes, conséquent en ses essors, toujours renouvelés.

Dans la moiteur des heures sans torpeur, dans ce règne dont la félicité exonde la promesse des plus belles vêtures, celles de l'éclair sans masques majestueux, qui témoigne de la densité exquise, de la douceur surannée, ellipse des hyperboles de l'axe tournoyant en leur zéphyr un abandon gracieux qu'une source, sous le vent, fulgure d'émaux mûrs et denses, blasons des stances délivrées d'opales que de vives arborescences transcendent dans la pâmoison.

Délivrance des rubis enfantés, aux odes légères qui prospèrent, là, ici, plus loin, dans l'abondance et ses royaumes, cristaux de limbes étanchées dont les palais effeuillent l'humus de roseraie multicolore, aux navigables perceptions, écumes de la fenaison des sens, présences inoubliées et inoubliables, des laves les jardins d'encens aux marques de la pluie d'Éden, rivières des hymnes que les passementeries adulent dans le verbe d'or des flancs ouatés de songes et de rêves, histoires en corps des libres appartenances dont les sérails vont et viennent la nue des œuvres.

En sa correspondance ultime, celle d'un sourire, manne du regard de lotus, manne encore dans la fusion des stances qui opacifient la densité afin d'en extraire la secrète détermination, ce jaillissement de l'âme, harmonieux et vital, dessinant sur la sphère le temple d'un émoi, oasis du souffle, quiétude immortelle d'un désir qui s'épouse, et qui jour après jour se fortifie, s'embellit, se magnifie, de l'onde claire l'apprentissage qui se destine don, don de l'être à l'être, don ultime du soi qui ne se sursoie, don merveilleux qui exhausse, libère et sanctifie d'humaine appartenance l'humaine apparence, ainsi et dans l'éternité par-delà l'éternité...

## Rimes en accueil

Rimes en accueil des passementeries d'ivoire aux florales vertus, l'onde est en le vœu et la nue s'y apprivoise, du vierge essaim des lagunes, dans sa vêture lisse, semis, des moissons natales délivrés de la pente d'un souci, de l'exquise langueur du temps et de ses adventices rumeurs, pépiement du jade et du porphyre, et du marbre altier développant par le monde ses idiomes de renouveau, renaissance clamée et acclamée sous le vent de la fortune, là, ici, plus loin, par l'antique prononciation de l'écume du plaisir souverain de naître et d'être.

Intime perception de navigantes floralies, exondées, dévoilée dans la chaleur de l'été, dans les sources de l'automne, aux frondaisons immaculées de l'hiver, aux danses apprivoisées du printemps, vagues après vagues dont l'émoi princier s'élève pour parfaire la beauté éthérée, cette beauté que la vie enseigne, du cœur et du corps, de la raison et de l'esprit, de la sagesse et de l'âme, de la Voie et de l'unité, piliers du sacre de la génération et de la régénération dont l'écume n'est apparence, mais bâti de l'ordonnance de l'être en ce lieu, sans complaisance de fractales dissonances, sans tolérance de moires aisances, toutes négations nées de l'ignorance.

La réalité joyeuse dépassant leurs carcans afin d'offrir ces lendemains enivrant aux êtres que nous sommes, desseins du chant dont les uns les autres nous sommes vecteurs et ordonnances, ainsi dans la Voie qui interpelle en ces jours de lumière, malgré l'essor de la peine et des larmes, si tant de guerre et de violence les oripeaux, afin d'éveiller dans l'intelligence du cœur cette joie rebelle qui instigue tout devenir, joie de la vie en ce lieu et par ce lieu, en mémoire de celles et ceux qui furent, afin que perdure la Vie dans cette dimension dont nous sommes d'amour irréversible...

## Libre dessein des heures

Libre dessein des heures de l'aventure qui fut, des algues en miroir dont le chemin mène aux vents azuréens, aux temples en écumes, aux âges dans le chant, aux préciosités lagunaires des myosotis adulés, dont les hyperboles majeures sont les larmes cristallisées de nefs opiacées aux fumerolles victorieuses sur les strates irréversibles enfin comprises et libérées des audaces incontrôlées, de celles qui germent l'erreur, la suffisance, l'incertitude, de celles en corps qui frisent l'insolence.

Toutes voies de brumes, toutes voix sans écho qui se répercutent à l'infini, dans le secret assaut d'une impression et non d'une formalité, répons des sites à l'ordonnance éclairée montant en l'azur ce chapiteau de majesté qui ne se révèle de paraître mais d'être tout simplement, sollicitude et compassion dont le labour sème la terre comme le ciel, le vent comme l'eau d'une candeur renouvelée, naissance, renaissance, profusion de rythmes épanchés jaillissant la fertilité du vivant dans un tellurisme magnifié, fécondité du verbe comme de l'hymne, pluviosité nacrée des arborescences joyeuses dont les fondations sont respires d'une conquête heureuse.

Celle de l'unité allant vers le don, don de soi, don à l'autre, à l'aimée comme à l'estimée, don vibrant ne recherchant le retour, don désintéressé voguant vers ces fontaines du délice qui enchantent, pacifient, dévoilent et en se prononçant avec clarté entraînent le gestuel miraculé de la fusion des voies enfantées par la voie royale de l'ordre qui s'avance dans le bruissement des âges, stance d'une architectonie se développant jusqu'à l'altière perfection, celle du partage azuréen et solaire, dont l'embrasement spontané délivre cet arc-en-ciel attendu, né de la volition de l'œuvre assumée qui ne s'impose mais propose, arcane solitaire devenant solidaire et par là même inexpugnable...

## La croisée des chemins

La croisée des chemins est là, il convient d'en prendre la mesure, cesser de se fondre dans les arcanes de la velléité, et devenir, au-delà des atermoiements, des plaintes et des esquifs, plonger avec volonté dans ce bras de mer sans équivoque, et dans la vague de la sagesse régénérer l'avenir pour le propulser en deçà du néant et de ses ornementations ; voici le choc qui se doit, salutaire et déterminé, salutaire et déterminant, au-delà de la suffisance et de ses modes statiques qui ne sont que les empires de dérives dont les syndromes s'adulent les uns les autres afin de créer des chaînes qui semblent incassables.

Mais qui finalement ne sont que des béquilles dont on se sert pour mieux s'asservir. Plonger donc et nager vers le port salutaire, où échouée se tient cette nef qui ne demande qu'à prospérer, cette nef aimée qui cent mille fois reniée par infortune de la volition, se doit enfin d'être gréée afin de voguer dans le réel vers le réel et avec le réel, dépassant ainsi les limites du statisme, affinant son verbe et sa destinée dans la rencontre de cette nuptialité n'ayant jamais cessé d'être, contre vents et marées, nuptialité dont les chants sont toujours vivants, transparaissant intarissablement en chaque émolument du temps et de ses générations.

Ardeur comprise qui doit s'affirmer par-delà le rêve, l'espoir, le songe. Ainsi le sommet de la vague, atteint, correspondance de la vision de l'Aigle qui contemple du sommet de son aire, l'amplitude géométrique des multiples possibilités existentielles qui s'adressent à lui, pléiades d'orientations qui se témoignent et dont l'issue vitale ne se retrouve que dans le cœur d'un seul d'entre eux, le chemin, chemin du respire talismanique que la vertu compose, chemin sans houle permettant de naître l'allégresse au firmament, instance du propos qu'il convient de suivre afin de faire vivre et vivre tout simplement.

## Des algues en prémisses

Des algues en prémisses l'orbe du matin aux féeries de l'astre, voici venir des bruissements d'opales la rumeur surgie des villes fières qu'amazone les nuées du chant rebellent dans la sente féconde des réjouissances ataviques, et ce semis au monde s'avertit, sans masques, parousie d'une charnelle éloquence dévoilant des rubis l'ordonnance des semences, tendre palpitation gémissant des éclairs surannés la tendresse des cils, la pureté d'un vœu et au-delà de l'arrogance des termes la pluviosité victorieuse.

Fertile ovation libératrice inondant les algues brunes de semis joyeux, nectars nés d'une source adamante dont les promesses perdurent l'harmonie, là, dans ce souffle rejoint dont l'haleine fraîche ne se dissimule, mais bien au contraire s'épanche afin de façonner l'éternité, sa densité, sa clarté précieuse, toutes voies ouvertes aux voies offertes qui en pâmoison se réjouissent de l'instant, heure du vivant qui n'oublie le réel, ses harmoniques et leur puissance, dans ce chant qui s'éclôt et se répond indéfiniment afin de signifier l'Être à sa maîtrise, devoir de l'espèce en conquête de l'Absolu vénéré...

## Du renouveau de l'Humain

Fleuves antiques aux perceptions souveraines, Isis en la pluie d'or des romarins de l'ouest, voici la florale dimension d'une heure nouvelle, fête à mi nue des élégances moirées de songe, d'ivresse et d'incarnat, fête encore des ramures opiacées, et des souffles qui nous viennent, ancres de nos cils en voyant d'épures l'horizon pleuvant de multiples ouvrages, des faunes alertes et des préciosités surannées, aux lacs amazone, sources des fleuves ardents et clairs dont les hymnes fulgurent la beauté et du ciel et de la terre, irisant la citadelle voguant vers une plus vaste aventure, éblouie par les spirales incandescentes temporelles et spatiales où la nue s'exonde, dans un respire opalin, esquisse de la vie qui bruit ses stèles et diadèmes.

Là, ici, plus loin, à la recherche d'un Empire, écume des flots à la roseraie Solaire, marquant à propos le chant Humain qui s'élance indéfiniment à la recherche de l'infini afin de ceindre le diadème de la jouvence exquise de la Voie, sans égarement, sans velléités, dans une spontanéité intime rejoignant cet état de grâce particulier qui correspond à l'éveil magique incarné, Éveil mystique unissant dans une symbiose majestueuse chaque élément ordinaire afin de le transcender et déployer en leur sein l'idéalité du désir, désir d'être en construction la construction, épanouissement libre délaissant les scories de la destruction aux poussières larvaires, inutiles devant l'assomption sans rupture qui se compose, l'assomption de l'être humain à l'Être Humanité, volition de l'immanence en rencontre de la transcendance majeure de l'Humain conquérant !

## Des signes

Des signes s'en viennent à tire d'aile, dans la joie féconde des lys harmonies, libre joie de parcours suranné où l'onde bue est un calice de sépale, danse diaphane amazone rompue au sort des écrins, là où les feux antiques se prononcent, clameur du jour aux dunes escarpées, par ces mondes de miel, d'azur, et d'instantanéité, véhicules des pluies vagabondes, de ces houles de promesses qui vont et viennent la densité des règnes, là, ici, plus loin, correspondants la fertilité des joyaux au couronnement frontalier, de pluies de gemmes l'incarnat, le rubis, au prisme des agates des ambroisies aux sèves fières et parfumées, festives langueurs des souffles adulés, fêtes de la nue, de l'enchantement de ses préaux de romarin.

De l'enfantement qui sourd la prééminence du verbe et son état, danse à midi, danse à minuit, dans le vertige des algues blondes, qui sans sursis, s'épanouissent et se conjoignent pour offrir ce vœu souverain d'être dans le vent, d'être encore et pour toujours le rêve sablier de la jouvence et de ses œuvres, pâmoison d'une secrète ardeur, qui s'inscrit aux sages bruyères, dans le pré gracieux des ordonnances millénaires, sous les chênes aux frises insolentes répercutant leurs ondes en majesté, dont la volonté s'initie, se développe, s'enrichit et se parfait, libérant, vaste flot et tendre élan, les senteurs de toute moisson, alors qu'en la pluie solaire se dresse le firmament, des hymnes dans la profondeur d'un rythme...

## Des hymnes enfantés

Des hymnes enfantés, des alizés octroyés, des souffles embrasés, des signes en corps fécondent ce monde, dont la nue du Verbe tient le cil éveillé par les lagunes ensablées, solitaire aux rivages embaumés, dans la constellation du dire ouvrage armorié, plénitude du vivant en ses fastes, ses langueurs, ses mesures épousées, toutes ces voies limpides qui ne s'estompent mais flamboient, ivres du destin, ivres de la parturition des ondes aux évanescents frissons.

Lorsque sans absence les floralies des univers se dressent, clameur à sans repos, officiées par la conjugaison des stances musicales qui, dans la nature même de leur exposition, s'enchantent de rêves et de songes, dans une libre appartenance de fêtes et de chants, par-delà les opiacées qui façonnent la virtualité et ses facondes, pour naître à dessein les amants aux courses limpides déflorant leurs sources vives et avides afin de déployer l'avenir comme le devenir, dans la parousie des ondes, dont le livre est à naître et renaître d'amoureux printemps et pour l'éternité...

## Ivoire pâmoison

De la nue cendrée l'ivoire pâmoison de sérails en sérails vogue l'éternel renouveau, des limbes myosotis aux parterres des floralies divines, sans masques et sans outrages, libérant en volutes des fumerolles légères, moiteurs de santal, d'indigo, de jaune étincelant et d'autres couleurs en corps, parfums de lys éventails, d'airains apprivoisés par les bourgeons des cils éveillés, tendus vers de nuptiales appartenances, en ce miroir des âges aux ondes souveraines, dont les écharpes cristallines marquent de leurs fleuves souriants les promesses d'une aube libérée.

Inscrite aux danses amazones de clameurs accomplies, de souffles apaisés, transfigurant des songes et des rêves advenant aux mystères éblouis la parole mage, sage de ce flot vainqueur, naviguant de l'astre du plaisir aux règnes sous le Vent des diaphanes apogées, là, ici, plus loin, toujours plus loin pour enseigner la sérénité, ses latitudes ouvragées, ses temples ombragés, ses prairies festives et solaires enrubannant des lacs sycomores, où s'en viennent la pluviosité et ses nectars, ses forêts épervières, par les saisons qui ne se destinent mais s'apprivoisent par la tendresse des chants et la fertilité des hymnes, toujours renouvelées, assignant le vivant aux plus vives féeries, celles du don inlassable et précieux, de la Vie en la Vie et par la Vie, destin de l'Éternité qui veille !

## Amante

Où l'Amour se correspond se tient le devenir, la voie souveraine qui s'initie, perdure, éclot de rêve en rêve, dans un enchantement fait d'esquisses, d'approbation, de consentement, de conquête, de victoire, de joie mais de larmes aussi au cœur énamouré dont la perception se divinise, et l'Âme en ce sein de l'univers se déploie gravite le firmament des corps éveillés aux ambres satins de diaphanes efflorescences, de vagues profondes, de rythmes sereins, d'orages charnels aux pluies diluviennes qui enchantent et témoignent de l'union sacrale du vivant, joie de réjouir et jouir avec un être aimé, qui aime la vie dans ses formes et ses sources vives, passion du corps, vierge de la moindre imprécision, afin de mieux offrir les fruits de sa nature, beauté des appâts les plus secrets, dans la nudité la plus chaleureuse

Ou bien dans les vêtements qui témoignent de cette beauté, et engagent à un dialogue de jouissance profonde, dont les voiles quittées tendrement provoquent une humidité joyeuse, prélude à toute conquête, prélude de jeux et de fêtes de la voix qui saillit les monts fiers, la plaine des douceurs glissant vers la nef dressée attendant un souffle assoiffé, allant venant, glissant aux parfums des fruits lourds de moisson, jusqu'à la découverte des floralies de sépale noyée de songe attendant le déploiement, avide, long déploiement jouant dans ce recueil limpide une partition magique déversant son flot de cris de jouvences partagés, menant vers ces parfums adulés de l'extase, l'un l'autre sans répit, palpitants, déversant leurs eaux vives dans une mesure de gestes incarnés embrasant d'une chaleur infinie le sens de l'énamoure de frissons souverains.

## Blondeurs safranées

Blondeurs safranées des algues sous la nue, au verbe d'iris l'élan majeur, nous allions vifs et orgueilleux les rêves sous le vent, dans la fraîcheur matinale nos corps d'élans sauvages à peine vêtus irisant une chaleur volontaire, traversant les nuées, vibrant lacs et forêts à la rencontre du sceau souverain, l'Océan et ses mystères, course de joie de sève et de miel, course du chant aux offrandes naturelles, aux signes exons, mannes solaires de la vertu des sites, alors que le sable foulé, dans la joie des rires et des souffles.

Dans la nudité exquise de la vie, nous prenions mesure des premières vagues, de la houle prononcée, dont les enivrants parfums de règnes libéraient de farandoles en farandoles nos premiers émois d'une moisson divine, aux coralliennes effervescences, rugissant du miel la libre désinence de vœux de joie partagée, juste renommée des âmes rayonnantes, clameur de la vie, éployée, déployée, libérée dans un cri joyeux d'écume de cristal dont, aux algues en miroir, l'onde et ses souffles infinis voguaient vers l'éternité et ses ramures, pour enfanter le verbe et ses oasis, initier le devenir et ses féeries majestueuses allant à la rencontre solsticiale de l'Amour éternel !

## Dans la nue souveraine

Dans la nue du verbe, talismanique, demeure ouverte sur les mondes, l'apogée en ses ardeurs culmine les songes et les rêves, dépasse les rives pour ne forger d'iris que la perception de la perfection, témoin de libre désinence, azuréen, d'une constellation à l'autre, œuvrant la majesté, non seulement d'une victoire, mais d'un couronnement, idylle adulée des armées en marche, non celles porteuses de fâcheuses nouvelles, honnies soient-elles, toutes léprées par les abysses de la mort, mais celles messagères de la Vie, nuptiales de la beauté s'éveillant effeuillée de ses chaînes à la pure incandescence d'un flamboiement serein, apprivoisé.

En reconstruction de sa pérennité après tant d'austères égarements que témoignaient des civilisations aux semences de poussières arborées par la folie dominante, cette folie née de l'atrophie ce jour oubliée devant l'avance imperturbable du Vivant, inénarrable, tant et tant d'hymnes en majesté, tant et tant de voix rejoignant la Voie, les sources confluents les fleuves, les fleuves les océans et les mers, et des terres de marbre, et des sables désertiques, et des monts arborés, et des prairies festives, là, ici, plus loin, hissant la parure de la Vie en parure vers la lumière, ne se laissant circonvenir par les abysses et leurs prouesses, ces anathèmes pernicieux, ces visions édulcorées, ces reptations insipides, ces galops furieux, ces sordides exactions, ces impitoyables desseins, dont les formes, nées d'un éventail larvaire, éconduites ce jour, laissent place à l'harmonie souveraine, guidant les pas de l'humain libéré de ses chaînes !

## De Sigma

De Sigma nous vient ce dire, alors que les reptiles, assoiffés de puissance semblaient vouloir prendre le pouvoir total sur cette planète : « De quel pouvoir croyez-vous donc disposer face à dix milliards d'Êtres que nous sommes ?

Les Peuples ont ceci de particulier qu'ils réagissent comme le corps face à ce sida intellectuel multiforme que vous représentez, ils se révoltent lentement mais sûrement, ils en viendront à prendre ces armes que vous leur refusez en instituant des lois iniques, qui, pensez-vous, les contraindront à se battre les mains nues, Lois contre les armes individuelles, Lois promulgués suite à des actions commanditées et serviles d'êtres soumis à vos acculturations morbides !

Il serait peut-être temps que vous sachiez que l'individu n'est pas ce que vous pensez ou ce que vous orientez, et l'individualisme forcené en lequel vous le contraignez déjà est votre faillite, car croire un seul instant que vous réduirez l'individu à l'état de larve, même si pour certains c'est déjà le cas, relève de la pure stupidité née de votre atrophie mentale, l'individu contre toute attente est esprit et cet esprit vous ne pourrez jamais le contrôler, encore moins le dominer, la Vie est toujours plus forte que cette mort que vous défendez avec tant d'outrance et de mépris en légiférant l'avortement, l'euthanasie, la destruction.

Cette panoplie de la décrépitude qui vous fait ressembler à ces prêtres du soleil qui pour un seul de ses rayons tuaient à n'en plus finir les Êtres vivants ! Comme ces prêtres, vous disparaîtrez, soyez en certains, ne croyez un seul instant que vous pourrez féconder votre ordre plus longtemps que permis, car parmi nous et parmi vous les antis corps à votre poison sont nés et tel votre sida multiforme déjà multiforme lentement s'insinuent dans vos pourrissoirs, vos caveaux de « lumières » qui ne respirent que les ténèbres, vos gîtes familiers qui ne sont que des défouloirs de paranoïaques assoiffés de sang ! Reptiles vous êtes, reptiles nous vous combattrons sur tous les fronts, en chaque pays, en chaque Nation, ces Nations que vous voulez détruire pour instaurer votre déficience intellectuelle, en chaque région, en chaque canton, sur toutes faces de cette planète que vous pillez sans contraintes.

Les Peuples lentement s'organisent, et ce ne seront vos armes qui les plieront, car déjà ils en possèdent, déjà ils en construisent, déjà ils se préparent pour détruire à jamais votre prétention, vos lubies, votre folie, car le saviez-vous, vous êtes la folie la plus pure, en état de démence avancée, comment pourrait-il en être autrement en vous voyant agir, mener à la mort des milliards d'individus, sacrifier des enfants pour complaire à votre brutalité la plus impavide, criminels en puissance qui s'imaginent façonner notre devenir ! Et tels vous serez jugés par les Peuples, tels vous serez condamnés car vous n'êtes rien d'autre et vous devrez rendre compte à nos Peuples de vos outrances et de vos festins de mort, festins d'ovipares iniques et cyniques qui demain témoigneront pour les générations futures de ce que tout être doit combattre afin que vive la Vie et disparaisse la mort ! » De Sigma ce chant qui semble être universel par essence au regard du cœur de notre petite planète livrée aux humanicides et leurs esclaves en paraître...

## Des portuaires Dimensions

Les portuaires dimensions s'exhaussent, libres d'élémentaires gravités, fondent la pureté du cristal qui lentement s'évapore dans la nue, où là, présence, se tient le lieu, densité exclusive des forces, nef de l'iris incarné devisant les mondes, ces espaces opaques à la pensée qui déploient les énergies, vaisseaux de la pluralité des complémentaires et décisives intégrations permettant la vision magistrale, alors que le feu se tait, que la braise s'essouffle, que la cendre virevolte sous le vent léger et disparaît les méandres d'un temps majeur pour laisser place à l'Énergie souveraine, navigante de haut vol et de précieuse qualité, livrant sa perle de zéphyr des mondes antiques aux mondes nouveaux, princière de la Vie en ses écumes, dans l'astre du moment.

Ici aux cimes adulées des neiges ancestrales, là aux vallées d'émeraude où sourdent les sources cristallines, plus proche aux plaines ivoirines de prés mûrs et blonds enchantant la prière des cycles des moissons et fenaisons, plus loin aux mystères des vagues, anachorètes des Océans et des Mers abyssales, donnant leur souffle aux fleuves tressés d'émaux vifs et tendres, sacrales des faunes de ce temps libérant une joie profane, accomplissant le rite du devenir, tandis qu'imperturbable, lumière de la raison qui passe, l'Aigle en majesté, se hisse à tire d'aile, sur le plus haut pavois, afin de scruter son aire, ce monde bruissant de la vie faite d'amour, de larmes et de rires, emplie de secrets et de mystères, où se dresse l'Humain, lanterne de temps multipliés, enseigné et enseignant de l'avenir qui bientôt repartira vers les étoiles, sa naissance et son devenir, puisatier d'une heure seulement de l'écume de ce lieu dont il n'ignore le destin fatal, ainsi et dans l'éternité des vagues en relief qui, messagères, répètent à l'infini le secret de toute exondation souveraine.

Satin des roses

Dans la pluie du satin des roses, l'ambre à genoux distille de fauves allégories, limbes de stances majestueuses élancées et fières dont l'horizon s'éploie et se déploie, tel le vol nuptial de l'oiseau-lyre, dire du songe aux clameurs comblées dont l'essor dans ce chemin d'iris, lys pur, témoigne, épris d'un bourgeon conquérant libérant du miel les prouesses de nectars inondant son essaim, et l'âme en corps sans sursis s'y abandonne, dans la frénésie des algues moirées de rêves, qu'Isis dévoile aux fécondes traversées, miroir des mondes et sagesse des temples, de nefs en nefs.

Allégorie d'un hymne puissant devisant toute beauté navigante, hâlant de messages en messages les vives arborescences de pluviosités nacrées, odes impérieuses enivrantes et pures flamboyant le secret dessein de gestuels magnifiés, dans une forge épousée où s'animent toutes forces vivantes, précieuses et souveraines, menant de pulsations en pulsations vers ce but signifiant, celui du don, sans lascive incertitude, sans indétermination, sans dérive, le front d'or puissant de la Vie exultant ses promesses, ses prononciations, sa grandeur, dans une luminosité inscrite dont les stances ininterrompues marquent de leur sceau l'ascension vertigineuse, écrin du savoir où la magie conjuguée à la raison enfante le destin et sa luminosité, celui de l'accomplissement du vivant.

## Des forces éthérées

Dessein des heures aux forces éthérées du songe et de l'onde armoriés, voici le chemin des vagues sous la nue, empire des algues aux rives déployées, nous y sommes épures de la nue, dans la tendresse de la houle, nageant fertile la nomination du cil des épervières latitudes, vierge essaim des champs de blés mûrs, en clameur surannée, partageant l'amour incarné de la jouvence éternelle, pâmoison des cieux, des nuages de félicité sous l'orbe solaire témoigné, verbe du parfum de l'oasis des candeurs et des splendeurs adulées que le conte du firmament développe aux marches transcendées de l'azur énamoure.

Et nos rêves dans l'éveil, ici moisson, ici parure, fier lendemain ouvert sur le règne, hâlant d'émaux en émaux les gerbes du corail, la moiteur dorée des sites déployés, dans un enfantement suave d'éternité ruisselant des stances fauves la nature féconde de l'immortalité et de ses sèves, anachorète de pluviosités effeuillées ouvrant sur le monde un regard vif et clair, enrichi par la beauté qui marbre de son calice la nuptialité exquise d'un sort renouvelé où le monde sans abandon se couronne, faste de ses embellis, ses richesses, ses trésors de partage et de dons, tendresses d'écumes blondes au soleil levant, dans la grâce fertile d'un soir d'orient, messagères de l'univers, inondant les lendemains à naître dans une désinence votive, celle de l'Éternité !

## Épervière latitude

De l'ambre aux cils de grâce épervière, de voix ancestrales la source lyre se correspond, par les nuées du cristal rêveur, aux fenaisons diaphanes, dont le cours de la pensée lève des oriflammes majestueuses, pour répondre des âges et des stances les pâmoisons, lorsque dans la nue se dresse le firmament, voûte des chênes opiacés aux ramures distinctes, pour éprouver les fragiles errances, par compassion envers le chant, dont le libre devenir, dans la densité des feux qui ravagent les océans empreints de certitude, unit leurs vagues en émoi pour conjurer le sort des abîmes et retrouver aux salaisons des hymnes l'Île souveraine.

Sans brume, sans phosphorescents nuages, sans moires désignations, le cœur de cette citadelle éployée gardant en sa nef la précieuse corolle, la Vie, la Vie splendide et souriante dont le faste ne se défait devant l'adversité et ses rebelles incantations, toujours allant le mystère des épopées, hâlant dans son sillon les danses à propos des rives enchantées, accompagnée des souffles des vents porteurs de moisson, ici, là, plus loin, dans la certitude infinie de son accomplissement, messager de haut vol, à la ressemblance de l'Aigle dont le vol par les cimes rappelle le destin qui ne s'attend mais se prend, par-delà les caducités importunes, brouillards des stèles oubliées qui furent grandeur avant que d'être déshonneur, miroirs des temps qui se parfument d'un regret, miroirs éthérés des mondes enténébrés par des croyances douteuses, des verbes malléables, des dissipations perverses, des contemplations morbides.

Houles putrides qui furent ravages des rivages antiques, ce jour prononcées atrophies de notre monde et de ses alizés, suffocantes prégnances de la coercibilité des choses, dans l'enfer organisé, légiféré, dompté, multiplié, fauve latitude naissant une incarnation nouvelle, épure de leurs scories et de leurs viles entreprises, advenant une fulgurance se dressant sur leur chemin d'oubli, devant leurs cohortes déployées dans le néant, une armée d'azur lumineux afin de taire dans et par le secret de la force l'incongruité vespérale de leur déficience chronique !

## Essors du vivant

En nos amours puisatiers, dans le cycle secret de la forge qui nous lie, dans le savoir noble de ce sentiment souverain qui épanouit ses rives, délivrant des douves les fortifications fertiles, nous allons, corps à corps d'une invincible force témoignée, et nos rires et nos souffles, volutes, gréent les matures olympiennes de nos nefs de jade qui vivent les flots et les écumes de nos désirs, de nos silences et de nos voies, dans un sérail aux torpeurs enivrantes, aux moiteurs adulées.

Clémences de nos chants rugissant d'antiennes en antiennes les ruissellements fauves de nos chairs exondées, livres de l'amour et de ses règnes, d'étreintes en étreintes dessillant les flores téméraires d'une eau vive et joyeuse, offrande dans le chant, offrande de la vie qui ne cesse d'avancer au doux respire des rêves essaimés, répond des sèves jaillissantes telles les houles de l'océan à la rencontre des rivages, ces rivages de nos flancs enceints de songes et de caresses, délivrant l'humeur du cycle des jouissances exquises et parfumées, dans un abandon limpide et majestueux rendant sur nos lèvres ce sourire de la voie nuptiale et conquérante, celle de la Vie.

Nue de l'onde aux marches du palais, où le monde s'en vient, épure miraculée des âmes exondes et souveraines, dont voici le chant, mystère et souffle, cristallisation des œuvres, mantisse, clameur, devise, où se portent les règnes, les élans majeurs du réel, au-delà des verbes douteux, des écrins oublieux, toutes failles sensibles où l'anachorète s'initie afin de destituer leurs vœux malhabiles, hostiles, éprouvants, gages de larmes, d'infinie détresse, faces nocturnes qu'il convient d'éthérer afin que la Vie témoigne.

La Vie dans sa beauté, sa candeur, son olympienne vertu, danse de la joie, de la féerie, ambre du ciel, de la terre, des eaux, du souffle, cil de vertu majeure, vaste conjonction d'oriflammes et de secrets dont les heures sont lagunes supérieures, vespérales demeures, de lambris d'or, fresques amazones aux parfums subtils, danses du vivant de ses écumes et de ses flores, desseins des moissons aux signes de floraisons qu'enivrent les accents de pâmoison aux sentes éclairées de myrtes et de glaïeuls, éclairs des rives sans absence, au fleuve printanier.

Livres ouverts sur les pléiades d'univers où s'en viennent, faunes, les anciens serments, les routes antiques, renouveler le sens de toute orientation vivante, préambule de sorts conciliabules, des âmes révélées, où les esprits des eaux enchantent et divinisent toutes forces, toutes faces, de l'enseignement le plus pur, celui de la Vie dans sa profusion, son accomplissement, essor du vivant.

Douceur de l'ambre à genoux, des sycomores de l'orient l'ambre satin des roseraies ardentes, dans la splendeur des constellations diaphanes détail des œuvres écloses, libres, vives, talismaniques, où s'en viennent, dans un vol azuré, les faunes éloquences du Vivant, miroirs des ondes apprivoisées allant vers l'éternité, conter l'universelle ambroisie des sens, de l'Amour souverain à renouveler indéfiniment pour initier ce rayonnement intime et majestueux de l'Être en son champ de vitalité dans la sérénité, l'Harmonie veillant à l'équilibre des mondes !

Fountayn

Trois lectures complémentaires, trois faces sublimées où dans leur finalité se résume le destin Humain, son accomplissement, creuset où se rencontrent, délivrées de toutes contingences, les nécessités transcendante et immanente, Voie souveraine de ce dépassement statuant sur la finalité qui ne peut être qu'une naissance, car régénération de l'Absolu !

Grande œuvre que ce film restituant à la réalité sa grandeur, son innocence et sa témérité, histoire convexe où le savoir et le pouvoir jamais ne s'excluent, jamais ne se dissipent, mais dans la temporalité se lavent de leurs scories, anéantissant la bestialité sauvage des siècles dont les gardiens sont supports de toute mortalité, car enclins au seul pouvoir personnel au dessein individuel, jusqu'à la revitalisation semée voyant ce pouvoir s'irradier dans le don, ce don fertile allant vers le généré, la communauté Humaine, afin de lui offrir la Vie !

Sacre de l'éponyme grandeur du Vivant dont le destin est de renaître aux Étoiles, voie lactée dont elle est issue, et où elle reviendra après cette expérience du temps, Temporalité nécessaire à la conscience du microcosme, porte d'assomption de l'Espace, veilleur, témoin, gardien, de toute volition sublimée par les ordonnances nées de l'infinie multiplicité des temps qui fulgurent la moisson de la Vie, en la Vie et par la Vie !

Dessein livré ici sans voiles dans la convection des flux qui ne s'isolent mais bien au contraire s'interpénètrent afin de mieux transcender l'action dont la réalisation est aboutissement, renaissance, de la Vie non en son état initié, mais conjuguée à l'expérience inaltérable du vécu, port de toute régénération de l'Absolu divin !

Ainsi, ce film nous retrace, par le témoignage des archétypes, le chemin de la Vie jusqu'à son apothéose, dans une figuration magnifique voyant fondé le devenir Temporel dans l'Amour éternel, nef de toute création, l'Espace mantisse le plus pur et le plus ouvert, au-delà des ignorances passives des temps, et dans le souci de la synthèse, là le Génésiaque dans la rencontre des énergies souveraines, ici l'Absolu, renaissance de toute détermination de la Vie !

Un film donc à voir et revoir, rappel de notre condition de vivant dont le destin est celui de l'accomplissement de la Vie !

## Ô nuit...

Jean Philippe Rameau nous instruit de l'altière définition de nos hymnes, si près du cœur, de l'incantation sublime de notre faste. Faste souverain s'il en fut qui se retrouve, perçant le halo des brumes de nos jours, par espoir distinct, individué, rarement généré. Là se tient le lieu de l'enchantement, un enchantement sans failles, libre, uni, délibérant le principe d'une architectonie remarquable dont les ardeurs et les douceurs sont mélopées d'un bonheur vivant. Où notre devise d'être humain, dans l'émotion fulgure la loi de la résonance, en ses fleuves harmonieux, retrouve le sens de l'harmonie participant de cette réflexion intime qui fulgure au-delà des apparences la pure viduité et ses affirmations.

Le temps comme l'espace se dissipent, cristallisation la nef musicale nous emporte sur des fleuves conquérants, métriques rayonnants de citadelles et d'écumes la pluralité exonde de l'infiniment grand comme de l'infiniment petit, où rien n'est disgrâce mais bien au contraire intégration à cette désinence qui nous tient lieu, cet univers où perlent comme des refuges les arias de la beauté, préambule de notre gravitation vers l'éternité.

Sacre de ce chemin, où poursuivent les nefs, désignées, ce merveilleux voyage guidant et éveillant nos sens à la majesté de cette beauté du cœur qui, lentement palpite en chacun de nous, dans cette nuit profonde qui retient tous les enchantements, et qu'il nous suffit d'éveiller pour dévoiler leur plénitude et naître leurs ineffables déploiements.

Splendeurs découvertes qui, assumées, intégrées, ne se perdent mais bien au contraire attisent ce feu qui soulève les montagnes, guide les plus sages, devise les plus hardis, libérant en chacun la teneur d'un langage qui n'est plus celui des signes, mais de l'énergie formelle, cette énergie de l'élégance dont l'exemplarité est venue de plus haut vol, de la Voie par la voix dans une symbolique magnifiée irisant de ses ailes victorieuses et l'abîme et la cime, tel l'Esprit au-dessus des eaux qui ne se contemple mais agit l'indicible source du bonheur de l'épanouissement.

## Oasis du songe

Oasis du songe dans l'escarpement des mondes en alluvions, passant de rives en rives les seuils portuaires de l'éternité, s'en viennent en leurs degrés les mémoires ataviques discernant le sens azuré de toutes vagues, personnelles et générées aux algues victorieuses des souches abyssales, de celles qui forgent les lendemains à naître, de celles qui voguent les azurs sereins, et dans l'âme fugitive, voyageuse de haut vol, gravitent le ferment de l'univers qui s'éploie et se déploie.

Libre désinence de la Voie, sans égarement des nauséeuses incertitudes, ployant sous son joug impérial la mesure de toute chose, vitale, correspondante, illuminée, vaste fresque en laquelle, substrat, l'être demeure, semble-t-il enraciné, lorsqu'il n'est dans la temporalité que la chenille au berceau qui deviendra, accomplie, le règne lumineux, iris de la perception comme de la préhension, iris aux yeux d'éclair ou bien de lumière ou bien encore ensommeillé par les contes sans lendemains des atrophies qui scandent son chemin.

Nuits d'hivernales clameurs, téméraires, occultant des semis la moisson, que l'Aigle regarde sans complaisance en l'aire transcendée, avant que de prendre son envol de gloire, insouciant de ces moires aisances qui ne peuvent l'atteindre, car tout de l'univers accompli qui s'ouvrage indéfiniment par-delà les scories qui imaginent leur nectar qui n'est rien d'autre qu'un dédale insipide où se noient avec eux les reptiliennes aisances, les arrogances, les perversités, les lâchetés en abondance.

Prévarications du néant sur le néant, seules ordonnances puisatières qui s'inscrivent et s'évaporent dans le devenir comme la buée des charognes le matin sur la plaine, que le Lion observe, cathédrale de la force alliée à l'intelligence la plus vive, attendant patiemment son heure, pour d'un coup de patte en balayer leur turpitude, avec dans les yeux, mystère impassible, l'image de l'Aigle couronné qui réfléchit l'onde de son cœur, témoignant des gardiens de la Voie, qui jamais ne disparaîtront le front de ce Monde afin d'en veiller la pluralité majestueuse et la transcender en ses degrés, dans une vague florale dont l'avenir ne s'oublie, ni ne se légifère, ni ne s'oriente, ni ne s'avilit, ni ne se parjure, car du vivant l'élection profonde de la Vie universelle !

## Pérennité

Voie du sérail des opiacées divines, dans l'azur des serments, des enlacements et des épanchements, dans le parfum secret des rives antiques qui fulgurent le devenir, voie d'alluvions de fleuves souverains délibérant des ondes les mémoires ataviques, les fruits aux sources éveillées, les souffles aux splendeurs égayées, floralies des mondes et des univers qui veillent l'immortelle randonnée, celle de la Vie, sans naufrage, sans bourrasque, sans anathème, sans ces mille et mille desseins contrariants que voguent pleurs et larmes, rubis du sacrifice, non le sacrifice consenti mais le sacrifice imposé au nom d'irréelles perceptions, négations de la rosée des signes enivrés, des hymnes dans la nue fécondée, des cils en la vertu ouverts sur la nue exonde.

Dont la caresse émerveillée du lys se correspond, se transmet, et, dans la parousie sublime de l'Amour, s'ouvre sur l'infinie beauté, ce couronnement de l'Harmonie templière veillant toutes voies afin d'en accomplir l'horizon majeur, œuvre heureuse de l'accomplissement, œuvre merveilleuse où chaque correspondance enfante un sacre, tant de l'individué que du généré, symbole d'une exfoliation ordonnée, rupture des mantisses abreuvées par les temps comme les espaces qui flamboient, déjà vague sublime épousée jaillissant ce chemin de l'éternité où l'éternité elle-même n'est demeure, car simple préau de partage, déjà flot du rythme qui s'avance, du rite qui se perpétue, rencontre composée et composante de l'Absolu, sa pérennité créatrice.

Prières de vastes augures

Prières de vastes augures aux chemins de la Vie, prières de songes éclos, veilleurs des mondes aux talismans majestueux prédestinant l'ivoire, la marque du défini sur l'indéfini, prières encore par les sentes, chemins, routes de ce monde déployés vers l'infini, la connaissance, le rayonnement, prières toujours aux rives des moissons, de celles qui se lient, s'épousent et se transcendent.

Dans l'épanouissement des verbes, dans l'enchantement des sèves, toutes forces rayonnant le Vivant, toutes forces d'écumes et de règnes, forces en forge, des agrès des rives les parfums de parchemins enseignés, irisant la vertu des heures conjointes des âmes en gravure, des esprits flamboyants, des corps témoignant, de l'unité perdue, retrouvée, agissante, souveraine, développant au-delà de la fatuité la splendeur d'être, de rêver, de construire, d'essaimer, parures des chants.

Parures magiques élevant en leurs principes la beauté, dessein miraculé des orbes éployés de l'ambre en semis, arc-en-ciel à la gravure affine délibérant en ses essaims la plénitude de l'essor, conquérant, mantisse de l'Univers désignant, scrutateur des mondes générés, des alluvions de la pensée souveraine, de la désinence du sacré, celui qui ne se plie, celui qui ne se désoriente, celui qui tout simplement est et naît le creuset de la perceptible victoire du vivant sur les affres de la mort, les limbes dithyrambes de l'oubli, fastes sans lendemain devant la plénitude solaire de la Vie en sa puissance qui se perpétue et ne se soumet !

## Réflexion sur les 300

Et des feux antiques qui cernent les précipices, ces abîmes éployés qui dansent sous la nue, et dans lesquels plongent nos civilisations, ces abîmes auxquels résistent, dans un devoir d'être signifiant la force de la Vie et la parure du vivant, l'Être Humain, toutes faces harmonieuses secouant le joug de la barbarie, le métissage charnel et culturel de l'ignorance et de la bêtise accouplées, ces étranges constellations dont les langages ne sont que des hérésies funestes pour l'Empire de la Vie.

Calligraphies de l'acculturation la plus profonde ne voyant l'humain que comme participe du néant, aux forces en nombre, libérant leurs menstrues d'esclaves conditions s'avançant en hordes multipliées, indifférenciées, sur les terres du devenir, flots continus brisés par le sens victorieux, la défense inaliénable de la Liberté, cette Liberté que rien ne peut détruire malgré les nombres, malgré les efforts inconsidérés des tumultes, malgré les répugnantes conditions des atrophies qui se présentent, ivres de fureur et de sang.

Ivresse née de cette folie qui dans la condition humaine atrophiée trouve son pavois, osmose perméable à toutes les corruptions, toutes les déjections, toutes les exactions, univers sans retour qui fondent la destruction par leurs oripeaux, là, dans la faiblesse incarnée, respire des troupeaux qui se roulent dans le sordide et dans la fange, libre dessein de vagues purulentes qui agonisent en leur sérail l'intelligence, l'accomplissement, l'orientation.

Si tant le devenir de l'instinct lui-même atrophié, les voyant à la ressemblance de l'informe, en dessous du règne animal, se félicitant de leurs bubons et de leurs scrofules, nectars de leurs reines et rois, nectars de soumission qui les fondent en ces vagues qui se brisent, à flots continus, contre les remparts inamovibles de la Liberté, fleuve de l'Identité qu'ils ne peuvent comprendre, l'ignorance mère de leur soumission, étant leur déesse, le mensonge leur prêtresse.

Alors que dans leur creuset parade la mort, officiant la pluralité de ses cultes en lesquels ils s'engouffrent, si croyant de quelque infirme savoir ils s'imaginent porteurs de la raison des mondes, mondes qu'ils veulent façonner à leur image, à leur masque délirant et grotesque qu'ils appellent la "vie", pauvre vie en leur lieu, en leur dieu, se consumant dans la poussière.

Là, ici, plus loin, écume d'une maladie infinie et multiforme, la maladie de l'intelligence, ce sida intellectuel dont ils sont les représentants idéalisés, sida inoculé, brassé, imposé, légiféré, pour satisfaire aux pouvoirs tyranniques qui les bercent, les enveloppent, les développent, en leur faisant accroire leur splendeur de dégénérés mentaux, dans une matrice infatuée suant la peur, la terreur, puant la mort.

Carapace insoutenable qui s'écrase contre ce rempart inaccessible que l'on nomme la Liberté, source de l'Identité, principe de toute Souveraineté, source qu'ils aimeraient détruire mais dont ils ne parviendront en aucun cas à entamer l'avenir, car moteur puissant de cette Vie qu'ils bafouent en voulant la projeter dans l'immondice qui est leur lieu privilégié, immondice de leur règne qui ne sera jamais le règne du vivant.

De la Vie, de l'Être Humain et de l'Humanité, en marche victorieuse sur leurs scories nées du néant et qui retourneront au néant, la Vie ne pouvant se contenter de leur involution pour prospérer, la Vie délaissant à la nuit leurs os blanchis à la chaux de leur barbarie, afin d'éclore l'Humain et non sa caricature simiesque et sans lendemain !

## Rives enseignes

Rives enseignes des vastes féeries de l'aube, aux agrès des rêves et des songes, dans la nature profonde de la Vie qui vogue vers l'infini, saveur, délicatesse, moiteur, clameur à Midi de l'exonde frondaison des lys, où la vertu demeure parure de la nue, densité de l'œuvre et de ses existences épousées, par-delà les défaites et les rimes en accueil des écueils et de leurs forces, de leurs formes qui se visitent, se gravitent, s'éploient et se déploient dans ces dimensions caractéristiques qui font et défont les mondes lorsque les saisons se taisent.

Lorsque la volonté se défait, lorsque le chant se perd, qu'il convient de destituer en leurs clameurs malhabiles, leurs portées insignifiantes, leurs ramures imperceptibles, tout de maux qu'il convient de défaire pour porter haut le pavois du Vivant, dans ce firmament de l'ambroisie qui ne s'accueille ni ne se recueille, mais dans la volonté nuptiale s'irise de ses mille et mille fantaisies, stances de la Vie, Monarque en leur raison, Citadelle en leur empreinte, candeur et grandeur du chant alors que montent des cieux safranés et clairs leurs voix souveraines à l'impérieuse densité des souffles et de ses visitations, nuées ardentes des propos qui ne se rêvent, mais dans l'azur prononcent la grandeur des faits, la densité des œuvres, la profondeur des vœux.

Nue de l'onde aux marches du palais, où le monde s'en vient, épure miraculé des âmes exondes et souveraines, chant, mystère et cristallisation des œuvres, mantisse, clameur, devise, où se portent les règnes, les élans majeurs du réel, au-delà des verbes douteux, des écrins surannés, toutes failles sensibles où l'anachorète s'initie afin de destituer leurs vœux malhabiles, hostiles, éprouvants, gages de larmes, d'infini détresse, faces nocturnes qu'il convient d'obérer afin que la Vie témoigne, la Vie dans sa beauté, sa candeur, son olympienne vertu, danse de la joie, de la féerie, ambre du ciel, de la terre, des eaux, de l'aquilon, cil de vertu majeure, énamoure de l'Amour en sa splendeur naturelle !

## Les entretiens de Russel

...

Russel : vous nous avez parlé des conséquences osmotiques des digressions naturelles et de leurs opportunités pour révéler, dans le cadre exo biologique des formes avancées par les corrélations émises dans le cadre d'une navigation neutronique, pourriez-vous vous expliquer ?

Atania : l'univers que vous modélisez est un univers plan, à l'enseigne de celui proposé au treizième siècle de votre ère, une terre plate, retournant au vide, figée et naturée par une proximité anthropomorphique, sans issue, sinon celle d'une verticalité indue. Vous avez porté cette modélisation jusqu'au bout, dans une recherche effrénée de complaire à la théorie ahurissante de vous croire des exceptions dans ce que vous appelez l'univers, qui n'est qu'une facette microscopique du cristal qui définit la vie, ce cristal n'étant qu'un cristal parmi les nombres infinis dont il est issu. Théorie du bing bang, théorie de la relativité, théorie de l'évolution, trois thématiques qui n'ont de conséquences que celles de vos inconséquences, ce rejet formel de toutes sources exo biologiques qui ne pouvaient nuire qu'à votre paraître.

En conséquence vous ne vous êtes jamais intéressé à une des réalités de votre monde, celle de la pluridisciplinarité et la coexistence d'un nombre illimité de formes de vie qui dans leurs propres espaces-temps conjuguent leurs essors afin d'officier la densité de ce Creuset vivant qu'est votre terre.

Osmose consciente ou inconsciente, chaque face de cette réalité s'ouvre dans la coordination temporelle dont les portes sont voie de l'écart type neutronique existant dans l'invariante psychophysique de toute Vie, qu'il suffit d'agir afin d'en désigner les ramifications, celles du pouvoir de gérer chaque monde en ses particularités, d'où ce qui vous semble une singularité, alors qu'il ne s'agit que d'une évidence dans le cadre du dépassement de vos théories figées ; là se tient la modélisation des interactions que vous savez développer sensoriellement mais non intelligemment.

Russel : Diriez-vous qu'il y a participation active des sédiments osmotiques que vous avancez dans le cadre des pouvoirs réfléchis qui tendent vers une unité supérieure des éléments terrestre ?

Atania : Vous pouvez le penser, maintenant pour asseoir cette thèse, il conviendrait de structurer l'Histoire et ne pas s'en tenir à et aux histoires régulées par un anthropomorphisme de convenance, darwiniste par excellence. La Vie revêt différentes formes, elle n'agit que dans la recherche de l'épanouissement le plus conséquent, et ne naît en aucun cas de paradigmes séquentiels qui n'ont d'autres limites que l'incarcération du savoir, incarcération prônée par des "élites" qui n'ont d'autres royaumes que ceux de l'illusion et de l'ignorance, afin d'asseoir leur pouvoir surfait.

L'Histoire n'est pas accouplée à leurs menstrues mais à une réalité particulièrement féconde qui fait abstraction de leurs scories. L'Histoire, donc la Vie ne commence pas sur la Terre mais est régie par des composantes universelles qui sont garantes de son déploiement, nous en reparlerons. En ce lieu de votre espace-temps, elle n'est pas née du hasard mais d'une nécessité qui est une option de développement, non dans le cadre d'une séquence voyant l'amibe devenir humain, mais dans un tout constructif, ordonné, bâti qui ne doit rien à une évolution séquentielle, bâti en répons d'un respire vivant qui n'a besoin que des limites appropriées pour rendre à la viduité sa permanence dans un environnement donné.

De cette création, purement osmotique, participe, nous y voici, de l'éloquence pragmatique d'autres formes générées, se tient le lieu de l'humain en sa croissance et son devenir, calque de milliards et de milliards de réalités osmotiques de par les univers intrinsèques et multidimensionnels existants, dans la considération du Verbe aboutissement, lié et liant de la conscience vivante en laquelle il devient liaison temporelle, et par là même sujet tant à la convoitise qu'à l'élévation, et parfois même sinon à la relégation, à la destruction spontanée ou générée.

L'Histoire est ce propos, totalement différencié de celui que vous évoquez, tronqué jusqu'à l'inouï dans cet espace-temps que vous vivez.

Russel : Nonobstant les interrelations existantes entre les différents plans dimensionnels coexistent donc en chacun de ces plans des formes et structures vivantes ?

Atania : Tout à fait, pluralité existentielle dont les constantes revêtent les caractères de cette Voie dont nous venons de nous entretenir, allant de l'autorégulation à l'intégration et jusqu'à la désintégration.

Russel : Ceci contredit toute la culture universelle terrestre, que l'on pourrait regarder comme acculturation ?

Atania : Et non sans raison, les bouleversements psychiques, psychosociologiques entraînant la reconnaissance de ces états pouvant être sans commune mesure avec leur expression, somme toute naturelle, dans le système d'incarcération culturel dans lequel vous vivez. L'anthropomorphisme que vous connaissez n'étant pas en mesure d'ingérer ces réalités qui transfigureront tous les modes et les équilibres de pensées.

Russel : Y a-t-il des vecteurs qui agissent, soit superficiellement, soit directement, afin de contrecarrer la déficience dont nous sommes les auteurs ?

Atania : Oui, et ces vecteurs agissent ou veillent depuis que votre terre est terre, mais a des niveaux de conséquence et non au niveau des virtualités informes qui vous régissent. Ces vecteurs eux-mêmes sont malheureusement parasités par des formes exo biologiques qui n'ont pas choisi l'évolution mais l'accomplissement de leur propre dérive au mépris de la Voie, alliées en cela à de pseudo sachant convertis par la fatuité, le désir, l'atrophie, menace marquée de votre humanité asservie à leur manichéisme sentencieux.

Russel : Avez-vous idée des formes qui menacent l'intégrité de l'humanité ?

Atania : On ne peut parler de menace, bien que cela recouvre les caractéristiques de ce terme dans la définition même des actions menées par ces strates. On distingue trois faisceaux dans le cadre de ces formalités, les unes vivipares, les plus dangereuses, car se nourrissant des êtres humains, regardez les statistiques annuelles par pays des disparitions non explicitées, les autres animales, qui ont trouvé refuge sur votre planète, enfin les dernières, qui en vérité n'ont aucune interférence avec vos civilisations, car veille de votre mobilité en la Voie, pour parler plus simplement, agents de renseignements de civilisations différentes essaimées par les galaxies.

Le danger omniprésent provient de la première espèce qui à différents niveaux de construction a déjà et continue à interférer dans vos centres de décision, afin de maintenir, au motif d'une avance technologique, en voie de raréfaction, son vivier en place, cette humanité qui lui sert de vivier. Des accords ont été trouvés avec ces reptiles belliqueux, depuis l'instauration du parapluie nucléaire dont les ogives sont dirigées vers l'Espace, mais cela est parfaitement insuffisant pour juguler leur tentative destructrice. Afin d'obérer leur manifestation, il convient que vous opériez en profondeur pour éradiquer à la fois leurs alliés dans la population et leurs formes sur votre planète pour laquelle ils disposent encore, et avec l'accord des premiers, des bases ordonnées.

Les seconds sont inoffensifs, cette force animale ne constitue pas une menace quelconque pour l'humanité, elle s'est intégrée et ne recherche aucun développement particulier. La dernière est la plus intéressante, elle est en alerte constante et peut faciliter une reconnaissance de ce devenir qui est lieu de la Voie, toutefois, il vous sera extrêmement difficile de rentrer en contact avec elle, sachant qu'elle n'est pas là pour éveiller, mais pour veiller.

Russel : Devant votre énoncé, peut-on dire que ce qui est ici est image de ce qui est ailleurs ?

Atania : Tout à fait exact mais multiplié dans l'équation espace-temps, pratiquement à l'infini. Ainsi vous ne serez pas étonné d'apprendre qu'il existe au sein de votre propre galaxie, des millions de civilisations qui pour certaines vivent en paix, pour d'autres sont en conflits perpétuels. Ce que Vous appelez la guerre est une pale image de cette réalité dont les interpénétrations sont parfois catastrophiques avec l'espace-temps terrestre, et parfois bénéfique.

L'unité du Vivant est en marche à travers ces milliards d'étoiles qui composent les amas et les super amas de galaxies, qui ne représentent qu'un univers parmi les univers. De fait la discorde quant aux modes de profondeurs d'épanouissement naît des cataclysmes que vous ne sauriez imaginer. La guerre devient nécessitée et appelle d'autres guerres, la Paix que vous reconnaissez étant le cycle de l'invariant des rémanences affirmées et conjuguées dans une symbiose parfaite. Parfait qui ne s'acquiert pas mais se conquiert de haute force.

Je ne rentrerai pas dans les épisodes de cette épopée qui en écho parfois se révèle dans vos pensées, chaque onde exprimée trouvant réceptacle au-delà du temps comme de l'espace, je dirai simplement que la Voie est universelle et en cela exprime toutes les variantes vivantes en leurs écumes.

Russel : Dans tout cela, notre destinée conflue-t-elle vers cette épopée ou bien n'en connaîtra-t-elle jamais l'affirmation ?
Atania : Il faut bien saisir l'importance de l'autonomie nécessitée au cœur des systèmes pour appréhender une réponse à votre question. Il n'y a mesure en votre lieu de désespérance mais bien au contraire d'activation de votre pouvoir de vivant, par-delà les anachronismes qui vous cernent, cette

anthropomorphie déroutante qui vous isole, cette condition de vassalité vis-à-vis des formes qui vous enlisent.

Si vous dépassez ces seuils configurés qui ne sont liés à aucun inné, mais à un acquis de larvaire prostration, vous irriguerez cette force de la Voie au même titre que toutes les formes qui y coexistent actuellement, et d'autres qui s'entre-déchirent et s'annihilent. Il n'y a de destin que dans la prise en main officielle de ce destin qui ne peut rester muré dans le silence dominant vos réflexions, toujours portées vers l'inconsistance, alors qu'elles devraient s'ouvrir sur la réalité du vivant et non une historiographie sans lendemain, sinon celui de la reptation.

N'attendez en vain, redressez-vous et combattez dans la Voie, débarrassez-vous des chaînes qui vous emprisonnent et vous obturent la vue. N'attendez rien, sauf quelques légers redressements de la part des veilleurs, je vous l'ai déjà dit, ils ne sont en votre lieu pour intervenir mais pour mesurer votre sagacité à vous épanouir dans la voie, à vous débarrasser de vos scories propres et celles des formes qui ont décidé de se servir de vous comme animaux de laboratoire et nourriture.

Agissez, construisez et détruisez ces formes qui ont fait le choix d'un mercenariat qui détruit la Vie. Si vous réussissez, vous essaimerez les galaxies, porteurs de votre nom et de votre épopée qui rejoindra celles des autres civilisations. Votre planète abritant votre forme est multipliée à l'infini et il ne vous sera pas difficile de vous y installer si et si seulement vous dépassez ces limites abstraites que vous vous êtes forgé et en lesquelles vous stagnez inutilement.

Alors seulement les Autres formes de Vie vous rencontreront, mais pas avant. Ne vous attendez pas non plus à ce que cela soit facile, la guerre est toujours présente et vous devrez combattre comme vos générations l'ont appris en votre lieu, des combats majeurs qui vous permettront de vous forger vers ces lieux que vous accomplirez, et qui vous permettront de rejoindre ces creusets de civilisations autonomes et fédérées qui vous mèneront vers la connaissance de ces Univers multidimensionnels qui n'ont de finalité que l'Absolu, dont vous êtes partie intégrante...

## Villes enseignes

Villes enseignes aux portuaires dimensions, de vagues amazones constellées, bruines du saphir calypso louvoyant les mâtures azurées de varechs et de houles aux septentrions des songes, ivoire aux âges souverains de clameurs en clameurs aux menstrues charnelles devisées, cales de mannes et de vivres, sel de la soif, bois de palissandre en semis, qu'épouse l'haleine fraîche des ondes de l'iris effeuillé.

Nocturne de l'amitié des mondes et des ondes cristallines, ivoire en corps de la brume florale l'annonce du vivant, de ses fêtes, de ses joies, de ses mille chagrins dont parle l'équinoxe, ses rumeurs, ses souffles et ses danses, hautes vagues d'amandes fières aux grenats apprivoisés, anses des livres ouverts sur la plénitude et ses contes composés, là, ici, plus loin, dans l'appréciation du terme de la nue, alors que le jour se lève et dans la plénitude le chant se dresse merveilleux !

## Architectonie

Où l'ambre en ses mystères, ses écheveaux, de mille et mille parfums surannés, s'en vient, gravissant les fertiles demeures, orbes majeurs d'une architectonie sans failles, se tient le lieu, couronné de sa gloire aux précieuses arborescences, diaphanes accomplies que l'âme sereine contemple, nef d'un sourire, nef de la joie partagée et adulée dans l'accomplissement du vœu d'Être, d'essaimer, navigateur de la nue, aux préaux olympiens des firmaments, dans cette portuaire dimension où l'onde est un miroir, une histoire, une devise mais aussi une force.

Voyageant les mondes exondés, puisatière des racines et des cieux dévoilant sa présence inoubliable, celle de sa ramure voyant des mondes l'enfantement, la cristallisation, opérandes souverains que les talismaniques vertus, les prières opérées, ne peuvent contraindre, car libre de leurs semis, dans la pure liberté qui soit donnée, celle de l'Absolu, heureuse certitude unie à la fenaison menant les clameurs et les rires aux fêtes sous le vent et aux chants au-dessus des eaux, définissant leur vitale appartenance.

Loin des cris stridents des atrophies et de leurs devises, ces esquifs de la douleur qui se décomposent sous l'ardeur solaire pour laisser place à la paix, paix native, éblouie du sommeil passé, de l'aventure à naître, précieuse ornementation saillissant l'éternité pour en conjuguer l'essor et l'harmonie, danse à midi, danse à minuit, libérant des faunes escarpés les desseins du vivant, acclamé renouveau, Humain en ses éléments en symbiose.

Humain en ses forces de l'Esprit enseignées aux confluents de l'Âme délivrée, épure substratum passant, certes d'une heure seulement les rives apprenties de la matière et ses essaims, mais combien de minutes exaltées, combien de secondes constructives, combien, au-delà du temps comme de l'espace, de moments de félicité lui permettant d'agir immortel le devenir des mondes et de leurs chants, empreinte, détail, saison, toutes faces sans abandon que la clarté devise, telle la sagesse en ses Templières connaissances, vibrant une authenticité sans failles.

Dans ce jeu des floralies qui s'inventent et se réinventent, se partagent, s'associent, se renient, agençant des finalités dont l'ouverture essentielle les correspond, démontrant sans masque le jeu lui-même, le jeu de la Vie conquérante, délaissant à jamais le statisme, pour féconder l'avenir et ses forces éveillées, denses et puissantes, gravitant l'ordre et le désordre, œuvrant dans la multiplicité le devenir éclos, l'harmonie, du passé, du présent comme du futur, qui toujours veille, majestueuse et impériale, la Nécessité et son hymne, l'Universalité.

## Climats des lendemains

Climats de lendemains qui chantent, s'en viennent libres et vifs des parfums aux ramures célestes, virevoltent les nidations de sphinx ailés aux moires désinences de rêves, dans la pluviosité de granits bleuis, où le porphyre dessine l'agate, le grenat et le lys, architectonie de vagues en émaux, de vastes flots couronnés livrant à la moisson des pouvoirs de renouveaux, perles du saphir, engrangées et situées aux parchemins des empires conquis.

Fêtes par le chant, fêtes encore prononcées, livrant en farandoles les déambulations musicales des voix qui se composent, s'allient, se renient, s'étoffent, s'improvisent, se congratulent, mais, encore, s'initient, de vivre l'enchantement, de nuptialiser les promesses, d'enfanter les serments, nature profonde des échos qui se correspondent et flamboient, dans l'ascension du verbe, parole, donnée, ornementée, éployée, libre de toute agitation, clair et vaste préau où les circaètes accompagnés d'oiseaux lyre enchantent une prouesse.

Celle de retrouver l'azur, après des courses oublieuses, des lagunes sans finalités, des forêts sans épices, toutes ces formes qui dansent devant les yeux du voyageur fatigué qui ne sait plus quel chemin suivre, tout oasis ayant perfection dans la perception du désir délivrée son nectar à pâmoison, alors qu'elle n'est que variation puisatière de la grandeur qui attend, celle de l'Être en écho, complément de ses rives et de ses rires.

En la vertu de la volition qui ne s'effeuille aux bruitages des vents et des bourrasques, des tempêtes et des Cyclones qui s'abattent sans répits sur son front, auspice de toute latitude, nef du sérail de ce qui importe par-delà les moires aisances qui s'évadent au-devant de sa foi inextinguible en l'ardeur composée, celle du don de sa Vie à l'accomplissement précieux de la Vie, marque sans masque de l'aristocrate développement de l'Univers en lequel, partie et tout, accompli, elle prie...

## Des ondes souveraines

Des ondes souveraines, nous irons d'écumes claires ces mondes qui attendent notre retour, aux vastes fronts de la houle, nos nefs cristallines marbrées du cil victorieux, allant l'espace supérieur des âges au cycle des floralies spatiales où le temps se révèle creuset de tout élan porteur, ivres de vespéraux hyménées, déployant nos cœurs par ces sphères ataviques pour porter sérail l'accomplissement créateur, et nos œuvres, et nos choix, et nos stances, et nos mélodieuses perceptions, libéreront le fruit et la pulpe de la vie par ces vitraux des espaces magnifiés.

De haute lutte comme de noble désinence, nous porterons le chant de la Voie par toutes faces, conquérants des étoiles, vigies de la paix et de la Liberté en toutes gravures des mondes habités, destituant les arceaux de la peine, de la cruauté, de l'incertitude ployant les civilisations, œuvres de la Vie au destin initié, et notre règne dans les pluralités dimensionnelles inscrira son nom, marche vive de l'horizon, scandé par ces peuples aux formes appariées qui se révéleront et suivront sans errance la modélisation de la Voie officiée, délaissant à jamais l'abyssale méprise des orientations mortelles, pour unifier les légitimités et les porter à l'apogée de l'épanouissement !

Ainsi et dans le chant et par le chant, destituant toutes tentatives de mise en esclavage que cela soit sur notre terre comme sur ces autres arceaux de la vie qui portent la Vie ! Ainsi afin que l'Histoire n'oublie que la liberté ne se transige pas en quelque lieu que cela soit, et que la Vie porte en elle, où que ce soit, cette incomparable parure, cœur de toute motivation vivante, le désir inaltérable de combattre afin d'assurer sa survie, combat de chaque jour comme de chaque seconde qui a abattu toute tyrannie, et continuera à abattre toute tyrannie quelle qu'elle soit, d'où qu'elle vienne !

Au cœur de cette terre comme au cœur des espaces qui l'environnent et la confluent !

## Aux Ordres Templiers

C'était aux runes septentrionales, alors que les lagunes de feux tiraient sur l'ambre, que ce jour vécu, la foi instaurée se révéla dans une promesse victorieuse, et dans l'annonce vertigineuse de cette force nantie de son armure gréée, le glaive flamboyant dressé vers les cieux, au-dessus du tellurisme inconditionnel des abstractions serpentaires, se tenait ce Templier, mage et sage à l'éloquence vibrante et magnifiée disant ce qui suit :

« Mes frères en pensées, qu'il me soit permis ici de signifier l'indigence de nos ordres face à l'hypocrisie servile à laquelle dans l'accueil se sont complues bien des acceptations, soit l'une née de l'amitié, soit l'autre née de la cupidité, soit les autres nées de l'inclination à un laisser-aller que l'on ne saurait imaginer ! Il est grand temps de réparer ces ignominies, ces belliqueuses outrances, ces calvaires abandonnés !

Nos Ordres ne sont pas nés pour servir le serpent et ses monstrueuses configurations, ils ont été bâtis pour servir et accomplir l'humanité et non pour en renier l'existence et la confluer dans un esclavage roturier, pavane de dynasties de circonstances dont l'intelligence est inexistante ! Face à ce masque hideux de prébendiers, dévoués aux ordres de ces êtres inachevés, qui insinuent nos rangs, les infiltrent et les noyautent, pour mieux nous corrompre et nous décimer, il ne nous reste plus qu'une seule voie, combattre !

Combattre pour la justice, combattre pour l'Humain, combattre pour l'Avenir, combattre pour la Voie ! Premier lieu, nettoyer notre préau, du grade le plus humble au grade le plus noble, au-delà de tout sentimentalisme, car en notre lieu il ne peut y avoir double appartenance, si on a choisi le service du serpent on rejoint le serpent, si on a choisi le service de notre Ordre, on reste dans notre Ordre ! Nous avons connaissance des membres pervertis, et savons que d'autres se cachent en nos rangs, que nous dévoilerons en temps voulu, en attendant que ceux édictés rendent leurs armes dont ils sont indignes et rejoignent leurs maîtres.

Nous n'avons nul besoin de leurs services impies, de leur obséquiosité grotesque, de leurs larmoiements hypocrites, qu'ils partent et disent à leurs maîtres que notre Ordre ne les servira désormais en rien, que bien au contraire nous porterons la guerre jusqu'en leur sein s'ils cherchent à nouveau à le corrompre, une guerre terrible dont ils ne seront pas vainqueurs, leur nombre limité ne pouvant s'opposer à nos légions, car ces légions sont l'Humanité, sept milliards d'Êtres Humains contre leur vindicte !

Nous lâcherons nos légions telles des nuées de sauterelles sur leurs temples, jusqu'en leurs maisons intimes, en chaque lieu, par chaque temps, jusqu'à ce qu'ils soient décimés comme ils ont cherché à nous décimer en nous avilissant à leur dénature ! Qu'ils se gardent ! Car nous nous garderons et ce ne sont les quelque cent mille qui les perdurent en leurs tributs, et ce ne sont leurs chiens de guerre qui ne savent pas ce qu'ils font, qui viendront nous détruire ! Je le répète, nous avons la force, nous avons le nombre, et nous avons pour nous la justice, ce qui leur fait défaut, ainsi n'ayez peur de leurs cris et de leur sauvagerie, n'ayez d'inquiétude de leur bassesse et de leur outrage, n'ayez pitié de leurs racines et de leurs fleuves dévoyés, nous saurons les vaincre, vaincre pour restituer la Voie, en nos arcanes, en nos degrés, en nos Ordres !

Prenez mesure et préparez-vous à cette action intrépide et sans haine, il convient d'éradiquer les maux dont souffre la Vie en ses éléments les plus humbles, il convient de restituer à la Voie son devenir, celui de l'épanouissement de l'Humanité ! Ne faiblissez en aucun cas sous les invectives, les injures et les tentatives de subordination, armez-vous d'une infinie patiente et traquez jusqu'aux derniers ces fléaux qui n'ont d'autres principes que ceux de leur atrophie !

Nos alliances sont multiples, nos Ordres de mêmes et si chacun d'eux se sépare de l'ivraie qui les stérilise, très tôt serons-nous victorieux de ce mensonge qui salit la nature de notre philosophie, ce mensonge bestial né de l'avidité et de l'avarice associées, ce mensonge qui doit être foudroyé comme fut foudroyé le mystère de sa nature en un temps si proche ! Prenez mesure et que chacun s'arme pour élever dans le sein de nos degrés la voie de la guerre libératrice, cette voie en la Voie qu'il convient de naturer afin que ce monde dont nous ne sommes qu'éveilleurs, ne tombe entre les mains de l'agonie, fauve errance de la mort et de ses serviteurs les plus exécrables !

Soyez tel Saint Michel pourfendant le dragon, nanti de la pure luminosité du Verbe dans cet azur où se dressent la nuit et ses oracles ! Prenez mesure Chevaliers, des ordres maçonniques, Rose Croix, Teutoniques, Templiers, prenez mesure et libérez ce monde de ses scories ! Debout Guerriers de la Vie ! »

Ainsi parlait ce Templier aux aréopages qui tressaient une ovation dans une acclamation ordonnée et claire, tandis que sapiteurs de la nuit, les quelques frères qui croyaient être parvenus au sommet du Temple disparaissaient sous les huées afin de rejoindre l'ordre du serpent, étriqué composé de ce qu'ils croyaient être l'élite de ce monde !

Des ordres Templier le Renouveau.

D'orfraie les voiles se tendent vers la nidation des scorpions et de leurs atours, visiteurs et conquérants des espaces ouvragés, alors que dans la léthargie des communes mesures se tiennent les vautours, leurs facilitateurs, traîtres sans pitié dont le conte est déshéritement de toute probité.

Condition extrême des ramures déployées, la victoire de leurs gréements semble assurée, mais c'est sans tenir compte de la réalité, ces ovipares ne se cristallisant que dans le virtuel aveugle de leur survie d'araignes toiles pitoyables, ne voyant se dresser devant leurs regards amorphes la pluie torrentielle des oriflammes !

Navigation faisant face au désastre, à la perte des valeurs millénaires, à l'asservissement culturel et spirituel de contrées sans noms et sans devenir, à l'anémie rayonnante portée par des pleutres érigés en monarques, livres de ces temps déchaînés, où l'errance dissimule l'atrophie, où la pluralité assigne à la médiocrité, où la vie n'est plus qu'un champ de mortification bestial et légiféré !

Œuvre portuaire en ce signe voyant des hymnes surgir les antis corps sur ce corps gangrené, lentement mais sûrement délivrer le vivant de sa ruine avancée, dans un fracas d'écume, ouvrant la plaie béante de l'agonie pour en restituer et en défaire les arcanes, et rendre ainsi à la Vie sa parure, ici, là, plus loin, dans toutes faces et par toutes faces, jusqu'en la discrétion la plus subtile, prenant chaque pouvoir de chaque légitimité éblouie par le parasitisme pour en parachever la destitution, désintégration de chaque lâcheté, de chaque corruption, de chaque reptation !

Instant du sacre Templier, renaissance de cette vertu nuptiale et conquérante jadis brisant le néant voulant l'asservir, sur toutes faces des mondes, Chevaliers de la vie, portant la vie, allant vers la vie, Templiers, Teutoniques, Croisés d'insigne mesure destituant les fluctuations du despotisme de tous lieux ! Ces jours renouveau par les Ordres silencieux, réveillés par la folie des âges en semis, ces jours en armure pour combattre et destituer à jamais l'ignorance, floraison de la bêtise bestiale accouplée à l'atrophie !

Ordres lumineux aux anachorètes vertueux décimant l'ingérence, ployant la cupidité, délivrant la vie de cette dérive l'enchaînant, la maltraitant, opiacée aux fumerolles déplacées gravitant la jalousie, l'incapacité, la haine, ces tourbillons de la folie humaine recherchant l'asservissement de toutes racines au profit de la bestialité rampante et hagarde. Ordres d'hier revenant d'un pas victorieux le miel de saison, d'écume et de beauté, lavant au frisson du combat l'affront fait à la Vie, décimant l'abîme pour naître la cime de l'espérance, dans une joie conjuguée, signe des équipées souveraines, de celles qui ne s'estompent mais se lient pour couronner le renouveau de la Voie, cette Voie éperdue dans ce monde chtonien envahissant et brumeux, renaissante au firmament Ouranien et Solaire, dissipant la brume et ses agapes, sérails d'adorateurs anthropomorphes qui se congratulent de leurs moires aisances sans existence.

Haute vague, et vaste faste annonçant le prélude de batailles homériques desquelles sans travestissement aucun resurgiront l'honneur et la maîtrise, endeuillés par des siècles d'incurie et de prostration, soumis aux hydres les plus belliqueuses, voyant l'humain enfin debout et non en reptation, l'humain glorieux, source conquérante de la nuptialité des mondes, l'humain vivant en la vie, par la vie et pour la vie, par-delà l'infortune des siècles, par-delà l'utopie, maître de son destin, œuvrant à la génération et la régénération de la Vie par toutes pentes de ses cimes, afin de hisser l'humanité vers son avenir, qui n'est pas celui de l'avilissement, de l'esclavage, de la compromission, toutes voies décharnées qui acclament leurs prouesses de destruction !

Ainsi et dans l'âge qui vient, la désinence, livrant des cils ce renouveau, voyant mantisse du creuset des chants s'avancer la désignation Templière par les champs de cette terre livrée à la déréliction de fauves assoiffés de puissance, sans ostentation, générant l'impuissance de ces puissances désignées.

Armées de la Vie inscrivant la Vie sur ce champ de morts aveugles, libérateurs couronnés de l'Occident à l'Orient labourant le sol d'une Éternité reconquise où l'Ordre régnera, vital en son ascension, légitime des Peuples, conscience des Êtres, dressant à jamais au firmament l'étendard de la Liberté, seule garante du devenir de l'espèce Humaine, en ses Races, en ses Peuples, et en ses Êtres !

## Des forces éthérées

Dessein des heures aux forces éthérées du songe et de l'onde armoriés, voici le chemin des vagues sous la nue, empire des algues aux rives déployées, nous y sommes épures de la nue, dans la tendresse de la houle, nageant fertile la nomination du cil, des épervières latitudes, vierge essaim des champs de blés murs, en clameur surannée, partageant l'amour incarné de la jouvence éternelle, pâmoison des cieux, des nuages de félicité solaire témoignée, ainsi du verbe le parfum, oasis des candeurs et des splendeurs adulées que le conte du firmament développe aux marches transcendées de l'azur énamoure.

Et nos rêves dans l'éveil, ici de la moisson, ici de la parure, fier lendemain ouvert sur le règne, hâlant d'émaux en émaux les gerbes du corail, la moiteur dorée des sites déployés, enfantant, suaves, l'éternité ruisselant les stances fauves de la nature féconde de l'immortalité et de ses sèves, anachorète de pluviosités effeuillées ouvrant sur le monde un regard vif et clair, enrichi de la beauté du marbre de la nuptialité exquise d'un sort renouvelé où le monde sans abandon se couronne, faste de ses embellis, ses richesses, ses trésors de partage et de dons, tendresses d'écumes blondes au soleil levant, dans la grâce fertile d'un soir d'orient, clameur, souffle, messagers de l'univers, inondant les lendemains à naître d'une désinence votive, celle de l'Éternité !

## Éventail suranné

Éventail suranné des orbes sous la nue, aux fresques abyssales des diaphanes écumes évaporées, voici l'onde et son miroir sans brume, lac de fenaison d'ambre partagé aux limbes safranés des âges sous la nue, échue de vestales armoiries de clameurs adulées alors qu'en fête, se tressent les émaux des affines splendeurs, blondeurs de rives anachorètes élevant, nuptiales, de prismatiques confluents où les genres en semis dansent d'opales clartés les fenaisons d'une ivresse conquérante, adresse de la Vie en ses diaphanes évanescences.

Nuptialité des mondes aux cotonnades moirées d'ivoire, de sources et de fleuves éveillés, livrant de volutes en volutes des combats secrets, dissipés sous la nue exquise de l'amour à jamais renouvelé, de la plénitude la joie de l'enfantement, toutes vagues livrant des chants la semence du grand nom, de l'azur éthéré la condition de l'harmonie aux cils qui s'imprègnent de la pure vitalité, aube de liens en lieux sans absence en la désinence épousée, des hymnes à profusion dans le dire de l'allégeance à la voie, multipliée en l'infini caresse, en la déité perceptible et perfectible des constellations charnelles voguant vers la demeure assoiffée.

Limbe de la magnificence de cohortes adulées, livrant par milliers leurs pages effeuillées pour assigner au temps son sursis et à l'espace sa densité, clameur du songe, douceur du rêve, éclair de la raison spontanée des sèves au firmament hâlant de grèves en grèves les houles opiacées des festives langueurs, dans la moiteur des sources et des souffles, là, ici, plus loin, que la Vie demeure, exulte et partage, dans un arc-en-ciel floral dérivant aux astres le message de la fluviale appartenance au règne sans abandon, ce monde cristallin de l'Éternité qui veille et jamais ne se laisse étouffer par l'oubli, car inéluctable destinée de la nécessité qui initie et façonne l'avenir !

## Les murs ont la parole

Dans le domaine du sensible, de ces voies inexplorées du cerveau humain, de l'activité médiumnique, les relations sont audibles et issues d'un déterminisme qui relève de mondes transfigurés en lesquels des Êtres s'adressent les uns aux autres d'une manière qui peut nous apparaître étrange mais qui reste dans le réel et n'est pas la conséquence d'une imagination débridée ou maladive.

La transcription, l'émotion, l'intuition sont des vecteurs spontanés de cette audition qui génère des révélations sur des domaines matériels, spirituels issus d'actes humains qui imprègnent la densité physique, qui alors devient chargée d'une émotion particulière que chacun peut ressentir suivant son degré de perception. Il est des murs, des lieux, des configurations qui restituent la parole, incitent à la parole et ont pour vocation de donner des indices sur ce qui a été fait, sur ce qui a été dit, et bien plus sur les actes eux-mêmes qui se sont produits.

Révélateurs, ils s'intensifient chez le médium d'une manière appropriée afin que la réalité embrase leur densité et éclosent une orientation, une action en réparation, ou bien une attention tout simplement. Un exemple insistant s'est manifesté chez x qui, après avoir visité un appartement, n'était pas en accord avec son achat et toutefois se trouva y habiter, l'achat de cet appartement ayant été réalisé par y.

Des manifestations se produisirent suite à son arrivée, claquage du bois des tables, des armoires, apparition sauvage notamment d'un personnage monstrueux. Petit à petit les sources se firent plus oppressantes, prenant les contours d'une fixation pathologique, le verbe tuer revenant sans cesse, faisant accroire à x qu'il devenait fou, alors qu'il ne faisait qu'entendre mais qu'il ne devinait pas encore ce que cela signifiait dans le contexte où il était. L'appartement était initialement propriété d'une famille très catholique, dont l'un des enfants est devenu prêtre et officie en Afrique.

Le fait pour X d'invoquer le Christ suffisait pour apaiser les humeurs qu'il entendait, humeurs qui se transformaient en visions particulièrement sordides, scènes de sexualité débridées, scènes de luxure éprouvante. Retournant le problème, x se décida d'écouter et d'entendre, sans tenir compte de la peur que lui inspirait chaque parole qui résonnait des murs et l'enveloppait comme pour mieux le dénaturer.

Il essaya de comprendre, puis petit à petit le terme tuer fut remplacé par la phrase, j'ai été tué. Et cette voix qui lui parlait au-delà du brouillard émis par le personnage monstrueux qu'il avait vu, était une voix d'adolescent qui disait se nommer Itrich Didier. Il était scout, et ami des enfants de la famille qui vivait dans cet appartement avant l'arrivée de x et de y. Il venait suivre l'éducation religieuse qui y était dispensée par un prêtre qu'il nommait Dumont Lionel.

De jour en jour la lumière de ses explications venait ce jour où x entendit et vit clairement s'inscrire les actes qui possédaient cet appartement. Itrich Didier expliqua qu'il était seul avec Dumont Lionel, que ce dernier l'avait approché et commencé à l'attoucher, et devant son refus, s'était dirigé vers la cuisine pour prendre un couteau et le soumettre à sa volonté. Violé sous la menace, l'adolescent expliqua que Dumont l'avait tué pour taire ses cris et profiter de sa dépouille, puis mutilé.

Tout s'expliquait et à la question mais qu'est-ce que tu es devenu et qu'est-il devenu, Itrich Didier répondit qu'il avait été incinéré par Dumont dans un hospice Parisien dont il ne connaissait pas le nom, mais il savait que son prédateur était confesseur à Saint Martial en Ardèche, et qu'il n'avait jamais payé pour son crime. X fit part de cette révélation à la police, ce qui permit l'arrestation et le jugement de l'horrible confesseur.

Dès lors, les murs se turent, ils avaient libérés leur mémoire et x retrouva son équilibre, qu'il n'avait jamais perdu au demeurant, mais qu'il croyait corrompu ne reconnaissant pas ses capacités médiumniques. Cette relation n'est qu'une relation parmi tant d'autres que maintiennent secrètes bien des Êtres Humains de peur de croire qu'ils ont sombré dans un chaos sans fin, alors qu'ils sont tout simplement en relation avec une histoire, un fait, un drame, ou bien tout simplement une banalité. Les exemples de ce type ne manquent pas, et il serait intéressant d'allier à certaines recherches, notamment criminologiques ces restitutions qui permettraient peut-être d'élucider un certain nombre de disparitions, de crimes, de faits historiques et divers.

## Mayorka

Mayorka me dit :

« Votre monde est totalement inféodé à la respiration sacrificielle des reptiles, ils inondent vos armoiries et les couvrent de leurs déjections putrides. Ils sont sanguinaires, débauchés, à l'image de ce siècle qui a vu la chute de votre Rome, cette Rome se vautrant dans le fumier, dans l'orgie, dans le meurtre et dans l'adoration de la matière !

Ne voyez, ils se couvrent de vos humiliations, de vos larmes, et de vos souffrances, ils jouissent entre eux de cette délectation morbide qui les fait paraître, pompeux, tous animés de la même désinence, celle de vous voir accouplés à leur bestialité immonde !

Atrophiés jusqu'à la lie, ils se décomposent devant vous et demandent votre culpabilité pour asseoir leur mensonge, leur déficience, leur prosternation à l'abîme, cet abîme en lequel vous vous effondrez, sans même pouvoir vous relever, la lâcheté étant omniprésente désormais dans vos comportements délirants, morbides, cataleptiques !

Ne voyez un seul instant l'œuvre de mort dont ils façonnent votre monde ? Ils s'autoproclament et créent des lois iniques qui leur permettent de satisfaire leurs besoins, leurs privilèges issus de ce monde chtonien qui un temps fut terrassé par le monde Ouranien et Solaire, monde chtonien qui ce jour parade sur l'immondice, sur la destruction de vos vies, par l'avortement, l'euthanasie, la famine et bien plus encore l'abstraction de la peine de mort qui leur permet de se complaire dans la destruction de votre descendance lors de leur culte démentiel où ils immolent vos enfants à leurs orgies sanguinaires !

Tueurs nés, ils sont, gardiennés par leurs chiens de guerre, sous contrôle, ce contrôle de l'esprit dont ils vous gargarisent à longueur de journée et de nuit par l'intermédiaire de leurs médias inféodés à leur bestial ouvrage, celui de votre destruction !

Ne voyez-vous donc pas comme elle est avancée ? La mort parade dans vos rangs, cette mort qui est leur dieu souverain, cette mort qu'ils s'empressent de semer comme le paysan son champ, afin de mieux vous contrôler, vous asservir, et vous faire les servir jusqu'à ce que ne reste rien de vos pouvoirs, rien de vos désirs, rien de vos savoirs !

Vous n'avez plus de Nations, vous n'avez plus d'horizon, vous n'avez plus de religions, vous n'avez plus rien, ni histoire, ni passé, ni présent, ni devenir, sinon celui de l'esclavage le plus totalitaire, l'esclavage à cette folie ordinaire qui demain vous verra baigner dans des larmes de sang, qui demain vous verra fossilisés sur la pierre d'œuvre de ces prêtres de la mort qui comme les Mayas vous enlèveront le cœur pour parader leurs orgies !

Le serpent a donc t'il tué l'Aigle en votre demeure ? Ce serpent venimeux qui se complaît à la guerre, à l'outrage, aux rituels les plus sanglants, ce serpent carnassier, l'Aigle ne serait-il plus capable d'en écraser la viviparité par votre monde ?

Cela ne semble plus le cas, a priori, lorsqu'on vous regarde, vide de conscience, employé à ne plus vous servir de votre intelligence, employé à ne plus vouloir comprendre, employé à accepter que l'on vous déchire, que l'on vous invective, que l'on vous terrasse, que l'on broie vos enfants dans des cultes ignobles et délirants, n'avez-vous donc plus aucun respect de vous-mêmes ?

Pauvre Humanité devenant une non-humanité, pauvre Être Humain devenant un non-être, zombies êtes-vous donc devenus, friands de jeux et d'invectives, tels dans l'arène Romaine ces Peuples hideux se congratulant de la cervelle de leurs frères s'entre-tuant pour leur plaisir !

Voilà donc votre Monde, et vous voudriez un seul instant que l'on s'y arrêta, pour ne voir venir que des adorateurs reptiliens qui n'ont plus visages humains, mais visages de la mort déjà qui se presse en leur atour ?

Lorsque vous réagirez peut-être viendrons-nous, tant de Peuples à naître et vivre pour la Vie que les vôtres ce jour n'en valent pas la peine, dans l'auto destruction qu'ils prononcent, qu'il n'y a rien à faire pour qu'ils ne disparaissent à jamais dans ce vide, ne laissant percer dans l'éternité qu'une lumière vite éteinte dont il est inutile de se souvenir tant la lâcheté fût l'exaltation de sa propre destruction ! »

Ainsi parlait Mayorka avant que de partir vers d'autres cieux, messagère funeste de notre champ, de temps et d'espace, immolé par l'ignorance...

## Mondes azurés

Dans la rive portuaire, iris de la pluviosité des heures, dans la rime lagunaire, isthme de la composition des temps, dans la citadelle délétère, puisatière des océans en rythme, là, ici, plus loin encore se tiennent et se retiennent les lieux où la Vie présente son visage, Vie d'ambre et de corail, Vie sauvage ou tendre, toujours renouvelée dans l'espérance, l'action, dans ces fruits de la volition qui n'imposent, mais selon les circonstances déploient leurs ailes.

Enseignes de nefs au nectar cristallin, pour recomposer de l'ordre la mesure, dans l'alchimie précieuse du renouveau et de ses odes, livre des sens qui ne s'adulent mais se correspondent, afin d'officier la route vivante d'une ornementation sans failles, celle de l'Harmonie, œuvre mage aux cités, œuvre sage aux respires fertilisés, œuvre au corps visité, de fêtes florales les jouvences d'équipages en liesse devant la parure de ses éléments vertigineux, accomplissant tout voyage, de l'aube au crépuscule, dans la navigation de l'esprit au-dessus des flots, libre désinence d'une ouverture qui s'éploie, celle de l'enfantement des mondes azurés, Mondes d'allégories votives.

Mondes de coralliennes effervescences, Mondes merveilleux déployés dans l'infini des stances qui révèlent, ces stances de la Vie, harpes de la joie scintillant l'éclair vivant, dans une symphonie dont l'architectonie développe ses ramures jusqu'aux cieux épousés par la tendresse de l'aurore, ce miel amazone naissant la féerie des buccinateurs, sapience de la nue aux offertoires divins, clameur des nefs adulées dont le respire inscrit au firmament l'intense partage du vivant, que le souffle désigne, que l'univers accompli prie, que l'harmonie transcende !

Parousie

C'était un jour d'été, livre de nature l'embellie, aux vagues éternelles de l'île souveraine.

Calice des heures antiques, le temple ouvrait ses portiques de jade, et dans la profusion des houles initiait sa vertu de couleurs majestueuses.

Couche de safran matinal, vierge ramure du cristal, dans la torpeur du sommeil s'évanouissant en l'éveil, Maïa s'étirait, voluptueusement sereine.

La chaleur du soleil étreignait son corps, emplissant d'Azur le secret de son cœur, l'amour impérissable dont elle était déesse et prêtresse de haut nom.

Elle se leva et dans la fécondité d'un chant qu'elle élevait dans le ciel pur éployé, s'adonna à ses ablutions, nageant fertile, le bassin d'ivoire empli d'eaux de roses, puis, chaque fibre de son Être ranimé, vêtue d'une simple toge diaphane, rejoint la nef portuaire du temple, son règne et sa splendeur.

À l'extérieur des murs, d'une blancheur irradiante, se pressait une foule bigarrée, cohorte de quémandeurs, de prévaricateurs, foule de demandeurs, de pleureurs, groupe de crédules, d'infidèles, se tressant, tel un filet, jusqu'à l'apogée du mont ivoirin où se dressait le phare de la nuit, évitant le naufrage des nefs en parcours.

Que de pleurs, que de rires, que de souffles, de désirs dans les centaines de cœurs la déployant, contenus par les gardiens du temple, immuables en leur beauté, nus ciselés dans la plénitude de l'essor, armés de la lance de l'écume, pour seulement obérer toute tentative de déchaînement et ainsi maintenir la fluidité du courant des visiteurs.

Le soleil était haut dans le ciel sans nuage, la mer lisse, la plage enserrant la presqu'île d'or, pourprée.

Déjà les premiers quémandeurs entraient dans le Temple. Phaïstos regardait la magie déambulatoire, attendant son tour comme tout un chacun, il y avait là des Sémaphores, aux visages laminés par les tempêtes, ici les Lipariens aux yeux verts, écrins des mers sauvages, plus loin les Agorêthes à la démarche souple, meneurs de troupeaux, et, sur la stèle monacale, les Assyrs, libres de vœux, guerriers infatigables croissant sur les frontières frénétiques où pas un seul jour la guerre n'éclatât pas pour toute cause que l'imagination présuppose.

Phaïstos faisait œuvre de patiente, regardant la foule bigarrée, ses écumes et ses mondes, ses lyres lascives aux fêtes du levant, voyant sur l'onde gracieuse s'éblouir le rayonnement d'Aton, l'astre solaire, poudroyant les corps de gouttelettes de sueur brillant de mille feux, allégorie exhalant la pluie des âmes aux surabondances de parfums opiacées répandant une exhalaison enivrante, maintenant le calme de la foule, grisée de senteurs, convoitise et désir d'ardeurs accomplies.
Dans cette brume invisible se tenait un groupe de jeunes femmes, dont les épaules s'ornaient d'un talisman azuré qui désignait leur fonction de navigatrices des étoiles, hymens des allégories alliant à la volupté la force psychique nécessaire au guidage des vaisseaux par-delà les stances des cieux et de la mer. Leurs longues chevelures d'un

blond cendré vibraient sous le soleil, l'éclat de leurs yeux d'un bleu profond enracinait le regard comme, seule, sait le faire la magie des thaumaturges, leurs corps élancés, graciles resplendissaient de vie, et le voile qui les couvrait mettait en valeur leur force vitale, inondée de souffle solaire.

Phaïstos se rapprocha insensiblement du groupe, poussé malgré lui par la foule qui, maintenant se faisait plus dense, et dans ce mouvement parvint à les rejoindre sans qu'il le crut originellement.

La voix cristalline de Maïa s'éleva tout à coup, initiant le silence de cette foule enivrée, mélopée source devenant fleuve, non de ces fleuves gémissants ou implorants, mais bien au contraire, aux flots vivants, évanescents le doute, le regret, la prosternation, pour éveiller la densité de la vie en chacun. Et chacun en son dire de vivant lentement, muait, se débarrassant de ses scories, de ses imprécations, de ses lâchetés, de ses oublis, de ses infortunes, de ses disgrâces...

Maïa, que la foule voyait sur le promontoire Templier, magnifique et magie, scandait le devenir, livrant parousie le mystère dévoilé de la création en sa fertilité, dessein des âges du vivant, et son verbe, maintenant, tétanisait la foule. Une foule silencieuse, épousant l'origine du monde, une foule délivrée regardant l'avenir, une foule libérée officiant l'avenir.

Elle était venue pour entendre, elle était venue pour voir, elle avait vécu de ses sens ces éblouissements et maintenant, lavée de ses moires aisances, lentement commençait à refluer, sous le regard énigmatique des gardiens qui tressaient en colonnes sa respiration fluide.

Maïa regardait ce peuple s'évaporer lentement, heureuse de lui avoir rendu le bonheur, porta son regard sur le groupe des navigatrices qu'accompagnait maintenant Phaïstos, dont le devenir lui apparaissait, noble, par-delà les voiles de l'apaisement, celui d'un conquérant, il ne le savait pas encore, mais le vivrait chaque seconde dans ces temps nouveaux qu'elle embrasait d'illuminations Solaires.

## Sèves arborées

Jouissance amazone des sèves arborées, dans la nue des souffles de l'empire des frissons, aux jeux adulés qui parsèment l'univers de signes qui s'éploient, se déploient puis clament une ardeur magnifiée, clameur aux fruits lourds de promesses, lisses et tendres émaux de charnelle éloquence qui bruissent le nectar de l'éternité, des âmes conjuguées la moisson d'une féerie partagée, libre étreinte des vagues où s'en viennent des nages fertiles les soupirs joyeux d'une étreinte solidaire délivrant des armures de sacrales vertus.

Harmonies des cœurs dissipant les nuageuses perceptions, naturant le sort des caresses, la parure des souffles azurées, toutes stances éprises de l'apothéose des sources et des fleuves, nageant l'irrésistible demeure des magnificences écloses, offertes au flamboiement des grenats agités de rythmes impérieux et doux, délivrant de fèves lourdes la source jaillie en l'humus profond et parfumé de leurs conques ou sentes sauvages, ivresses de la pluie d'or ruisselant fauve le cri de l'épanouissement, d'une vague souterraine, vague immortelle qui devise la destinée.

Dont l'azur est porteur de tout devenir, hâlant de ses ramures la joie de l'éveil par toutes faces en tout écrin de plénitude, assomption, dont l'univers est mémoire sans absence, conte à vivre et renouveler éternellement, impérieuse densité des souffles et des voix, des chants et des fêtes, de sources en fleuves aux rives parfumées, aux étreintes louangeuses, dans l'opportune moiteur des rêves et des songes, dans la candeur nuptiale des sites où le soleil magnifié déploie sa couronne pour ensemencer la terre impériale.

Mystère des alluvions, des abondances, aux rites développant dans l'azur la splendeur vivante, florale de mille et mille désinences abreuvées du firmament, contant par-delà ses promesses, la houle puissante et douce, à la fois, conquérant plaines et valons, cimes et abîmes, telle une lave joyeuse déversant ses hymnes sur les cristallisations de la mer, de l'océan, de leurs âmes aux ardents secrets, forges des lendemains à naître et chevaucher, là-bas, dans l'infini et ses domaines, là-bas par l'harmonie et ses senteurs parfumées d'oasis et d'Éden, pour toujours et indéfiniment...

## Signe de l'Onyx

Signe de l'Onyx aux passementeries de l'hivernale candeur, nous marchions ce règne, aux volutes enflammées de la conscience d'un vœu, dans la frénésie des chœurs et dans l'ascension des rêves, et le sort, empreint de ses avides corolles, éployait en ses délicieux sérails d'adventices lagunes où venaient, ivres de joie, se baigner nos corps harassés de poussière et de boue, hautes vagues des firmaments adulés aux fronts nuptiaux de splendeurs divines, sans repos d'algues prises sous le vent, par la raison des ordres puisatiers qui nous enchantaient.

Avant ces cris, de rives nouvelles à voir et engendrer, ces rives par-delà les myrtes qui sanctifient les gloires du passant, là-bas, sacrales densités qui ne se mesurent au déploiement mais à l'agencement serein des ordonnances qui se tressent, magnifiées et lumineuses en leurs citadelles circonscrites que l'ivoire demeure, éperdu en son cil de magnificence et de beauté, vaste promontoire que les nuées ne nous cachent, que d'autres vies nous envient, que d'autres phares par les sphères en concaténation développent afin de surseoir aux guerres impassibles qui poudroient.

Ici, là, ailleurs dans des fulgurances votives qu'il nous faut combattre, plus loin, plus loin encore, afin que la Paix resplendisse en ses coutumes et ses accueils, devienne stance de la Vie, stance aux oriflammes qui ne se perdent mais se conquièrent, par les âmes sous la nue, les esprits sous le vent, les corps ramifiés, par l'Éden du désir de naître son orientation souveraine, écume et marbre des sites du devenir, dans la volition qui ne se parjure, ne se déracine, car Voie de la nuptialité la plus féconde.

La plus vive et la plus ardente, aux mannes à propos de vestales appropriées qui se parfondent, aux stances sans repos des voix, supports de rimes, aux prononciations éveillées d'enseignements qui façonnent et libèrent toutes forces exondes alimentant le sort qui est répons, se devise, et dans la beauté solaire lentement s'étoffe de ramures inexpugnables, ployant les jougs de la tyrannie où qu'elle se trouve, voyant venir nos cohortes transcendées pour taire les litanies de la cruauté, de la violence et de leurs parcours insensés, matrices d'atrophies et de désintégrations.

Matrices contre lesquelles toutes nos forces se lient afin d'advenir chaque exaction à son terme, hier encore dans la nue des pentes, l'ouvrage dantesque sur nos terres olympiennes, ce jour disparu dans la contrée du jour flamboyant, voyant les stèles de ses désirs succomber sous les assauts impétueux de nos Ordres en marche de bataille, livrant jusqu'à la victoire finale la délivrance de chaque de chaque peuple, de chaque Être par ce champ de gloire, temps de songes et de tristesse, temps de guerres et d'offrande, temps incertains aux ruissellements fauves des litanies adverses venant s'éprendre de nos racines, décimés ces jours de victorieuse ascension.

Voyant la migration des sorts se propulser dans l'éther et ses afflictions dont elle venait pour mieux y revenir, l'aspiration de nos souffles n'étant celui de l'enchaînement comme de l'esclavage, mais celle de la Liberté sacrée, qui désormais rayonne sur toutes surfaces de ces mondes, toutes surfaces en novation, toutes formes en gestation, toutes stances fougueuses de l'élan vital porteur de moisson, et non plus en reptation ni agonie, haute vague dans le frisson des jours et dans la grandeur des vœux, dont nous sommes gardiens Templiers, écrins et veilleurs afin d'assumer la Vie dans ses espérances les plus fastueuses !...

## Un Chant Universel

Candeur de la nue sauvage aux élytres parfumés des oasis incertaines, dans cette féerie des vagues qui s'alimentent, s'éploient et, dans un vol d'aigle azuréen, se libèrent pour porter, éventail, les sursis d'une heure seulement, d'une minute, d'une seconde de joie pure où les festives cohortes de la Vie irisent des serments, des balbutiements, des témoignages, des rires et des sourires, des soupirs aussi, émois aux armatures puissantes et douces, aux incarnats volubiles, dans le préau mystérieux des sources qui débordent d'une ivresse infinie, d'une parure divine.

Là, ici, plus loin, préaux des rêves incarnés dont les félicités anachorètes enchantent une mélodie nuptiale, là, ici, plus loin, aux terroirs des règnes, dans les amoncellements denses des roches lagunaires où se tient le cil, éveillé, impérieux en ses efflorescences comme en ses monarques latitudes, grâce d'une volupté dont les prémisses au souffle ardent composent de clairvoyantes injonctions advenant la Vie, sa parousie, dans une nature fidèle où s'inscrit le temple de la beauté, ce temple de l'harmonie dont les cours intérieures ruissellent des allégories de l'Astre en ses épures, en sa novation, en sa nue cristalloïde, dont les rayons parfaits embaument un sérail, celui du Vivant.

Ce cœur palpitant l'horizon, ode à peine née déjà caressée des ondes de la lumière et de son flot, soleil au mystère renouvelé dans la parturition des sèves, dans l'élément serein de la grandeur qui s'accomplit et prie, là, dans le jardin d'Éden, ici, moisson d'accueil, déjà des libres désinences de la portée des âges qui s'exondent, se fortifient, et dans la clameur du présent, jeux du parcours, gravissent l'Éternité, ivre promesse de la temporalité et de l'espace, promesse de l'Absolu, par le succès des actes qui lentement, de prouesses en prouesses, viennent la densité éclose de la perfection qui se devise.

Corps à corps des talismaniques vertus qui s'épousent, corps à corps des embruns et des vents furieux qui enserrent la voile pour l'éployer au large firmament, là-bas, dans le secret des étoiles majeures, libre dessein du devenir, autorité du verbe et semence de l'ambre, de l'or cargaison de palissandre et ses saisons, de jaspe et ses écumes, d'obsidienne et ses facettes, que le quartz dérive lentement, assurément, afin d'enivrer la perception, la rendre visiteuse, afin qu'elle éclaire de ses aires embrasées l'énergie souveraine qui plane au-dessus des eaux, des lacs et des chimères, des terres et des vents, des cieux et des éclairs.

Pour d'un jeu céleste inonder de son chant la mémoire des temps, la splendeur des fleuves, et les isthmes conquérants de la liberté conquise, celle qui ne se condescend, qui ne se fustige, ne s'immole, ne se planifie, cette Liberté magnifique et merveilleuse voyant l'Humain espoir de toute conquête comme de toute révélation, porteur, en sa nuptialité, de l'Univers et de ses feux, dans un bruissement natif, éveillant à toute densité comme à toute éclosion, éveillant à l'éternité comme à ses songes.

Éveil puissant délibérant des monotones prières l'ardeur composée de la création et de ses hymnes, délaissant les floralies adventices, les velléités précoces, les statuaires composées, pour mettre en œuvre le monde, rayon infime dans le cercle, mais vivant, majestueux, correspondant, au-delà des léthargies, la splendeur des sillons, abreuvant l'universelle composition de ces floralies bien plus impérieuses que les floralies létales, dont la distraction fut fatale.

Afin d'advenir la pluviosité de la nacre, la préciosité du souffle, la grandeur de l'Univers en ses multiplicités enhardies, ses identités motrices, ses correspondances intimes et ses bouleversements induits, toutes faces d'un rayonnement limpide permettant d'initier la justice, la plénitude, le déploiement, le respect, l'honneur, ces valeurs fonctionnelles dont les oiseaux Lyre portent l'envol glorieux après les bourrasques et les tempêtes, les révoltes et les guerres.

Ces bruissements, ces soubresauts nés de la perte du chant volontaire, qui en ce lieu ne peuvent témoigner, la Liberté féconde déversant par et pour chacun l'idéal du Chant souverain, celui de l'Universalité et de ses rythmes, haute et vaste vague submergeant à jamais la pâleur morbide d'un monde gris et terne, antichambre de la mort et de ses officiants, pour faire resplendir l'Unité nuptiale, symbiotique de toutes forces de la Vie, en la Vie et pour la Vie, ascension de la joie et de son intrépide gloire.

## À tire d'aile

Des signes s'en viennent à tire d'aile, dans la joie féconde des lys harmonies, libre joie de parcours suranné où l'onde bue est un calice de sépale, danse diaphane d'amazone rompue au sort des écrins, là où les feux antiques se prononcent, clameur du jour aux dunes escarpées, par ces mondes de miel, d'azur, et d'instantanéité, véhicules des pluies vagabondes, de ces îles de promesses qui vont et viennent la densité des règnes, là, ici, plus loin, correspondants de la fertilité des joyaux au couronnement frontalier.

De pluies de gemmes l'incarnat, de rubis au prisme des agates des ambroisies aux sèves fières et parfumées, festives langueurs de souffles adulés, fêtes de la nue, de l'enchantement de ces préaux de romarin, de l'enfantement qui sourd la prééminence du verbe et son état, danse à midi, danse à minuit, dans le vertige des algues blondes, qui sans sursis, s'épanouissent et se conjoignent pour offrir ce vœu souverain d'être dans le vent, d'être encore et pour toujours le rêve sablier de la jouvence et de ses œuvres.

Pâmoison d'une secrète ardeur, des impérities l'aventure qui s'inscrit, aux sages bruyères, dans le pré gracieux des ordonnances millénaires, chênes en frises insolentes répercutant les ondes en majesté, iris de la volonté qui s'initie, se développe, s'enrichit et se parfait, vaste flot et tendre élan libérant les senteurs de toute moisson, alors qu'en la pluie solaire se dresse le firmament des hymnes en débat, la profondeur du rythme.

La puissance du chant et la compréhension de l'œuvre, alors qu'en pluies de jade s'exhaussent les vœux dans un abandon joyeux couvant le parfum des roses, la tendre clameur des rives apaisées, libérées et exondées aux rimes éveillées, portuaires devises de marbres inscrits s'effeuillant de leurs voûtes pour initier un présent, celui de la Vie dans ses forges et ses écrins, admirable conjonction délibérant les rites d'un passage de la joie à la douceur de vivre, dans un épanchement de toute harmonie !

## Des feux antiques

Des feux antiques nous viennent, circonscrits, ces élytres en sursis, des règnes adventices les surfaces moirées d'un songe qui se renouvelle et perdure, par-delà la divination mimétique, les anses acclamées, les dunes promontoires, où rêvent les sages d'une harmonie sans failles, et l'ambre en semis en cet amalgame de préaux suffixes d'aventures en aventures acclamées, hautes vagues ne se sursoie, ne s'amplifie, toujours se développe, sans failles de l'avenir et de ses ouvertures, dans cette rive dissidente, éclair de la raison des âges.

Face à une adversité revêche, culminant la vertu des mondes pour embraser semis le sursis d'une heure seulement de la pluie incarnée, dans l'appétence du terme, dans l'innocence du songe, dans cette candeur splendide de l'essor et ses essaims, aux vives arborescences éployées, redéployées dans le mystère des vagues, dans l'annonciation du souffle et dans la splendeur de l'onde, aux faces épousées des lys floralies, qui, des rites sabliers, s'épanchent libres de la détermination des flots, de ces houles profanes ruisselant, fécondes, l'empire et sa stature.

Par ces lieux et par ces temples inscrits au-delà des atermoiements, des ruptures, des scandales, de ces offertoires de parades qui ne sont que des lieux et des liens de voies sans lendemain, ces voies abstraites, sillons éclos de fosses amazones où se réjouissent les reptiles assoiffés de la guerre et ses outrages, commensaux d'invectives et de nuisance, vassaux de l'atrophie qui les guide et les obnubile.

Pluie d'or de leurs ravines aux ruisseaux d'inconsistance, aux fleuves charriant la boue, aux mers gravitant l'infertilité, aux océans s'abreuvant de fétidité, aux forces nauséabondes hissant la tyrannie au sommet de leur léthargie, fosse commune d'abîmes fauves où se perdent les aubes, aphones d'une gerbe de soleil, invisible en ces lieux divinisés par l'hypocrisie et ses langueurs, ces rubis de sang qui sont immondices et parfums des agonies rongeant le désert des chœurs solidaires de l'outrage et de la perversion, initiés en ces clameurs.

Initiés et préservés en leurs écrins noirs d'ilotes inhospitaliers, les uns les autres écumes d'une chevalerie qui sera balayée tant sa morbidité est exclusive, car terre aride aux instances caractérisées par une dévotion sans nom, libre voie de l'inconsistance en ses refuges, ses miasmes et ses autorités labélisées, de l'inconscience le refuge de toute torpeur modélisée, que le temps verra destituée alors qu'Empire le Chant deviendra assurance de la pérennité des aubes sous le vent !

## Le lieu du Vivant

Devant l'Iris de la pluie de nacre des âmes nées lyres de l'horizon, sans masques, s'en viennent de rythmes opalins les rives de ce temps, clameur de vides en souffrance où baigne l'indicible rêve, le sursaut du chant, oasis en ses pétales aux conjectures douves dont l'harmonie sans failles, lentement, précisément déflore la vertu majeure, initiable correspondance de vive arborescence des Îles enseignées.

Là, ici, plus loin, cohortes de passementeries d'ivoire aux histoires stellaires, les unes les autres nous évoquant de pures cristallisations diaphanes dont les ondes sont verbe, apogée du verbe, talismaniques floralies de songes ivoirins, aux lagunes offertes promontoires de l'éveil, aux anses effeuillées, offertoires du réveil, adulations de l'aube déclinée dont les parfums virevoltent les efficiences de cet éclair suave qui règne.

Ouvrant sur le nectar des florales renommées ses jouvences de cristal, planant au-dessus des eaux, par les brises marines couronnant de fières nefs éblouies, aux cargaisons de rives et de fêtes, toutes éployées par l'aventure du vivant, chamarrée de leurs couleurs, de leurs senteurs sans naufrage, délibérant les vagues, la portée des houles, l'empire des sables constellés de lumière, participant à l'inéluctable devenir.

Hâlant ces routes adamantes qu'inventent les passions et les pulsions des mondes, ces routes acclamées, théurgiques par essence, comblant chaque latitude comme chaque longitude d'un espace distinct, en l'éternité d'un seuil azuréen, propos du mystère, dans l'alluvion du souffle, permanence, autorité, veille d'avant-veille des séjours prononcés, qui vont les limites des terres, les horizons des cieux.

La nature féconde des vents et des eaux, le prestige incantatoire des temples levant l'oriflamme sacrée dont les portiques content le vivant, préaux des âges insouciants et forts, de ces âges en écumes parlant au front des sphères et nous enseignant ce savoir immortel, délétère, profusion des aires, des signes, des stances qui martèlent, tels des fléaux d'arme des tambours de bronze, annonçant de la Vie sa parure, sa forme, et embryon.

Déjà l'inénarrable conjonction victorieuse sur les souches moribondes, atrophiées, stipendiées, délaissant à l'oubli ces fauves incandescences qui ne sont que rubis désastreux, pour laisser place à la luminosité fractale, prémisse de l'aventure nouvelle à voir, non seulement dans l'espérance ou la convoitise, mais dans l'agir souverain, appariant les nécessités fondatrices de l'avenir, transcendance, immanence.

Desseins du verbe fulgurant, hôte messager de l'éternité ouvrant les portiques de l'insondable afin de découvrir l'Absolu, universel en son aquilon, avenir de nos ascensions perfectibles, toujours visible en ses gréements, là où se tient le lieu sans affliction, le lieu du Vivant qui par-delà le temps comme l'espace rayonne le devenir !

## Des voies nouvelles

Des voies nouvelles, libres, azurées, antiennes de vives arborescences, s'en viennent tumultes et renommées, clameurs frontales des univers qui se tressent, s'interpénètrent, ramures de lieux vivants, aux stances mélodieuses conjugaison des âmes ouvrant sur le large horizon le sourire d'un vœu solaire, là, où dans la pluralité des songes, prémisse de la vertu, se tient la sagesse épousée, nectar du chant aux nefs fécondées dont l'iris parcoure l'immensité.

La candide nature, d'opales en règnes féerie de l'onde, lentement s'éployant dans la félicité pour ouvrir ce chemin menant vers l'éternité, rive accomplie de voiles langoureuses, essor et promesse, délibérant de hautes vagues les parfums d'hiver, les pousses printanières, les blés mûrs de l'été, la magnificence d'un automne lumineux, clameur douve des équipages hâlant les mâts des vaisseaux pour dépasser la brume, et découvrir cette marque du paysage altier, souverain et signifiant, marque sans masque de la beauté lumineuse.

Ici, sous le soleil aux pluies ardentes constellant de coralliennes effervescences, myosotis de coloris évanescents, dont les fumerolles légères témoignent d'un appariement spontané, celui de l'Être avec l'Éternité, tendre éloquence de la Vie, puisatier passant d'un savoir initié délibérant ces voies amènes dont les sources sont des feux à prendre, des ramures à ensemencer, des rives à féconder, témoignage, tandis qu'au faîte de la cime se tient, vigile de l'avenir, l'Aigle impérial, scrutant son aire en majesté, pour découvrir cette illumination de l'Harmonie qui vogue vers l'Éternité comprise et ses serments devisés.

## Flamboyance

Insigne de vaste flamboyance par l'écume, dans la raison du verbe et la semence des règnes, dans l'autorité naturelle du firmament qui tresse l'horizon, éclair des songes de citadelles écloses, ici, là, de portuaire éloquence, annonçant le signe du destin, de la Voie couronnée, nuptiale et festive, hâlant des équipages ouvragés, voyageurs de mondes égarés, rupture des œuvres aux antiennes chamarrées, frontons des passementeries hivernales qui s'estompent sous leur feu solaire.

Danse diaphane aux ascensions fulgurantes, alimentant des machineries d'ivoire, complexes et harmonieuses, développant en spirales les caducées d'un hymne, accompagné du labour des lourds tambours de bronze où officient la prêtrise et la Sagesse conjuguées d'un essor, celui de l'Agir, là où les fêtes s'oublient, là où les voix se taisent, là où la Vie se délite pour s'accoupler au mortel linceul, plus loin encore, là où les villes s'asphyxient de rêves opiomanes, là où les forteresses disparaissent sous les cendres de miroirs écartelés.

Là où le silence devient moteur de toute déraison, toutes voies sans talisman, égarées n'attendant plus que les limbes pour se dissoudre dans l'informe, déjà revitalisées par la puissance des Esprits, non ceux des naufrageurs en contrition, mais des sculpteurs du réel qui officient l'avenir, marchant sans hâte, devisant des architectonies les routes à répandre afin d'œuvrer non pas la restauration mais la novation, cette novation délivrant devoirs et droits.

Acclimatant espérance et pouvoir, alimentant l'inaltérable sentiment de la pure harmonie, pavois du Temple en assise sur ses racines indestructibles, voyant de l'aube s'épanouir le Renouveau, dans une haleine fraîche et vivifiante, tout un Peuple en sommeil se relevant de sa reptation pour d'une joie souveraine éclairer dans l'action ce devenir jusque-là obstrué par le voile de l'illusion, cette illusion qui hier encore, parade, se déployait sur la création afin d'anémier sa densité, cette illusion manipulée par des maîtres à danser, fous d'un pouvoir ténébreux.

Officiant la course de l'humain vers le gouffre avide de la mortification, cette illusion devenue coassant et à l'image du volatile, enfin terrassé par l'Aigle souverain, retournant à son nid de poussière pour rejoindre le caravansérail des outrages, des perversions, des convulsions, des cohortes dédiées à son désir, toutes forces liées à un parjure, celui de nier l'avenir de l'humain, ce jour délivré du carcan fauve de cette dérision, levant son regard vers l'Éternité, afin de construire son avenir immémorial, de conquérant et non de reptile !

## Couronnement

Cils flamboyants aux azurs diaphanes, des regards les prismes qui, étoffes coralliennes, se correspondent, s'initient, se perdurent, et dans la beauté se contemplent, ivoire de tendres mélopées aux clameurs errantes, aux hymnes ensommeillés, aux mélodies adulées, architectonies des vastes préaux propitiatoires, où dansent ces oiseaux-lyres de la nue, enchantement, prouesses aux pierreries taillées dans l'onyx, le quartz bleu et l'opaline.

Diamants secrets des éclairs fulgurant la promesse d'un vertigineux essor, mûre volition des esprits naviguant les fleuves hardis, les sources fécondes, et ces immenses harmonies qui veillent les terres dans une parfaite symphonie où jonglent les couleurs pour iriser l'éternité, là, dans ce calme sursaut des fraîcheurs nuptiales, ici, dans la festive langueur des amants se hissant de laves en laves vers un séjour de bonheur, plus loin, dans la caresse du vent effeuillant les voiles du désir pour renaître à la puissance Solaire son renouveau puisatier.

Ici encore, dans la plénitude d'un sourire partagé qui révèle la pure beauté de la Vie, sourire solsticial, du Printemps équinoxe des neiges ancestrales, clameur du souffle de l'aube dans ses fruits, drapé de l'innocence la plus tendre, haute vague de féerie, par les saisons sans mystère, ce printemps de fertilité, cet été d'abondance, cet automne de fenaison, cet hiver de frugalité, toutes saisons en rives de l'étreinte émerveillée.

Alors que sur l'horizon se tressent les harmonieuses dissipations des nuageuses perceptions, et que l'Être en répond s'ouvre à l'arc-en-ciel du Don, ce Don de lui-même aux Autres de son espèce magnifiée, devise, dessein, ouverture d'un Univers aux Univers dont les flamboyances sont accomplissement, construction, toujours et toujours renouvelés par les temps circonscrits aux espaces multipliés advenant un couronnement victorieux, celui de la Vie éternelle !

## Quiétude

Des limbes destinés en l'offertoire du rêve, ici, là, plus loin, mesure des épanchements divins, s'irisent la beauté, ses formes adulées, ses règnes antiques, féerie des mondes où la nue exonde inscrit son nom, alors que s'initient les songes pour pénétrer dans une ardeur joyeuse les mille flots des univers, en rapporter, cales pleines, de diamantaires euphories, des rires de serments aux haleines fraîches voguant la nidation fougueuse de la joie, de ses secrets parlant doucement aux veillées sablières.

Là, si près de l'Océan et de la Terre, lorsque le feu attise son renouveau et que dans les cieux se dressent, invincibles, ces manteaux d'étoiles magnifiées ruisselant en cascades le répons de sites émerveillés, de splendeur, de félicité, tandis que se rapprochent les vivants, communiant autour des flammes vives la porte des mondes, la vertu propice à toute nativité de l'excellence et ses parfums, ce dépassement du moi qui n'est qu'une image pour l'autre, révélant ainsi la florale appartenance à cette humanité qui est, et doit aller au-delà des apparences afin de progresser vers l'infini, la densité de l'Absolu qui fonde toute détermination, cette détermination en chacun, souffle de la désinence parfaite dont la nef est harmonie, le rayon voyageur altruisme, la plénitude don, reconnaissance du principe vivant de tout avenir en création...

## Vagues, antiennes...

Vagues amazones, des rives antiques, j'allai le flot, l'ambre secret des algues initiées, et de flux en reflux venait la houle majestueuse, portée par l'énamoure de la Vie, dans l'insistance du miel, dans la plénitude du chant, et orbes en semis le miroir des ondes et la luminosité de l'éclair comme la densité des cieux reflétaient l'ineffable candeur des oasis en mon cœur, or prairial, revenu du portuaire sablier sous le feu solaire, alors que dans la nue revitalisée mes sens se fondaient dans l'univers de la joie, ce vide souverain permettant de discerner toute viduité, là, aux frontières du temps comme de l'espace, où le sommeil venait de m'emporter azur dans l'azur.

Vague de l'éternel propos, dans la désignation, le songe de ce monde m'émerveillait. Il y avait là de cristallines efflorescences, navigations souveraines d'étoiles multipliées, fresques de la voie lumineuse où mon souffle s'épuisait, disparaissait le temps pour naître l'espace, l'écume du satin, la féerie votive de ces ornementations fractales permettant aux plus belles nefs de passer d'un monde à l'autre, et la vague...

La vague profonde, lentement ciselait ses écumes, livre de veille, d'avant-veille, consultant sans repos la florale jouvence de l'éternité, là, ici, plus loin, dans ces ramifications sans nombre qui enseignent la félicité. Signes, la promptitude de leurs galops, tels ceux des alezans fiers sur les sables d'onyx, irisait d'une quiétude ces mondes en majesté : là de Pongée les ors lagunaires d'Andromède, ici les mines diamantaires à ciel ouvert de Cassiopée, et dans ces nectars le flot continu de jade du Sagittaire, ciselant des citadelles de porphyres et de quartz.

Coralliennes effervescences épousant l'enchevêtrement de raies lumineuses se perdant en la nue ! Éclairs à profusion dessinant par les âmes en parcours des farandoles de joies qui se répercutaient dans les âges prononcés de cette constellation magnifiée, de Lyre l'appel de Véga du cygne, là, dans la profusion de ce séjour, portuaire dimension éclose dont mon cœur rejoignait l'inaltérable ascension aux talismaniques vertus nuptiales. Alors qu'en site le préau du règne attendait sur ces rives terrestres, oublieuses, ternes et amorphes, alors que le silence conjoint explosait, tout à coup, dans une symphonie de couleurs, pour naître l'immensité Solaire...

## Chant du Monde

Chant du Monde Souverain, des sites éclos de mille parchemins, là où dansent les sirènes des songes conquérants, qu'ivoire le salut du Verbe et la mansuétude des âmes aux matins clairs, ici, en ce lieu de la beauté qui vogue, enchantée, les parfums sauvages des brumes renouvelées, escarpements des cohortes qui s'avancent, impériales dans leur densité, guerrières et sublimes, marchant dans le silence de l'aurore la prêtrise du renom de la gloire assumée.

Celle de la renaissance, renaissance du Vivant aux flots tronqués qui martèlent leur impuissance par les sites enivrés, ces sites sans parures, ces sites amorphes et contigus qui pleurent leur jouvence sous le cri des monarques qui se rassasient de leur sang, de leur chair, de leur esprit, de leur âme, les laissant pantelants, ordonnés et souriants dans leur esclavage magnifié.
Ce jour à combattre, ce jour vivant de la gloire de la Vie allant affronter la mort et ses serments, mantisses de rapaces de toutes plumes, chamarrés dans leur orgueil de jouissance maladive, vestale de la nue horrifiée qui prend mesure de leur carnage, de leur folie sanguinaire, de leur luxure éprouvée, toutes forces malades s'escrimant à qui mieux mieux sur le corps de l'Humanité afin d'en réduire les prouesses pour conserver leur pouvoir d'élytre consommé.

Pauvres hères enduits de fards et de carapaces qui les isolent du restant du monde, du restant de l'univers, ne voyant venir, malgré leurs abysses infernaux, ces cohortes qui viennent pour les détruire à jamais, les réduire à cette expression qui fut la leur, l'atrophie, dessein des œuvres qui nient la Vie, s'imaginent, dans leur parcellisation un seul instant la dominer, alors que pour la naître et la faire prospérer faut-il encore être Unité, Unité en soi.

Unité pour les autres, ces autres reniés qui maintenant se lèvent en force, car les cohortes qui viennent ne sont des centaines mais des nombres infinis qui charrient leurs flots non d'espoir mais de victoire à venir, victoire à venir sur l'immondice, les troupeaux frivoles, les noctambules perfidies, la gangrène des siècles, toute cette folie qui au nom d'une appartenance nocturne œuvre la fécondation de la mort sur toute la surface de la Vie, surface ce jour brisée, étiolée par la féerie des Peuples qui s'avancent.

Impassibles, demandant non seulement des comptes à l'hypocrisie mais un acte régénérateur et purificateur aux tutelles d'hier, l'allégeance déterminante à la Vie, ainsi alors que bruit le souffle de la guerre outrancière, nécessaire à la survie de la Vie, ainsi alors que se taisent enfin les pouvoirs ignobles et leurs théories de bellâtres assoiffés de prébendes, alors que renaissent les Peuples dans un élan fraternel, conquérant et souverain.

Ainsi alors que l'abeille lentement rejoint le Nid pour enfin vivre de la Vie et non plus être l'esclave des scorpions maladifs qui voulaient diriger le monde et bien plus l'Univers, cet Univers qui les renie comme étant support du règne de l'incapacité, ainsi alors que se dresse face à cette dantesque dérision, l'Élite du Vivant qui accomplit pour tous les Êtres le dessein de son destin et de son harmonie, rejoignant l'Ordre de cet Univers enfin ouvert à la plénitude de l'épanouissement de la Vie !

## Dans l'azur prononcé

Signes en répons, d'opales surannées aux festives moiteurs, où le jeu est vie en sa puissance, ses élans inscrits aux portiques de la nue, là, ici, plus loin, toujours renouvelés par-delà le silence, la brume, les opiacés divins et la colère des cieux, l'Univers accompli en leurs feux, réjouissance du vivant, aux fêtes solaires adulées, par les mystères épanchés des mousses bleuies, des sentes glorieuses des forêts antiques.

Là où se tiennent, dressés et superbes, les chênes millénaires, desseins des hymnes éternels, ceux éveillant les parousies des instants lumineux, ceux libérant de l'étreinte la profusion de la joie souveraine, ceux dont l'écho réverbère les mille farandoles des cœurs amoureux, palpitant l'union des rites et perpétuant la sagesse des mondes, essor de myriades dont parlent les orées, pluviosité des signes.

Pluviosité des ondes, alors que se tressent en parchemins les augures de florales jouvences, dans la préséance de la beauté qui irradie, voilée en son charme déjà libéré de volutes pour instruire la splendeur de l'épanchement, écrin de la sérénité qui vogue, délibère, attise ses serments qui se profilent dans l'espace, chatoyant de nuances sans équivoques toutes les promesses de ce monde, par la mélodieuse dissémination des heures d'un bonheur absolu qui flamboie l'horizon, haute vague fertile dont les écumes déjà régénèrent les fluviales désinences du Vivant, là, ici, plus loin, comme une caresse, comme une tendresse qui ne s'égare mais toujours se perpétue afin d'annoncer la félicité de vivre.

Haute vague nuptiale, dans l'allitération du terme s'ouvrant sur l'ineffable enchantement de l'existence, en ses formes, en ses genres, en ses constellations, en ses gratitudes, ses inoubliables correspondances, embellis du jour prairial enivrant ses parures aux fins de féconder la terre printanière, où danse le regard qui se déploie, le regard de la Vie, prouesse en ses essences, ses densités, mais aussi en ses charmes auxquels nul de son rang ne peut résister sous peine d'oublier la réalité de son harmonieuse condition d'être, être par ce Chant, être par ce temps, aux racines mêmes de son déploiement, ainsi dans l'azur, prononcé...

## Amazone septentrionale

Amazone septentrionale des aubes éclairées, d'ivoire en chemin aux passementeries de jade, l'histoire nous en est mesure, contemplation du songe, demeure exquise des limbes floraux où s'en viennent, préaux de cimes diluviennes, les âges de ce temps, esquisses, aux mânes dionysiaques qui parlent en semis téméraires, aux visages de la brume féconde, contemplative.

Aux gréements des sagesses arborées, dans la pluviosité granitée des temples, aux antiques monuments solaires divinisés, dans ces éclats du bronze et de l'acier, alors que les cohortes nimbées de blondeurs cristallines s'élancent vers ce monde inconnu, un monde de schistes et de roches éblouies, un monde d'azur et d'opales, un monde souterrain de quartz lumineux, un monde d'éther et de féerie.

Clameur de mille temples et de mille ouvrages, clameur adulée reprise en chœur par la batterie des glaives frappant les lourds tambours de bronze, opiacée mélodieuse irisant de ses échos les cieux ensoleillés où volent, d'un vœu azuréen, les Aigles impériaux, glorieux de l'assomption du chant voyant la rencontre fastueuse de peuples jusqu'alors méconnus.

Ces peuples de l'ivoire, ces peuples d'obsidienne, ces peuples magnifiques qui, après les craintes de l'aube, se dévoilent au-delà de la guerre outrancière, dans une fraternité nouvelle à voir, inspirant le respect mutuel, dans la théurgie du feu, de l'eau, de la terre, du vent, dont les fruits cardinaux se conjuguent afin d'offrir dans la nue la splendeur d'un chant.

Chant civilisateur par essence voyant du cygne la constellation des jours s'éveiller à la pure Déité, celle du Levant, embrasant de ses rayons les festives moiteurs de l'énamoure victorieux, conjonction vitale de l'harmonie en ses ruisseaux diamantaires, là, ici, plus loin, déjà, aux sentes effeuillées, orée de la pulsation de la Vie par toute oriflamme, instance mage où participent les sages en plénitude, revisitant la voie des souffles en roseraies, d'une florale jouvence, densité de leur autorité souveraine, comblant les lacunes de l'histoire révélée, haute vague chevauchant le dragon impétueux de la Vie, magnifiant d'adresse et de beauté l'avenir qui s'ornemente et, dans la simplicité gestuelle de la consomption, s'enhardit.

Ainsi dans l'azur la mélopée alors que le granit nous parle et que les cieux nous dévoilent la prière de l'instant sacral, alors que l'âme au-dessus des eaux, par les Souffles de la terre, perçoit l'immensité de l'avenir et de ses fêtes, au-delà de la bestialité des civilisations atrophiées qui dans une distorsion sans fin cherchent à égarer la Vie dans leur tourmente délétère, âge des abysses qui disparaîtront dans l'abîme, car sans avenir sinon celui de la mort qui parade leur certitude...

## De l'Aigle Souverain

Des signes sans errances aux marches de la plénitude, dans l'ascension du Verbe, de ses fêtes et de ses joies, s'en viennent, comme les flots, les sables blonds des routes maritimes, là où se manifestent l'ivoire, le palissandre et les fraîches cargaisons des sérails diluviens, mânes à propos des orichalques qui s'illuminent aux fantaisies des ors tumultueux, de racines en racines, hâlant de brumes opiacées les senteurs du santal, alors qu'en la ville promontoire, d'esquifs en esquifs, de barques en barques, de nefs en nefs, à la ressemblance des pensées volatiles, se tient, villégiature, l'Aigle souverain, dominant de son regard cimes et abîmes, vallées et forets, sentes et routes parcheminées d'ivresse, afin d'initier le temps.

Ce temps qui passe et ne se retient, ce temps vif et sûr, distant dans la distorsion de ses flux, de ses aubades, de ses clartés comme de ses renommées, temps du corps exploré, temps de l'esprit révélé, temps de l'âme éveillée, temps de l'unité retrouvée, cycles de parousie des sérails divins, qu'anachorètes les flots solaires abreuvent, étanchant la soif de la Vie, intarissable, opiniâtre, invincible malgré sa ductilité, ses égarements, ses appréhensions, ses développements fugaces, ses certitudes comme ses reniements, toutes notes musicales s'élançant par les sphères pour conter en accords une architecture éblouie ou bien aphone, selon le liant qui compose.

Architectonie du vivant qui se déploie sur l'horizon, mesure précise et limpide de ces lendemains à naître, perception, condition, volition, ordonnance, voies ouvertes sur la pérennité sous condition de concordance entre le potentiel de transcendance que chacun porte en lui et l'immanence majestueuse, inconditionnelle, qui navigue au-delà des fatuités, de l'orgueil, du mépris, du paraître, au-delà de ces conjonctions qui ressortent de l'incapacité à être, immanence naturelle et féconde dissipant les doutes, les malentendus, les circonspections, toutes fosses maritimes où les plus belles nefs ont succombé, fosses sans écrins que le paraître emporte en ses limbes initiées, que le vivant exclu afin de répondre à l'entendement de la Vie et de son azur souverain, ainsi alors que le promontoire des temps exalte le cristal du regard de l'Aigle invincible, qui, après avoir évalué la condition vivante en son lieu, mesure l'aune du travail a sans cesse renouveler pour l'éclore à sa pérennité, avant, d'un vol rayonnant, s'élancer vers l'immensité afin d'en gréer la réalité...

## Joie féconde

Dans la joie féconde des lys avenues, dans les fêtes en répons des algues blondes en semis, dans la profusion des rythmes qui s'éveillent, où se trouve la beauté réjouie de l'amour, où s'en viennent les équipages de fières harmonies, où se retrouvent les fastes de la sagesse composée et ses étreintes déployées, navigue le Chant, haute œuvre chamarrée des écrins divins où, diamantaire, ruisselle l'éternité, sérail elle-même de vaste mélopée, du vivant d'ambre la fertilité, composition haute en couleur dont les vagues aux houles gracieuses vont sur les fronts de l'Océan, là où le feu jailli la renommée, cette halte.

Alcôve de rives effeuillées, aux passementeries adulées, ornementées de la parure du musc des âmes légères, des esprits éclairés, des corps exondés, dont, pertinence, l'aube, sans masques sur l'horizon, lève le fanion sur l'immensité pour en comprendre la course et sa raison, l'Amour, toujours triomphant par les prairies et les vallons, les forêts et les cimes enneigées, de corolles en émois apprivoisant le grenat et ses sources toujours vivifiés dans la splendeur qui s'épanche, d'une mage éloquence au Temple du Vivant, diaphane clarté dans les opiacées qui, rives, sont infortunes, alors qu'il leur suffirait d'être tout simplement.

Être pour tous les êtres dans le firmament ébloui du partage d'être, dans la complémentaire désinence de la luminosité dont les fractales conjonctions viennent l'incandescence de la joie fertile, de la joie souveraine, limpide et majestueuse trouvant, de nefs en nefs, d'esquifs en esquifs, dans la pluralité des signes à midi, le chemin de l'éblouissement, sans naufrage, harmonique, levant des pierreries une architectonie sublime où se hisse l'immortalité du Vivant, en ses affluents comme en ses Océans, à naître et renaître inépuisablement...

## Aux rives anachorètes

Aux rives anachorètes des pluviosités natives, des souches nées à profusion, qu'irise le moment des âges et de leurs feux, se tient le lieu, lac de fortune où la mémoire devise, azur et certitude, grandeur et innocence, toutes voies connues qui réalisent ce seuil victorieux ne se souciant de dépendance, d'anachronisme, de bellicisme, un lieu vivant dont les marches vont la plénitude, un lieu de firmament dont les souveraines densités, exquises, lentement s'interpénètrent afin de signifier l'avenir, sa parole, et l'exacte ascension de la parure de vivre.

Conscience, propos, contemplation, lumineuse action déployant ses ailes dans un chant adulé que l'iris prie, dessein des ivoires aux latitudes légères, vespérales effeuillées des brumes natives où se fécondent l'insouciance et la rêverie, bucoliques antiennes des caducées ornementant les frontons des temples, ceux encore debout, qui ne se plient aux règles dévoyées du mensonge et de ses liens, qui ne se perdent dans l'onirisme et son impuissance, parures sans masques devant leurs livres de règnes qui ne se contemplent mais bien au contraire dans les fractales désinences devisent l'orientation des chants, l'invention des hymnes, la coordination des mélodieuses architectonies brillant de mille feux leurs azurs constellés.

Diadèmes de pierreries rares ouvrant sur l'horizon des féeries splendides où, concentration de l'éternité, le rêve et le songe s'entremêlent pour offrir au passant, voyant des âges souverains, le chemin d'une navigation fertile, ouvragée et sublime, de la création le couronnement nuptial qui s'épanche, haute vague du divin, de l'éloquence le raffinement, la suavité, la perfection qui assistent une maïeutique ordonnée et claire.

Fleuve limpide baignant ses rives des myosotis de la pensée volontaire qui, tel un cheval fougueux assagi, lentement mais sûrement éclaire de sa voix la voie triomphale menant vers ce pouvoir d'être tout simplement, naturellement, pouvoir impérial s'il en fut de plus noble et caractérisé, devisant l'avance et la retenue des flots vifs qui se déploient, par-delà les ombrages, les abîmes, les moires aisances, afin d'initier du Verbe l'âme conquérante, sacre de l'Humain en ce lieu et par les temps.

## Le Vivant inexpugnable

Desseins des âmes de la nue, aux rives portuaires de l'élan sacral, s'en viennent au firmament, dans l'exonde formalité des règnes, dans la pénétration des songes, l'écume du rêve, au-delà des opiacées désenchantées des ruissellements hâtifs, des semis de moires aisances qui s'effeuillent et s'adressent vertiges sans lendemain, toujours plus loin pour reconnaître le Chant en sa majesté, son origine, ce fruit majeur qui ne s'ignore, dont la volonté lentement mûrie l'ascension de la splendeur, nativité féconde des oasis qui s'interpénètrent, s'enhardissent, disposent et proposent l'appropriation d'une rive nouvelle à voir, incluse en ce sérail qui se déploie, s'irise dans la perfection.

Mesure de l'hymne qui gravite toutes faces, tous genres, toutes épopées, du miel la source les raisons qui s'incarnent, s'ennoblissent, se perpétuent, et là, densités exquises, témoignent de l'œuvre en cycle le berceau des roses, l'émotion solaire, le chatoiement des vagues cristallines, préhension, compréhension, tumulte balbutié dont les ornementations fractales guident le chant, aux ramures du quartz, de l'obsidienne, du jade, dans l'âge fertile qui devise, s'initie, explose de couleurs, gravitant sans perturbation les gréements des vents antiques et ceux du renouveau qui parlent dans les mémoires ataviques, de longs frissons de règnes.

Épures de civilisations qui ne se détruisent, épures qui ne se sacrent dans la perversion et la reptation des sources aveugles parasitant les mondes et dont les mondes s'emparent pour en destituer l'ombre malsaine, la Nature en leurs flots gravitant l'harmonie souveraine, cette harmonie perdue aux pléiades infidèles incarnant le mépris de la Vie, et auxquels la Vie, dans sa puissance innée rend la virtualité dont elles sont paraître, paraître d'indigents séculiers bâtissant des remparts pour combler leur atrophie, sur ce sable du néant qu'elles incarnent et délibèrent.

Épiphénomènes qui ne dureront que le temps de l'oubli, la Vie en ses armoiries splendides levant ses oriflammes pour azurer ses temples dans un déferlement ininterrompu que rien ne peut contrarier, ni la bassesse, ni le mensonge, ni la cupidité, ni l'avarice, ni les fantasmes, ni la perversité, notions absurdes dans cette explosion de vitalité sacrant le Vivant, l'orientant et fondant son invincibilité spirituelle, par les degrés de ces temporalités qui sont apprentissages, levant des âges qui ne s'immolent mais bien au contraire fulgurent la désinence de l'Éternité vers laquelle tend le Vivant inexpugnable...

## Vagues en semis

Vagues antiques qui nous viennent, vagues de houles sans repos affermissant les âges, vagues toujours renouvelées, voyantes de l'Histoire, de ses reflets, de ses appétences d'embruns et de roches cristallines, déployés dans le mystère des espaces et des temps, ceux de l'imaginal, ceux de la raison, saisons des prismatiques devises vivantes qui affluent, se coordonnent, s'épanchent, et dans la moisson des mondes se fécondent pour ouvrir un chemin nuptial au milieu du chaos avide, de ces semis qui prennent racine et dans la litanie des heures prononcent leurs errances, où d'autres encore fondent l'universelle grandeur.

Respire en œuvre de nuanciers éveillés parlant de la mesure d'être et essaimer, allant ce tourbillon de l'infiniment petit à l'infiniment grand, du microcosme au macrocosme rénover la perception, l'enhardir et dans la semence de la Déité offrir cette nuptiale densité de la Vie, là, ici, plus loin, toujours déployant l'étendard sacré de la pluviosité des genres, délibérant, matricielle, le devenir puisatier, sans égarement, allant la conjonction des mondes, ce frisson d'une route lumineuse parmi les ombres, cet éclair densifié parmi les feux follets de la conscience, gravissant les cimes pour en perdre les abîmes, dans un envol glorieux statuant le merveilleux au-delà des portiques du néant.

Éclair souverain désignant l'ascension à naître, la splendeur à vivre, par-delà les sépales trahis par la faiblesse et ses abysses incontrôlés, ses miroirs du vide se répercutant dans l'infini, aux fins d'œuvrer l'incommensurable absence, cette absence de la Vie, de ses prouesses, de ses vertiges, de ses conquêtes, de ses souffles et de ses répons, un vide combattu, un vide éprouvé que la Vie regardera comme sentence de l'oubli en son sein, qui se dévoile, se partage, parfois s'exhausse, voyant en son cri la dégénérescence s'installe.

Le Naufrage invectiver, la nature même en conflit s'opiacer, toutes faces sans consistances qui s'effondrent dans un râle souterrain où la nanification se prosterne et exulte, partage en cela de la reptation de l'immolation, sans sursis de l'onde victorieuse qui s'éploie, majeure, libre des sens s'effeuillant de ces scories pour annoncer le prélude de la Vie en ses officiantes mesures qui naissent de l'équilibre harmonieux, prélude pour un sacre qui ne se sursoit ni ne s'attend, prélude qui à la ressemblance de la vague azuréenne, lentement, vigoureusement, étanche la soif des terres à vivre et féconder, en ce lieu, notre Terre, notre Chant, prélude du sacre du Chant de la Vie harmonieuse...

## En floralies

En floralies, ces verbes de la nue, dans l'excellence et par les feux sacrés des antiques vertus, toujours renouvelés, fastes que l'ivoire exonde dans la pluviosité nacrée des âmes éveillées, alors qu'en cycle de parousie se tiennent les cils de la beauté incarnant la nature profonde des serments, ces azurs prononcés, sépales des roseraies adamantes que l'incarnat des flots distille dans une mansuétude glorieuse, sans artifices, sans ces pièces rapportées qui fustigent le passé comme le présent, passementeries sans lendemain que le solstice apprivoise pour en signifier les seules parures et non les fresques condamnées, hier encore.

Ce jour stériles, alors que se dresse l'immensité, l'horizon limpide, la voie inexpugnable, l'énergie flamboyant tout mystère comme tout secret, là, ici, plus loin, en tempérance comme en gravité, en ordonnance comme en joie, immortelles incandescences qui ne se réduisent mais par-delà les vagues, les tempêtes, les éclairs, résistent à la destruction comme à l'immolation, l'autorité du chant veillant sur leur épanouissement, cette autorité supérieure prédestinant, accomplissant, sans jamais se lasser, car hors du temps comme de l'espace, apprivoisant, instillant, assignant, délibérant et suggérant, la splendeur sans équivoque qui du corps, qui de l'esprit, qui de l'âme, toujours de l'Unité symbiotique, principe inaltérable, inaliénable, en condition de toutes conditions dans ce flot de la Vie allant vers la Vie, par la Vie.

Sente d'alluvions aux rus ornementés, aux ruisseaux éparpillés, aux fleuves gréés, par les mers et les Océans, délivrant la plénitude sans repos, la candeur azuréenne des écheveaux dont les fresques sont enchantements, désinences des pluies d'or, des algues en semis, aux préaux des règnes qui s'enfantent, et dans la fabuleuse ascension vivante explosent noosphère l'immortalité du chant, dans des ramifications de couleurs ardentes, de votives allégresses, de tendres épanchements, myriades éblouies qui accomplissent, myriades évanescentes et chamarrées dont les mélodieuses conjonctions vont vers ces cieux déployés que l'enfant, là, en ce lieu regarde, voyant de ce monde le monde à naître, l'univers accompli que la cécité des heures oublie, l'univers fabuleux et fastueux du destin Humain en ce jour à éveiller...

## Hymne pur de la Vie

Des passementeries hivernales, hier encore, aux limpides azurs de l'été, s'en viennent les saisons dans leurs écumes solsticiales, œuvres de parures et de joies, d'ardeur et d'amour, œuvres toujours renouvelées dans la perfection des âmes sous la nue, dans l'astre séjour de l'incantation mobile des arcanes de lumière qui baignent les sens d'une aventure joyeuse et sereine, cette aventure de la Vie ouverte sur la Voie, citadelle du songe comme du rêve en sérail du réel et de ses harmonies profondes, ses réjouissances et ses nectars, fêtes du Vivant.

Là, ici, plus loin dans l'œuvre conjointe, dans les sentes fécondes, dans les fruits diluviens venant de rythmes en rythmes les stances à Midi des fenaisons et des horizons de splendeurs, de ceux que le faste n'atteint, car le faste lui-même qui ne s'ébauche, ne se consacre, mais s'éblouie, force de la vague ruisselant ses clameurs d'Or et de beauté, dont les signes exondes sont préhension des univers à propos, mansuétudes des règnes qui ne sont ivraies, qui ne sont moires aisances, qui au-delà de ces avatars sont palpitations des cœurs en écrins, de ces cœurs battant à l'unisson l'irradiation de la plénitude et de ses œuvres, danses au séjour profond, désigné dans la pluie des âges du firmament.

Évocation des mondes et constellation des stances, de celles fulgurant la pénétration des ondes, dans une concaténation dont la féerie enseigne le divin,

Art de plus vaste flamboiement sans égarement élevant ses ramures vers les cieux, un regard sur la terre, dans la beauté des vents enivrés, suivant la route de ce cygne volant par l'immensité, ce cygne de la pure harmonie ne désignant mais prenant et façonnant pour ouvrir les esprits et les sens à la communion, la communion des temps.

La communion des espaces dévoilés et sans interruption coordonnés pour d'une fraîcheur suave désigner le moment fractal permettant à chacun de s'initier à la destinée de l'épanchement, cette destinée devisée irisant une oriflamme sacrée, celle de l'Universalité, au-delà des remparts de l'incertitude, au-delà des abnégations et des inerties estompant le réel pour formaliser le virtuel, au-delà de ces voix sans paroles gréant le silence, alors que l'hymne de l'accomplissement surgit et vie s'éploie dans une désinence sacrée qui enfante ce monde.

Éclos de ses ramures les portiques des temples aux azurs souverains, de ceux qui baignent la clarté de l'aube, la tendresse à Midi, l'épanouie de la nuit, de ceux qui chantent et enchantent le préau de l'Humain, en rives de leurs feux, en rives de leurs luminosités, en rives et déjà partage de sa nef qui les conduit vers ce prestigieux essor, l'essor de chaque Être Humain en viduité permanente à la rencontre de l'immanence par la transcendance, lieu de toute révélation dont le Chant est Hymne pur de la Vie...

## Embrun fertile

Embrun fertile des âmes sous le vent, des souvenirs puisatiers nous viennent, protocoles de l'ivre fenaison aux draperies lourdes de promesses, prophéties des âges qui ne se reniant, guident le serment des sources vagabondes, des fleuves solidaires, des Océans sans larmes qui demeurent, périples, danses dans la nue des oasis inscrits dans la parole du sourire, cette ornementation de nos songes sans égarements, cette fractale indivise du déploiement fêtant le vivant, mesure d'aube aux couchants des règnes adventices, de ceux allant et venant dans des palabres sans lendemain puis disparaissant alors que la saison, cette saison lumineuse dont nous inscrivons l'ascension, enchante l'amour.

L'amour de l'Être, aimé si désiré, dans l'accomplissement du chant, volition de ce don inaltérable, celui de la vie à la vie, qui tel le ressac jamais ne se lasse, découvrant le renouvellement de toutes faces de lumière du regard déployé, ivre, libre, tel l'oiseau lyre, conte d'azurs merveilleux enseignant la beauté, le mystère de la pénétration des vagues, la splendeur solaire de l'horizon, et la douceur amazone du bonheur, le bonheur d'un instant toujours conté, là aux veillées près du feu cendré embellissant de ses flammèches le quartz des étoiles, la pureté cristalline des neiges ancestrales, ici, dans le creuset des rivages d'opales et de grenats.

Éblouissant sevrage des sables d'or aux blondeurs épicées, plus loin, dans l'écheveau des brumes baignant les flancs des cimes, le secret de l'écrin de toute temporalité révélée, l'amour de la vie, tandis qu'au loin résonnent les lourds tambours de bronze appelant à la prière des plus beaux jours, que rejoignent les Êtres de ce chant, en leurs vêtures de safran, nus de l'heure vérité, somptueux aux romarins des cieux pleuvant sur leur chair le miel d'un alizé, enchantant leur cœur d'une béatitude noble d'harmonie.

Allant en leur âme les mélodieuses architectonies du réel, hautes vagues en la pluie des puissances telluriques marbrant leurs écrins des signes du destin, par-delà la gravitation, déjà pure jouvence dont la route féconde enseigne l'Être, debout, fidèle, ouvert, limpide et aussi impénétrable, tel l'Aigle souverain scrutant le paysage sans mystères, ce paysage de la Vie où le sommeil l'emporte encore sur l'éveil, alors qu'en florales densités exondes se révèle le rubis d'une aube visitée, dont le Diamant Foudre, qui est en chacun de nous, veille imperturbablement la majesté afin d'équilibrer le monde du vivant.

## Insistance du verbe

Insistance du verbe, des écrins en fêtes sous le vent, tu vas ce chemin blond de rives anachorètes, ramures de cils imperturbables où s'en viennent comme des promesses, ces confidences électives. Tu me parles d'un séjour, là-bas, en cette orée du miel de la vie, ces grands embrasements silencieux qui vont de siècles en siècles épouser la nature féconde des âmes immortelles, levant d'étoiles et d'oriflammes.

Et nos cœurs en semis, composition de vagues amazones se perdent en cette embellie qui sacre nos corps unis, là, plus loin, dans ce secret épanouissement qui frappe nos esprits d'une joie commune que rien ne peut défaire, car déjà dans le temps comme dans l'espace, développant leurs racines pour retrouver l'inaltérable déité.
Flamboiement sans devise, sinon celle de l'argument, nous invite parade nuptiale, et nos yeux clairs s'y émerveillent, dans la prouesse de l'inéluctable devenir qui frappe à la porte de nos consciences, dans la suavité des heures qui se confondent, s'opacifient, et dans lesquelles se prononce pour les uns la douleur, pour les autres le bonheur.

Ivoire de la perception qui enchante, toujours frissonne cette réalité dont la densité n'est plus qu'exquise moisson des chants, celle dont nous œuvrons l'immortelle randonnée, où l'imperfection s'immole, où la beauté exulte, terrassant l'insolence, le paraître, la nature superficielle qui est le propre des êtres vides, sans demeures, sans espoirs, sans cette voie qui anime et s'anime dans le mystère, cette lumière qui parfois réveille l'éternité. L'éternité qui s'engage, l'éternité qui témoigne, l'éternité qui fidélise.

## Visiteur du chant

Visiteur du chant, en ses promesses, ses azurs, et ses fêtes votives, j'allai ce flot, gravitant des citadelles déployées, des candeurs adulées, des clameurs explorées, et dans le flux et le reflux des vagues, j'initiai des temples en semis, libre dessein des âmes de la nue, vie du signe qui s'exonde, pluviosité du granit, enchantement du vœu, où le cil est stance, la vision horizon, par-delà les ramures opiacées des appartenances, des pâleurs monotones, des épanchements stériles, toutes voies dont les déséquilibres ne sont enfantement, toutes voies en rives qui dérivent les imperfections des songes et des rêves, dont le réel affirmé n'a besoin, car dans sa densité éclose correspondance sans détresse de l'univers et de sa portée, l'enseignement de vivre...

## Des âmes

Des âmes de la pluie, des vagues d'azur sous le vent, et des flots solaires, qui s'en viennent, libre assaut des rives de ce temps, de ses ornementales pudeurs, de ses rescrits ataviques, rouages des âges aux pluviosités de granit, nous y sommes, nous en sommes, dans la quiétude féerique des navigations stellaires, voyageurs des sites qui irradient la perfection, exposent la perception, et dans l'aventure malléable, toujours malléable, isthmes des pensées anachorètes, tisserands de vastes voiles aux chants d'amour, aux rires fervents, aux inextinguibles sourires qui nous sont paroles d'osmose, de symbiose parfois, alors que l'immensité parachève l'harmonie d'un cycle libre d'opiacé.

D'un cycle ivre de joie talismanique, œuvre de l'hymne, prétoire sans confusion, déroulant des abysses les serments des cimes à atteindre, chevauchant le ponant à grand bruit, là, ici, plus loin, mesure merveilleuse de l'action qui ne gémit, qui ne se plaint, qui par-delà les abîmes enchante le vol des esprits, au-dessus des eaux, foulant la sphère gravitée avec ce regard impérial qui destine à l'éveil là où s'endorment les plus belles déités, là où se mêlent et s'emmêlent les rives précieuses pour se disparaître dans un anti monde duquel il convient de faire revenir tous les égarés, tant d'êtres en semis fauchés par l'errance, tant d'êtres sans paroles, dans la naïveté de l'accroire, brutes spirituelles inféodés, barbares culturels insignifiants, pléiades corporelles indifférenciées se conjuguant dans l'abstraction, tant d'êtres déracinés, irréfléchis et immatures.

Que le règne devise leur pénétrable ascension, leur ouverture vers ce levant, cette annonciation des mondes qui passent devant eux sans seulement qu'ils pensent leur existence, architecture transcendée où l'ivoire opale d'un serment la nef du sérail adulé, qu'il suffit de leur désigner pour qu'enfin leur regard voilé se dessille, lentement s'ouvre à la réalité, et transforme leur cœur de pierre en oasis de Vie, dans la tempérance du bonheur, dans l'adulation du don, et de par cette offrande à la Vie, à la Vie elle-même ruisselant d'eaux vives les terres infertiles, desséchant les marais, alimentant de son onde fantastique tout ce qui est statique comme tout ce qui se meut, mystique d'ornementations fractales devisant l'Éternité et ses symboles dont le plus parfait témoigne.

Là dans cette cathédrale de la beauté, où l'Être debout, accompli, communie toutes faces des Univers, par un hymne souverain évacuant les tempêtes nées de la génuflexion tribale, du masochisme irresponsable, de l'incongruité de l'intransigeance, impropres valeurs sans lendemain, dont le chant parcourt les rivages afin de les édulcorer, car veilleur des temps et des ordres de ces temps à la recherche d'un chemin de lumière, il dessille les yeux aveuglés par l'inutile royaume de leur déraison, afin de naître la nidation du devenir !

Hymnes

Où s'en viennent de nobles promesses, des azurs certains, et baignant, en ces latitudes moirées, la présence diurne des féeries nuptiales, nous irons, équipages du vivant, clameur de la pluie, du vent et du soleil, vaillants guerriers des rives de l'Univers, dans la moiteur féconde de la joie, impérieux des ambres parfums des mystères éclos, et nos âmes et nos cœurs, dans la perfectible désinence des vagues, joyaux des âges de la nue, nous nagerons la perfectible avance des horizons limpides.

Là-bas, nidation de nos puissances, de nos éclairs, de nos étreintes, de ces forces qui sont parures festives de nos corps, enchantement du sort après les rêveries humides, les songes liquides, les tempêtes et les équinoxes de la candeur diaphane, toutes voies de fenaisons nous drapant de ce serment fertile, toutes joies de parfums nous guidant vers ces renouveaux qui scintillent les blondeurs d'un été précoce, là, aux signes festifs du regard aimé, divination des jours à naître heureux, prière de plus vaste songe aux floraisons de l'Orient et de l'Occident accouplés aux vestales puisatières des solstices azuréens.

Et nos contes en ces rites, sans mystères, nos joies baignant, limpides, des clameurs anachorètes, là, ici, plus loin, se répondant à tire d'aile, tels ces circaètes qui volent de frondaisons en frondaisons à la rencontre de l'eau vive de leur enchantement, vers le jardin secret au nectar parfait, haleine fraîche du Vivant délibérant les songes des nefs cristallines, de celles qui vont vers ces rivages denses où l'émotion s'empare de la raison.

Où les sens ne se dominent, où les cœurs battent à l'unisson un verbe en royaume, dessein de ce Chant qui flamboie ses couleurs, ses roseraies et ses parfums, ses solaires vertus et ses moissons majeures, alors qu'au loin se prononce le chant de nos équipages, qui se répercute, immense et limpide aux quatre coins de l'horizon, assignant notre devoir d'être par La vie en la vie et pour la Vie, devise sacrée de nos essors et de nos Hymnes !

## Enchantement

Enchantement, des formes adulées, renouvelées, messagères de règnes en parcours, cristallins semis des ornementations fractales devisées, enseignes de vaste renom aux pléiades qui voguent sans artifice le secret des vagues antiques, respires sacrés, élevant des tombeaux les florilèges d'un sacre, les serments passés, les ardeurs vécues, toutes ces faces du vivant qui furent et nous interpellent afin de nous conjoindre loin de l'errance et ses déserts, loin des abîmes et leurs folles chevauchées, loin du stérile et ses agrumes sans volonté.

Tandis qu'aux préaux de l'horizon se présentent de multiples chemins, les uns en silence opiacé, les autres en parcours enchevêtré, et d'autres encore monotones d'une illusion, et encore d'autres, multipliés, les uns égarés, les autres rayonnants, les uns sans mystères, les autres symboliques, liens en voûte de parchemins diaphanes, enseignant des chants sans oubli, des Peuples majestueux qui furent nos pentes et parfois, bien plus souvent nos cimes, tant la frénésie du jour nous démontre l'inanité d'une victoire sur le surfait, l'apparaître, sa forme sans lendemains en nos racines profondes faites de courage, de ténacité, invariants qui furent et qui dans la nuit elle-même explosèrent de couleurs motrices alimentant la fierté de chacun.

Cette fierté interrompue, qui reviendra dans l'Éveil qui ne s'attend, présente en affluents de ces chemins sans dissipation se témoignant comme autant de voies adventices en la Voie et sa plénitude, combattant les lagunes abyssales où se perd tout un pan du vivant, atrophié, misérablement attaché à la servitude d'une nanification sans lendemain, celle de l'accroire, du on-dit, du non-lieu, de la désespérance de la lâcheté, de l'accomplissement de la dévotion, de la rythmique boulimique de la satisfaction, arènes du règne où sonne le tocsin de la frivolité, de l'apparat, du vide le plus ténue obérant les sens, ce vide sortilège s'initiant de pure décadence dont les spectres pitoyables s'agenouillent dans la boue putride de la misère qu'ils ont créée, afin d'essorer les moignons qui restent de leur écume vitale pour parfaire à leur répugnance.

Forfaiture sévère qui dans l'antre de ce creuset se félicite, s'entoure, s'affectionne, se congratule, s'innocente, se concerte, et s'embrasse, forfaiture sacrilège qui disparaîtra comme elle est venue lorsque le vent de la Vie, lassé de l'illusion, fatigué du mensonge, de la démesure, dans un flot magnifique perdra à jamais ces poussières grâce au semis des étoiles glorieuses, ces Nations relevant le défi de renaître sur les cendres de la pourriture qui les immolait, gangrène oubliée, moisissure spectrale retournant à la lie qu'elle n'aurait jamais dû quitter, ce gouffre de l'incommensurable balbutiement dont l'insolence fut règne, ces jours destitué pour laisser place à la réalité et non à la virtualité, ce champ floral de la Vie, mantisse de toutes les couleurs de l'arc-en-ciel, fondant l'unité symbiotique de ce monde, et non sa déshérence !

## Du Vivant

Éloquence du vivant aux marches azurées, divination de vastes songes aux florales jouvences, de l'été précoce les règnes adventices, cœur palpitant des vagues amazones, des antiennes qui ramifient leurs danses secrètes aux ramures des parfums féeriques, nous allons ces précieux couronnements, faunes à midi des rites éployés, la splendeur d'un serment, félicité des joies souveraines, aux nuptiales destinées, conquises, charmées, déjà des rives de ce temps, inscrites dans la pérenne demeure de nos voix qui s'alimentent, ivres de vives dimensions, avançant vers ce nectar des roseraies une offrande aux clameurs adulées.

Rives des rives effeuillées de nos espoirs et de nos souffles, si contées dans le bruissement des vagues, des houles fières et des aubes talismaniques nous retrouvant ardeur et plénitude, sourire, majesté du sourire qui transcende toute face du vivant en la parure de l'ambroisie et de son sacre, libre évanescence dont le lys horizon ne se perd mais toujours se déploie pour enfanter l'avenir de nos cœurs, la pulsation vitale de notre éternité, enchantement, là, ici, toujours renouvelé, dans la profusion de nos amours qui ne se lassent, et qui, de règnes en règnes, voguent vers l'Île majestueuse de nos émois et de nos fêtes.

Île de l'Amour au simple nom de devenir, hymne en gravure de nos fertilités adventices, en commune mesure des feux de granit qui vont à la perception rendre le chant victorieux, étonnant message aux clameurs adulées, de celui qui confond l'ignorance en ses bestiales errances, portée des nefs qui se brisent sur les fastes du langage, alors qu'à la proue des navires se dressent les instants de lucidité des mondes en destruction, ces instants fragiles qui marquent de leurs sceaux les équinoxiales demeures, les solsticiaux éblouissements, où l'âme, sans refuge, d'une splendeur azurée, survole des troupeaux, là, ici, plus loin, dans les sphères de l'oubli, du reniement, de l'insalubre déliquescence où se jettent à corps perdu des milliards d'êtres sans lendemain, vivipares de leur propre déchéance.

S'adonnant au mirage de la désintégration, dans une folie commune qui engendre toute décrépitude, folie qui de ruisseaux s'épanche en fleuves charriant la mort et ses immondices, gruaux desquels se satisfont les cannibales qui œuvrent ces sillons, alors qu'en la limite se tient le gouffre exponentiel de l'aperception, miroir du songe de ce monde trompé, bafoué, animal, en prosternation et en reptation de ses déjections, dépravation où l'on voit se fonder un pouvoir sur la ruine, cette ruine du vivant, marchant de-ci de-là dans l'apothéose d'un somnambulisme conditionné, aveugle, sans guide, sans devenir, sans avenir.

Alors que s'amoncellent les mouroirs de ses racines, de ses pentes défigurées, bafouées, par des chiens errants, chiens de guerre, chiens de festins buboniques, chiens gorgés du sang des victimes autorisées par leur pouvoir de nain, écumes de nos jours où la vie fait retraite de ce pourrissoir légiféré, où chacun survit, tel naufragé, qui de la planche, qui du tonneau, qui de la malle, attendant l'île nouvelle, l'île du renouveau de l'Amour, afin de féconder l'avenir, les uns les autres, devant la coercition, la reptation, le parjure, délaissant cette ivraie à son propre déclin, déclin qui vient parade, déclin qui sème ses mensonges, profère ses louanges, déclin qui dans sa ruine animale, verra naître l'avenir de la Vie au-delà de ses oripeaux...

## Vagues épousées

Grandes vagues épousées, des signes alanguis, dans l'abandon du temps, inscrites en ces espaces de parousie, là où la joie, félicitée des algues sans repos, s'en vient sans brume, nacrant des ivoires passagers de festifs desseins, à l'haleine fraîche sous l'azur incarné des temples en semis où les cohortes règnent, se confluent, et dans la tresse des vivants se coordonnent pour offrir aux passants, nageurs fertiles, l'énamoure puisatier des horizons phosphorescents, clameurs de navires d'ambre et de nef cristalline, voguant les abysses pour rejoindre ces îles embaumées de parfums solaires, dont les mystères des courants déifient, les crêtes de lumière parsemant l'immensité des mers et des océans.

Telles ces flores éployées aux prairies ardentes veillant des pluviosités, veillant la sécheresse, veillant des vents porteurs de toute renommée, élytres de faces splendides parsemant la beauté des âges en racines, âges sans rupture des silences et des voix qui enseignent leur présence, dans cette nidation frontale dont l'écume souvient la florale demeure, d'un souffle ardent composant le secret écrin des âmes gravitées, des corps éblouis, des esprits resplendissants, de l'unité harmonieuse, dans sa nudité altière, fécondant les mondes en son chant.

Transcendant la vertu des règnes, allant de sites en sites la beauté des hymnes fluides, enseignant l'humilité mais aussi l'ardeur, ce rythme menant tout chemin vers l'accomplissement et la victoire, conscience de toute imprégnation, conscience souveraine irisant de ses gravifiques serments les espaces de l'initiable transformation de la Vie, épure en ce nid d'or dont les affluents se déversent vers ces déserts d'obsidienne, ces plaines de quartz, ces failles de méthane, ces cimes allégoriques de fer, et ces tombes ouvertes emplies de houille.

Hâlant leurs sites mornes de réverbérations nuptiales afin qu'apparaisse le mouvement, cette définition composante menant vers l'autonomie et sa croissance, de cils en cils, de stances en stances, toujours renouvelant ses étreintes de feu pour ouvrir un passage vers l'azur, azur magnifié dont nous voguons les lys arc-en-ciel, azur profond, diligent et généreux, vers lequel nos yeux adressent des questions, auxquelles il nous sera répondu lorsque enfin nous irons, navigateurs au long cours, les pluies d'étoiles, les amas de galaxies, à la rencontre des Univers.

Îles parmi les îles toujours renouvelées, îles de sérail et de lumière, îles encore par les abysses, délaissant enfin l'incongruité du temps continu, pour apparaître la réalité des temps discontinus, quanta d'énergies statuant ces espaces infinis qui nous seront commune mesure dans le déploiement des hautes vagues humaines franchissant ces récifs qui ce jour nous abstraient, scientifiques, culturels, anthropomorphes par errance, récifs circonscrits ouvrant enfin la Voie Humaine à son accomplissement !

## Règnes

Règnes qui passent et ne reviennent, règne en corps des félicités adventices, règne de l'esprit qui s'aventure aux marches de la pensée victorieuse, règne de l'Âme, transcendant la vertu pour en signifier le parcours, règne de l'unité retrouvée qui développe ses cristallisations dans l'harmonie conquise, voici la Voie en ses principes par leurs chemins, candeur adulée sans préau votif alimentant le chant, l'hymne espéré, et son chœur dans la magnificence jaillit une émotion sans troubles, au-delà de la suffisance du sentiment ineffable d'une appartenance éclose, par l'Absolu indéfinissable.

Splendeur du site qui ne se conjoint mais s'appartient, demeure qui par-delà les expressions des temps comme des espaces expose toute félicité, enseignant la volition, couronnant le dépassement, naturant de toute construction l'apaisement, au-delà des samsariques errances des dysfonctions tonales, de ces architectonies brisées qui hurlent par les temps comme les espaces leurs involutions, leurs incapacités à vivre, leurs naufrages cycliques, toutes faces sans lendemain, écheveaux de rives sans écrins monopolisant toutes énergies dépendantes, perdues à jamais pour la construction, perdues telles ces houles inachevées se brisant sur les récifs.

Ici les récifs de l'incongruité, de la banalité, de ce crime contre l'intelligence qui sévit, humiliant la

201

beauté pour ne laisser transparaître que la boue servile, l'apparat trompeur, la morbidité et ses instincts, éclairs de la dévitalisation des chants annonçant leur déperdition puis leur disparition, l'écrin temporel ne pouvant gréer ce phasme qui s'idolâtre, ce jour se voulant maître aux racines de cette nef portant la Vie, demain disparue au long cours de la contraction dimensionnelle qu'elle provoque.

Ainsi, alors que semblent immuables les structures et les organisations qui s'interpellent, qui, bâties sur le sable de la pensée subsisteront ou disparaîtront, au même titre que l'impuissance dévoyée qui guide vers le néant la Vie en ses ramifications, par ce lieu et par ce temps, ainsi alors que l'Aigle impassible s'envole vers les cimes pour mieux scruter cette aire et en cristalliser la vertu afin qu'elle destitue l'immondice qui la couvre...

## Clameur des Oasis

Clameur des oasis, de l'orbe, le cil est vertu des algues fières, épousées de signes à l'enfantement prairial, et la nue en ses vêtures dans la moiteur s'épanche, libre assaut des essors qui baignent en chrysalides cimes et sentes d'un raffinement joyeux, torrentueux de voies nouvelles retrouvées aux marches nuptiales gréées, là dans la moisson des buissons aux couleurs d'arc-en-ciel, aux senteurs amazones, dans la pulsion des vagues qui se tressent d'émeraudes vives, emprises fermes de gestuels fauves et incarnés dont les hymnes alimentent les règnes, éloquences d'ivoire et de stances qui se répercutent, s'invitent et sans détour se déploient, de nefs en nefs, de sentes en sentes, voiles effeuillées dévoilant la mature dressée, sous le ciel et dans les terres apurant le cycle des écrins, apaisant les feux antiques d'un flot jaillissant.

Et dans le cil de la vertu propice, ambre des âges et tumulte des cœurs, enivrant la perception du don, de ses mesures diaphanes confinant à la noblesse, s'élevant puis ouvrant sur l'horizon des chants toutes stances d'ineffable dessein, atour de la candeur, esprit de la désinence sacrée de l'ultime renommée, dont la gravure sereine se conflue, s'évapore, déjà dans l'éloquence s'initie, veille d'avant-veille des joies tutélaires qui viendront, celles de la mature destinée, au-delà des parfums errants, dans la gravité du songe, dans la préhension du monde, dans la pure luminosité embellissant chaque espace de ce temps conté, devisé, exploré, enseigné, nef du chant d'un équipage, nef du règne d'une demeure nuptiale, splendeur et nature d'une félicité qui se conjoint jusqu'en l'immortelle épopée, celle des Âmes qui ne se quittent, Âmes souveraines à jamais bercées par la tendresse adulée de l'Éternité qui veille...

Fêtes

Fêtes renouvelées, toujours en semis, préambules
du don qui ne cesse, fêtes de gravures aux effigies
diurnes et nocturnes enchantant les rythmes de
l'Univers, fêtes toujours, apprivoisant le sens
commun de la vitalité, d'aimer en fleuve souverain
de l'infiniment petit à l'infiniment grand, sans âge
par l'âge épousé, gravitant la joie éveillée d'un
soupçon inquiet qui se traduit par la félicité, jeu du
sourire jusqu'à l'éclat de rire en flaques énamoures
qui ruissellent d'offrandes, initiant cet
émerveillement du premier âge, cet
accomplissement du dernier âge.

Félicité, fut-il dit, toujours et encore dans la féerie
des ans qui mesurent la présence des Êtres aimés,
ceux qui sont vos pentes, vos rives, votre devenir,
qui de leurs regards emplis d'émotions rendent
grâce à ces coutumes de nos voies vivantes, dans la
noblesse des croyances, d'une naissance l'incarnat
divin, par l'appartenance aux univers, l'annonce
solsticiale téméraire, fruit du chant, opale du verbe
qui est stance du réel, stance de la Vie qui éclaire
tous les principes de nos hymnes, là, ici, plus loin,
dans la perception sereine de l'accomplissement de
ses chants, les Êtres de ce monde, nature déployée
des ondes qui s'enfantent, s'épousent, se ramifient.

Constellations précieuses dans la mémoire du
Temple éternel qui dans l'incantation n'oublie,
toujours perdure l'immensité des vagues profondes
et libres exultant des rameaux verts aux Îles du

présent, Îles phares de nos brumes, de nos devises, de nos destinées, de ces puisatières ressources enseignant le règne de la Vie afin de féconder le devenir, ici en ce lieu, réunies au sein de cette joie commune dépassant l'obligeance du moi afin d'irradier ces autres qui sont nous-mêmes au-delà de nous-mêmes.

Êtres à chérir en ces fêtes des années qui passent, symboles de perpétuelles renaissances où la seule puissance est celle du don, où la seule densité est celle de la Vie, instances gravitées dont on voudrait voir chaque jour, chaque heure comme chaque seconde l'éternité devisée par chacun, en ce lieu, en ce temps, où la Vie nous inscrit...

## Mutation

Il n'y avait plus place pour la parole, plus place pour l'action, plus place pour le devenir, dans ce monde narcissique, épousé de sa propre forme informe, un feu y couvait, n'ayant d'autres préambules que ceux de se voir libéré afin de se confronter avec cette léthargie couvrant de ses oriflammes toutes surfaces en viduité, un feu rayonnant, austère et conquérant que rien ne saurait défaillir, tant sa graduation naissait l'expression de la Vie dans son inaltérable densité !

Au-delà de la virtualité comme du factice nés de l'atrophie, cette force prenait mesure du déploiement de l'inconditionné, de cette boue saumâtre en laquelle les sons des chaînes se répercutaient à l'infini dans une forme étrange, née de toute larvaire demeure, fosse où des reptiles assoiffés se conditionnaient pour se nourrir du sang des êtres, ce sang avili et dégénéré par l'immondice et ses cohortes dont les grands prêtres attisaient la haine, haine de la Vie, haine de la Joie, haine de la Grandeur, haine née de leur cruauté bestiale et pandémique se lovant dans un fascinant mirage, celui d'une unité barbare !

Il y avait là mesure du combat à vivre et forger, mesure inexpugnable qui se devait pour libérer de ces entraves les Êtres de ce temps et de ce chant, des êtres informes rivés à la demeure de Thanatos, esclaves d'orgiaques affinités qui n'avaient de devenir que la poussière des songes. Monde figé, monde barbare, monde atrophié, il était temps de sortir de la fange son écume, sa pluralité et son exacte ascension !

Ivoire, la nue couvant la cendre, l'affrontement s'évertuait déjà, aux souches profondes, reflets de la force civilisatrice les prémisses ! Insigne de la parole de l'acte qui ne se régit mais se renforce de voix en voix dans la plénitude de l'assomption, dans un accord sans failles ! Témoignage, de chaque cité, de chaque horizon, de chaque sillon, l'aristocrate détermination délivrant la nue de son langage de Babel, nocturne errance n'ayant d'autre but que l'annihilation de l'identité par toutes faces ! La résurgence était là !

Reprise en chœur, marche en avant d'une contraction dimensionnelle souveraine permettant de rétablir la Vie dans son principe et sa splendeur, et réduire à néant les prévarications de tous bords des prédateurs. Vaincre pour vivre ! Cette devise s'emparait de tout existant, en chaque lieu, en chaque temps, en chaque considération du Vivant, et dans le jour éclatant, vit son exaltant message opérer sur toutes surfaces de ce monde, dans une précision organique noyant à jamais les confluents et les affluents de thanatos, dans ce lieu, leur précipice et leur dessein !

Combat titanesque, combat de la faim, combat du désir de vivre contre les dévoreurs et les sangsues de la liberté, combat en tous lieux, en tous regards, en toute identité pour faire renaître la fleur immaculée de la Vie par tous chemins de ce monde hier perdu, délaissé à la barbarie et ses fauves sanguinaires, ces glauques bubons inondant de leurs menstrues les prairies alertes et vives, fauchées hier par le joug du délire et de ses compassions, ce jour renaissantes, majestueuses et signifiantes par-delà l'inconscience putride et ses préaux d'esclaves !

Le sang parlait au sang, le sang de la Vie combattait le sang de l'atrophie, lavant ce monde de ses charniers, de ses lâchetés, de ses horreurs sans noms prononcées par le seul véhicule d'une pensée unique témoignant sa cruauté sur toutes faces vivantes, cruauté infâme, étourdissante, voyant les êtres relégués à de simples entités vouées à la dérision du nanisme individuel et collectif, nanisme intellectuel, nanisme économique, nanisme larvaire où avait disparu toute volonté d'Être, toute force de vivre, asservissement total voué au fer et au joug de l'esclavage consenti de la naissance à la mort légiférée !

Ce monde s'éveillait enfin à sa joie pour rendre grâce à la Vie, et œuvrer dans le sens de la Vie, voyant la marche somptuaire de Peuples Vivants, d'Êtres Vivants, en marche d'une unité respectueuse et inconditionnelle, vers cette luminosité de la Vie, jusqu'alors broyée par les chaînes scientifiques, politiques, eugénistes, toutes dévouées à la dérision du Vivant, en supports de l'inimaginable, le mensonge accouplé à la cruauté et à la bestialité ! Devises de ces essors d'hier, contraignant l'Être au non-être, les Peuples à la disparition, les Identités à la poussière, les existants à la désintégration, toutes devises ce jour vitrifiées par cette force purificatrice de la volonté des Êtres de ce temps, assignant le devenir de l'Être en la Vie et non dans la mort !

La mutation était réalisée, cette mutation transparaissant l'infini et non la poussière d'hier, une mutation permettant à chaque Être de ce monde de se regarder en face et non plus sous le voile de l'ignominie et de ses rives complaisantes, la trahison, la reptation, l'assujettissement, fourvoiement de chaque individu hier, enfin libéré de ces carcans délaissant à la rive les prédateurs et leurs scories, dans leur atrophie mentale et leur perversité consciente ou inconsciente, afin de dresser sur chaque surface de ce monde un respire de Lumière, transcendant l'Universalité en chaque demeure pour l'ouvrir à l'Absolu, vague profonde lavant à jamais les terres de l'abîme insoutenable vers lequel les guidaient ces êtres du néant ne pouvant concevoir un seul instant la Vie en dehors de leur propre narcissisme subjectif, la Vie qui ce jour enfin libérée se déploie par la densité des espaces et vogue sa fertilité dans l'Éternité...

## 2040

Disait-il :

"Où l'univers s'accomplit, en son règne de justice, déployant ses oriflammes par toutes faces de son chant, se tient le lien indéfectible de la renaissance. Splendeur des temps qui furent exondant les scories des siècles, ces limons infertiles charriés par les laves du venin, hier encore paradant sur les décombres des civilisations, ce jour poussière devant le solstice éveillant la majesté des mondes, des floralies épousées, des identités retrouvées balayant les feuilles mortes de leurs plages azurées, hybrides enseignes dénaturées hurlant leur sauvagerie dans l'immobilisme du néant, vagues en reflux migrant leurs contes renouvelés par le courage des enfants de leur terre labourant un devenir, n'ayant d'autre volonté, non pas celle de l'espérance, mais de la conquête de leur chant!

Conquête trépanant la bestialité de leurs roitelets d'antan les consumant la veille dans la misère et la famine, ainsi alors que l'écume se déploie voyant la fin de race de la non-race, cette lèpre aux pustules exacerbées envenimant tout sur son passage, glauque bubon, ivre de mensonge, de duperie, d'hypocrisie, aux miasmes délétères s'imaginant dominant alors qu'il n'était esclave que de sa propre perversion, perversion qu'il croyait synthèse alors qu'elle était antithèse, basse fosse de l'oubli de la vie, de la beauté, beauté des cœurs, des Êtres, des Ethnies, des Peuples, des Races, de l'Humanité, spoliés par son joug de terreur inspiré par sa propre terreur de lui-même, si tant l'atrophie son exaltant sevrage.

Atrophie des sens, atrophie du cœur, atrophie se pavanant comme un drapeau sur toutes faces, atrophie s'enchantant de la mort, sa seule source ignoble de jouissance, et à sa ressemblance face de la mort elle-même, cristallisation de bubons gémellaires s'agglomérant dans un désir de destruction commun, celui de la Vie! Pauvres hères cherchant à mutiler l'esprit de la Vie, sans comprendre un seul instant que la Vie n'appartient à personne, que sa liberté ne s'ordonne pas, que sa beauté ne s'épuise pas, ne s'encadre pas, pauvres hères se lamentant, dans leur œuvre de mort, de la réponse déjà ordonnée de la Vie qui tel un tsunami d'une ampleur inconnue les engloutit à jamais, laissant de ruines leurs constructions de mort, leurs idoles perverses, leurs prières amères, leurs désirs bestiaux.

Tsunami fertile, tsunami fantastique voyant en ce monde se réveiller la lumière cristalline de chaque Être, de chaque Ethnie, de chaque Peuple, de chaque Race, de l'Humanité, broyant à jamais la folie des hères de ces temps s'imaginant des sages alors qu'ils n'étaient que des pleutres, toute tentative de mise en esclavage n'étant que le reflet de la folie dimensionnelle qui habite l'être qui l'enfante! Être atrophié ce jour relégué dans ses chaînes qu'il voulait mettre aux pieds des enfants multiples de la Terre, ces Enfants ce jour resplendissant leur Identité, magnifiés en leur Race, révélés en leur Peuple, désignant le destin de l'harmonie en leur fierté d'Être retrouvée, cette fierté respectueuse d'autrui, leur montrant le chemin parcouru, leur émancipation du carcan qu'on voulait leur imposer, par la destitution systématique des potentats, des roitelets, des présidents de pacotille s'engraissant sur le dos des peuples, ivres d'un pouvoir masqué sous les leurres de la démocratie.

Nef de toutes les dictatures, ce jour broyée par les Peuples conquérants leur Liberté, assainissant les écuries d'Augias de chacun de leur pays pour en éradiquer les miasmes et les parasites, au niveau international en détruisant les tours de Babel construites par les prébendiers de la dictature, ce jour réfugiés dans leurs cabinets noirs où la mort parade, pauvres êtres ignorants de la Vie, chiendent de l'Humanité dont la rébellion magistrale destitue la puanteur chronique, celle de l'asservissement allié au pillage, pillage des cultures, pillage de l'intelligence, pillage ancré dans le mensonge, ce jour visible aux pleins feux de la résurrection internationale des Peuples enfin libérés de l'enfer organisé, de ce camp de concentration ignoble où la sauvagerie avait remplacé l'humanité!

Sauvagerie déguisée sous les hospices d'un humanisme de parade, dont les fondements sont l'inhumanité la plus globale : destruction de la vie, euthanasie, résorption de l'être humain dans le creuset de l'ignorance ouvrant la voie de l'esclavage total ! Civilisation de mort détruite par la Vie ! Et le sage jette un regard en arrière, sur ce milliard de morts, vivants ayant donné leur Vie pour que vive la Vie, et dans la question qui se pose sur le charnier Humain organisé par la dictature, honore ces héros qui ont su combattre les hordes des chiens de guerre et les détruire, cette panoplie militaire, caricature des armées nationales qui désormais se dressent en chaque pays, de concert, afin de défendre l'unité Nationale, l'existant biogéographique inhérent, tous ces Peuples, toutes ces Ethnies, et dans la beauté de la Terre, ces Races vouées hier à l'agonie dans le creuset d'un esclavage universel!

Enfin libérés pour enchanter l'Humanité ! Ainsi alors que l'horreur génocidaire se montre, l'horreur qu'a pu naître le nazicommunisme, maître à penser du mondialisme concentrationnaire, cette pestilence brune rouge qui voulait asseoir son règne sur des larves ! Que l'Histoire contera en ces années 2000, sursaut de l'Humanité faisant face à son destin, celui d'être ou de se retrouver esclave ! C'était hier, et convient-il désormais d'éradiquer de notre Terre cette hérésie qui voulait sa destruction, à son image, impitoyablement afin de disparaître le non-être, la non-humanité dévouée à Thanatos ! Ainsi et dans les siècles et les siècles afin de naître l'Universalité qui se répandra en tous les azurs habités et habitables, n'ayant pour vocation que le couronnement de l'Harmonie, et non la destruction de la Vie !"

Disait-il, en 2040.

## Vestales anachorètes

Vestales anachorètes des dimensions limpides, nous allions, puisatiers, les couronnements de la Vie, nos âges sans secret dans la voilure féconde des nefs ouvragées, et là, dans le creuset des sources, nous efforcions les mondes de nos rencontres à resplendir de la plénitude joyeuse des fenaisons, clameurs adulées des équipages vaillants dont les cohortes partaient ces découvertes franchissables des azurs immaculés, là-bas, dépassant les rives de Parsifal, vers le détroit des lunes de Tannhäuser, où se dressent les myriades galactiques, souffles de soleils titanesques déployant leurs membranes à l'infini de l'horizon, gréant des mondes où la Vie flamboie une mesure divine.

Mesure de la multiplicité des formes que la lumière pleut, des hybrides nocturnes aux fantasques diurnes, que l'intelligence pétille malicieusement, ordonnance gravitant des Peuples et des Nations coordonnées délivrant de vastes actions dans le cœur de leurs citadelles, émois des signes qui se rencontrent, se délibèrent, s'ordonnent et se précisent, moissons des mondes unis qui fertilisent les galaxies, moissons solidaires et précieuses où chaque être vivant poursuit sa route dans le respect qui tient lieu de lien indéfectible entre les mondes.

Instance du vivant déployant ses oriflammes pour taire les fantasques desseins de roitelets sauvages, d'empereurs déchus, de déchets des civilisations voulant imposer leur ordre de violence, qui dans un

front uni est combattu partout où il s'inscrit afin
que le respect des espèces biologiques soit naturé,
ce respect sans failles voyant des armées entières se
lever, spontanément, lorsqu'elles sont l'objet de
l'aventurisme, pour réguler et détruire prébendes,
incapacité, dictature quelle que soit sa forme, afin
de défendre l'oriflamme sacrée qui sacre l'unité des
mondes, la Liberté !

Liberté d'être, Liberté de Vivre, Liberté de
s'épanouir, Liberté de s'exprimer, Liberté qui dans le
respect d'autrui, assigne au présent toute
réalisation de la Vie multiforme, rayonnement
économique par le flux des échanges intégrés aux
besoins et non à la déperdition, rayonnement
Culturel par mise en valeur de chaque Création
Vivante au-delà de l'apparat et des appartenances,
rayonnement Spirituel par reconnaissance des
fondamentaux qui guident les Univers,
Rayonnement harmonieux par la mise en œuvre de
politiques ouvertes sur le dessein des populations et
non par le dessein de pouvoirs atrophiés, depuis des
siècles laminés par l'aspiration à la Liberté des
Peuples, rayonnement métapolitique, en
surveillance constante du pouvoir politique,
permettant de réguler des actions harmoniques et
non destructrices par les Peuples et les Mondes
Unis.

Ainsi et dans l'éternité qui veille, veille téméraire,
gardienne armée de la paix universelle, guerrière de
la Vie, en la Vie et pour la Vie, fondement de la
Liberté sacrée qui guide le pas des Vivants vers
l'épanouissement et non l'esclavage, vers la
transcendance et non la désintégration, vers la
création et non la destruction, gardienne immortelle
de nos prouesses et de nos joies, de nos félicités et
de nos règnes, où densité, nous fondons les mondes
qui, sans rupture, acclimatent ce secret offert par la
Vie, rencontre de la transcendance et de

l'immanence, permettant le dépassement à chacun de l'éblouissement pour intégrer l'ordre officiant des mondes de la Vie, Voie de l'absolu, par sa découverte, ainsi et dans ce chant des équipages, ainsi et par le chant des équipages hissant aux plus hauts pavois les oriflammes de notre avenir, ramures déployées de l'harmonie souveraine !....

## Un conte de Noël

Il fut un temps pour tout cela, un temps dépassant l'imagination la plus volubile. Alors que les Terriens, depuis des siècles, étaient en liaison avec différentes Races de la Galaxie, les unes en surveillance, les autres franchement hostiles, et certaines opportunistes, que la face cachée de la lune terrienne abritait les laboratoires discrets des confédérations des États-Unis et de la Russie, parfois en conflit, que la conquête Martienne était bien avancée, sous le regard des clans galactiques qui devisaient le sort des Races Humaines, eux-mêmes conciliés de par les autorisations données par quelques représentants terriens, à disposer de bases sur la Terre, où ils pouvaient élaborer leurs expériences génétiques, en contrepartie de savoirs discrets, notamment sur les principes de propulsion, et la manipulation mentale par les ondes électromagnétiques, donc ce jour apparu ce qui devait s'appeler plus tard l'épreuve.

Il y avait bien longtemps que les pouvoirs terrestres mentaient aux populations, qui par discrétion, qui par autoritarisme, qui par esprit dictatorial. Les masses Humaines ne se souciaient de ces mensonges et vaquaient dans les matrices créées par les gouvernements illusoires qui relevaient du seul pouvoir d'un mondialisme lamineur détenu par un cénacle dont l'inhumanité couronnait l'atrophie. On comprendra qu'il fut facile pour ces personnages de se vendre à certaines races galactiques afin de disposer de pouvoirs encore plus ténébreux, on comprendra très facilement que ce pouvoir n'était en fait que servilité d'inféodé et bien plus trahison envers l'Humanité !

L'épreuve arriva, majestueuse, fracassante le miroir déformant qu'avait mis en place la cécité de l'atrophie au pouvoir. L'Espace était le jeu d'un conflit entre trois souches galactiques, l'une appartenant à notre galaxie, les deux autres à deux autres galaxies. Et ce jeu arrivait dans cette lointaine banlieue de notre propre galaxie, où se situe notre petite terre. Ce jeu s'énonçait dans un firmament de batailles qui ne pouvaient plus s'opacifier, les nuits tellement emplies d'éclairs et d'explosions lumineuses, que l'Humanité s'éveilla. Le mensonge ne pouvait plus se prévaloir règne, lorsqu'en plein jour des vaisseaux dans l'atmosphère se pulvérisaient les uns les autres, ayant échappé par miracle au parapluie nucléaire terrestre dénommé "guerre des étoiles".

Les carcasses des nefs qui s'écrasaient en pleine ville, nantis d'équipages exo biologiques ne pouvaient plus faire l'objet de controverse. Les populations devant ce phénomène, contrairement à ce que la psychologie de pacotille prévoyait, n'eurent en aucun cas peur, mais bien au contraire demandèrent des comptes à ces gouvernements qui les manipulaient et leur mentaient depuis des siècles, et lorsqu'elles s'aperçurent qu'en sus de ces mensonges certains d'entre eux avaient accordé des droits aux exo biologiques, elles se soulevèrent comme un seul homme pour écraser dans l'œuf cette vassalité morbide. L'idéologie mondialiste trouva là son tombeau. La surveillance de ces phénomènes ne pouvait rester entre les mains de quelques individus isolés et inféodés.

Il convenait que les Nations en leur représentation et représentants puissent contrôler et décimer cette dérive. Ce fut là aussi le tombeau de ce qu'on avait appelé l'ONU, dont les membres inféodés ne suivaient plus depuis bien longtemps les directives humaines, mais celles d'exo biologiques considérant la terre comme leur champ d'action. Il n'y eut comme on pourrait le penser de massives destructions, mais plutôt, dans un éclair, une reprise du Pouvoir par les populations. Ce qui se traduisit par la renaissance d'un ordre universel traditionnel, en aucun cas soumis à l'érosion de l'atrophie matricielle pernicieuse qui était maîtresse des lieux depuis des décennies. Les Nations, dans le feu de cette action créèrent une nouvelle organisation internationale unissant toutes les Nations de la terre, chargée d'assurer le respect de leurs identités et de leur sécurité, tant au niveau terrestre qu'au niveau supra terrestre.

Elles chassèrent définitivement les hordes exo biologiques hostiles de leur milieu, puis dans l'esprit des conquérants qu'elles furent toujours, avant d'être anémiées par la viviparité des dominants qui leur avaient infligé des siècles de sommeil, s'élancèrent au titre de leur fédération à travers la dimension cosmique, pour anémier la servitude d'autres civilisations en proie à la domination involontaire de leurs représentants par des factions sans nombres, serviles et reptiles, par-delà se joignirent à d'autres civilisations exo biologiques pour enfin naître la confédération que nous connaissons actuellement qui veille sur nos mondes et dont nous sommes toutes et tous gardiens et soldats afin que ne se reproduise par les Espaces sans fin cet asservissement auquel furent confrontées nos pentes ancestrales.

## Ô Christ Roi

C'était à Carcassonne, l'an 793, lorsque avant de livrer bataille Guillaume de Toulouse, Paladin de Charlemagne, éleva vers les cieux cette prière :

"Ô Christ Roi, l'Empire a-t-il donc tant failli qu'aujourd'hui l'illuminisme soit contempteur ! Que notre Terre sacrée soit à ce point humiliée, détournée, avilie par l'infertilité et ses devises ? Fille aînée de ta force fut-elle, ce jour laissée à l'abandon dans la moisissure des mensonges et de leurs pitoyables errances ! Ô Christ Roi en ton armure resplendissante sous les feux du Soleil invincible, regarde dans quelle voie se tiennent tes fidèles, dans l'agonie de leur sort, dans l'invective, dans les tréfonds d'une lâcheté dévoyée, dans le crachat et dans l'injure, dans la prosternation idolâtre, dans ces préambules menant les mondes vers leur finalité !

Ô Christ Roi, tes armées te resteront toujours et pour toujours dans la promesse de cette réalité qui fonde les univers et éblouit ! Et Chevaliers resterons-nous malgré la perfidie, l'ignominie, la décrépitude de tes Temples, Chevaliers de ton rayonnement et de ta félicité ! Du Nord au Sud, de l'Est à l'Ouest toujours veilleurs de l'ardeur des Chants et des Hymnes, pour consacrer ta plénitude et ton essor, enfanter les rêves en harmonie et en armoiries qui rendront à ce Monde sa florale beauté, loin des illuminations de l'ombre et de ses ténèbres enfantées par l'atrophie !

Ô Christ Roi, nous viendrons tes champs de blés mûrs, ces épis de la splendeur prononcer la grandeur et l'honneur par-delà les hospices des velléités qui frappent aux portes des mendiants et des fourbes, par-delà les assauts des prébendiers et des voleurs qui condamnent l'Humanité à son pur déclin ! Ô Christ Roi, la flamme de ta renaissance est toujours et pour toujours bien vivante par-delà le fléau qui nous habite, nous contraint et cherche à nous dominer, debout sommes-nous par milliers et par milliers sur notre Terre d'Occident, en chaque hameau, en chaque ville, en chaque Pays pour défendre nos racines et nos Temples, notre fidélité inconditionnelle à ta réalité, noyée sous la constellation des dupes et la supercherie des alchimistes sans renom !

Ô Christ Roi, déjà les Peuples se défont des miasmes qui les entachent, les voulant livrée de l'esclavage le plus purulent et le plus répugnant qui soit, celui de l'inconditionné ! Ô Christ Roi, car Être tu fus, et Êtres nous sommes, par millions et par millions dans l'Esprit du Sacre, notre demeure, par l'Esprit du temps comme l'Esprit de l'Espace que rien ne peut édulcorer, au regard du Chant qui gravite nos Histoires conquérantes et sublimes ! Ô Christ Roi, reviendront dans ta lumière et ton Éternité, tous ces aveugles et tous ces borgnes qui n'ont pour lendemain que le bruit infâme des chaînes qui les emprisonnent, car nous serons toujours là, Veilleurs pour briser le verrou qui les maintient dans l'ignorance !

Ô Christ Roi, rien ne pourra tarir ton Nom, rien ne pourra détruire ta Lumière, car quel que soit le lieu, quel que soit le temps, toujours reverdiront les pousses qui viendront baigner de leur foi les terres embrasées, jusqu'aux lieux même de leur destruction pour affirmer la reconstruction de ton Temple, le Temple de l'Être Humain, au-delà du temple du non-humain dont les agitations ne sont que scories en évanescence devant la Lumière Éternelle ! Ô Christ Roi, dans la dignité et dans l'honneur, dans le respect et dans le courage, Chevaliers te resterons-nous pour défendre ton Nom, nos Terres et nos Peuples, et se joindront par milliers et par milliers, puis par millions et par millions les Êtres en éveil qui dépasseront les cultes et les adorations, les prismatiques déshérences des ténèbres, pour se dresser contre le parjure, la forfaiture, la destruction et leurs serfs !

Ô Christ Roi, Esprit du Chant et Chant de l'Esprit, Gardiens resterons-nous afin de restituer aux dimensions leur pur éclat, laissant s'effondrer les royaumes sans racines, Veilleurs de l'armature de ton Temple construit qui fera rayonner ce Monde, le relevant de son agonie qui par la Voie détournée saillie l'Univers comme une maladie ! Ô Christ Roi, viendront ces temps de la Voie noble et souveraine que rien ne pourra plus destituer à son profit, notre Foi en sera témoin, car ton règne est en nous et chacun d'entre nous est ton règne ! "

C'était en 793 qui vit la victoire mémorable du Paladin de Charlemagne sur les conquérants d'un autre monde...

## Chevalerie

Où nous prenions le large, le chant victorieux épousait le sens d'une harmonie, et dans l'azur des flots, nos sortilèges s'extasiaient, de racines en racines, nous étions écumes de ce songe, voie maritime de l'essor allant du ponant au couchant les règnes de nos chants, inscrits dans la théurgie des sorts, magnificences de nos Temples aux nefs citadelles qui, aux promontoires des terres éveillées scrutaient l'horizon de notre détermination, à naître, construire, pour enfanter la beauté par toutes marges continentales, dans ces espaces de la vie reconnus et signifiés.

Dans cette blondeur impérissable ouvrant ses latitudes tant au nord, dans ces passementeries hivernales et écloses, qu'au sud, dans les houles sablières aux roseraies ardentes, qu'à l'est, dans les steppes irascibles et envoûtantes, qu'à l'ouest dans ces frénésies d'eaux vives aux miroirs de feu, voyant surgir des limbes en leurs lieux l'essor d'une vigueur, souffle ardent d'une chevalerie étoffée par une foi invincible, la foi du vivant, par les marges septentrionales, alors que les Alizés berçaient de leurs volutes leurs migrations portant nouvelle de l'Empire.

Dont les chevaliers du Temple élevaient la temporalité, pour lui adjoindre la tempérance, l'humilité, la vertu, les voyant défendre sans peur les courses des pèlerins, la veuve et l'orphelin, les Peuples et leur couronnement, par-delà la course du soleil, par-delà la course lunaire, dans cet enfantement du sacre qui est celui de l'altière définition de l'Être, de l'Être voguant vers l'Être en sa condition comme en sa raison, en cet enivrant partage qui dans l'honneur fait comprendre sinon honorer, en cet accomplissement qui est gravure de la régénérescence des vivants.

Cœur d'un hymne, réveillé par la tourmente et la colère des siècles endeuillés, signifiant le renouveau aux plaines abyssales pour en libérer la définition universelle d'une contraction dimensionnelle déployée, dragon de mille têtes sans avenir, rejetant aux flots les cadavres désemparés des milliers de peuples sans lendemain, initiant le parasitisme, la lâcheté, la putridité dans les cœurs immolés par les cultes de la déshérence.

Dragon combattu par ces armées aux épées hautes du Verbe sous le soleil invincible, étincelant les rivages perdus pour les renaître à leur profusion, par le ciel souverain, par les eaux tumultueuses, par la terre magnifiée, par les vents salutaires, par ce quaternaire initié où se tient le Temple de l'Être, conjoint de l'Éternité, ainsi alors que la cristallisation s'élève et dans l'éveil le plus rayonnant, se dresse dans le firmament...

Paysages

En vagues aux algues diaphanes, nos sourires et nos rires, sommes-nous paysages de ces temps qui s'enseignent et dont les règnes ne sont que fenaisons d'un voile suranné, et nos voix claires vont des rencontres nouvelles, des terres parfumées d'amazones vertus aux lacs mystérieux et profonds, des terres sacrales aux voies templières élevées rehaussant leurs citadelles marbrières dont les veines bleuies rayonnent d'une lumière divine, des terres en ébats gravitant de par les rives, celles amères ou altières, fécondant des devenirs moirés de songes, des terres de feu aux cristallisations opiacées irisant en leurs lagunes des mers souveraines dont nous prenons les sources aux rubis incarnés de leurs écrins magnifiés.

Des terres encore de vestales en émois, cohortes de chants développant leurs arguments dans des voies constellées de porphyre et de granit où s'abritent des pèlerins venus de tous les mondes connus et d'autres mondes en voie de gestation, des terres balayées par les pluies diluviennes assaillant esquifs et falaises de quartz, ruisselant d'eaux vives les fortifications des pécheurs de rêves aux puisatiers émerveillements, et d'autres terres encore aux frontières des conquêtes millénaires lançant leur regard sur l'horizon splendide des soleils d'Ajax et des lunes d'Achille.

Vêtures de mille et mille cités dont les florilèges arpentent les ponts précieux des pensées acclimatées, rencontre toujours des univers attendant le pas souverain de la Vie pour se transfigurer de signes portuaires aux gréements de milliers de nefs au repos, messagères de mondes équinoxiaux multiples aux solstices mystiques, épousant les courbes pour disparaître le temps comme l'espace, à la rencontre de leurs feux solaires.

Là, ici, plus loin, toujours plus loin, alors que les guides en essaim, maîtres d'équipage, cartographes, femmes et hommes de sciences, philosophes, artistes, accompagnants et accompagnés, sous l'égide des guerriers imperturbables, découvrent et témoignent, enseignent et assistent, la parturition du règne, d'étoiles en étoiles, demain, de galaxies en galaxies, après-demain d'univers en univers, afin d'éclairer du devoir de maîtrise de l'éternité l'hymne de la Vie dans une allégorie infinie.

Et nos rires et nos sourires dans le jeu de ces citadelles de l'écume, au-devant de l'intensité et dans le courage, poursuivons-nous notre route, fiers galions en conquête de cette Voie fabuleuse en laquelle nous sommes pierres et parcours de l'œuvre vivante, orientant aux marches de l'empire la rémanence d'un ordre sûr, volition du couronnement Vivant par toutes faces et en toutes faces, dessein des joies sans errances des éclaireurs naufragés, recueillis en nos soutes, cristallisant les routes en nombres, les inconnues et les rebelles, les parvenues et les fidèles, pour favoriser l'essor et la grandeur des nuptialités fécondes.

Laboureurs de mondes en écumes, gardiens de frontières en expansion, fantassins d'une course austère où la farouche détermination remplace l'indolence et le caprice, où la Loi de la Vie prévaut sur la loi de la mort, ses scories et ses abîmes, espaces sans lendemain cernés par nos chants et détruits par nos hymnes, par le droit ultime de voir l'ordre et la sécurité briller de tous leurs feux sur notre emprise conquérante, où nous sommes en éveil par les routes qui s'effeuillent, où nous sommes en essaims par les espaces sans troubles, rires et chants de l'inexpugnable beauté dont nos cités enchantent les rescrits, sauvages ou tendres, toujours en racines de la préhension de l'ultime rivage qui nous fera reconnaître la densité de ces autres mondes qui nous viennent et nous enchantent...

## Robots primitifs

Visiteur de mondes en écrins, passant ce jour dévoilé aux surannés solaires, la Terre apparue et nous fîmes découvrir un ensemble de formes larvaires, épithéliales d'un ordre qui ne se nomme. Nous rapportons ici quelques bribes de leur déclin. Robots primitifs de ce nouvel âge désincarné, ils vont et viennent, vides de conscience, des écouteurs rivés aux oreilles pour s'abstraire du réel. Leurs visages blafards sont phasmes de villes qui les engloutissent, les vident de leur substance, de leur être, pour ne plus laisser à sa place que le paraître.

Parade ils se font de leurs atours, marquant d'anneaux et de chaînes leurs oreilles et leur cou et dans le détail des piercings toute face de leur anatomie, reniant en cela la vérité de leur corps qu'ils enchaînent, déjà, au dédale faramineux de la décadence qui suinte par toutes faces ce monde de verroterie. L'été leur est prouesse d'étalage de tatouages sans limites, reniant leur chair comme témoignage de leur servitude avancée au système qui les broie. Ils ne sont égarés contrairement à ce que l'on voudrait penser, ils sont de leur siècle en déclin, puérils à souhait, lobotomisés par une gangrène médiatique qu'ils dévorent dans une presse gratuite qui oriente leur soumission.

Leur langage se limite la plupart du temps à trois cents mots, qu'ils enrichissent par un vocabulaire né d'éructations, de colères, de dégoût d'eux-mêmes. Ils feignent de s'accroire dans le gouffre dans lequel ils végètent, mais se haïssant haïssent tout ce qui n'appartient pas à eux, engendrant ainsi une dépersonnalisation humaine qui se voit dans les micros sociétés que le collectif impose, telles celles des transports, où surgit leur, semble-t-il, droit à être.

Dans cette configuration ils en rajoutent, s'étalent, prennent de la place qu'ils ne laissent au vieillard ou bien à la femme enceinte. Ils font semblant de dormir, et se montrent dans leur réalité. Couchés sont-ils, soumis, n'ayant d'autre devenir que le besoin de s'approprier ce qu'ils ne pourront jamais approcher, sinon que dans des rêves éveillés, devant les cohortes, en groupes, afin de mieux se dissoudre dans le néant. Et l'on pourrait croire que ce constat l'est pour une génération, non, il l'est pour toutes les générations qui vivent les abîmes de leurs villes chiasseuses.

Il y a là d'autres écrins dans lesquelles se bercent les sempiternels échos en rupture du réel. D'abord la masse des rampants au regard triste, qui ne voient plus que le vide, le cil hagard, perdu dans l'ombre de son ombre et qui se tait, et qui se cache, et qui s'il pouvait ne plus être serait heureux. Ensuite les parvenus à un poste de travail, (car il y a pandémie de chômage par ce lieu, favorisé par les détenteurs dont le pouvoir est fonction de la nucléarisation des individus), qui s'illuminent de leur chance dans des discours frénétiques, moi je suis, les autres ne sont rien, qui apprivoisent avec délectation le regard morbide de ces autres, attendant un mouvement de jalousie pour s'accroire importance.

Et d'autres encore, façonnés par l'outrance qui sans un regard pour les autres s'essoufflent de leur mépris. Et d'autres toujours n'en pouvant plus de leur nouvelle condition, d'exogène devenant endogène de force et non de lois qui suent l'insolence et crachent sur tout ce qui fait un territoire vide de conscience qui noie sa population d'origine par des vagues sans avenir, afin de mieux la détruire pour mieux la dominer.

Et chaque jour qui passe ne s'espace de ces dichotomies qui exacerbent les remparts qui désormais se dressent entre ces foules, les unes humiliées, les autres assouvies, les dernières sauvages et fières, en délire d'un complexe de supériorité qui masque un complexe d'infériorité. La haine transparaît sous ces carapaces équivoques, vautrées dans l'imperméabilité des sens, et la destruction couve. Elle est désœuvrée par le clinquant des bagagistes qui dirigent vers l'agonie ces foules qui ne sont plus des peuples mais des esclaves nés.

Qui cherchent une voie pour survivre au milieu de leur empire de destruction qui se couronne sur leur masse pouilleuse et puante d'asservissement, cette masse informe et gluante glorifiant l'immondice qui va de reptation en reptation jusqu'à sa destruction acclamée, qui sous la modélisation de la culpabilisation, qui sous la modélisation de la possession, qui sous la domination de la cécité qui brille de tous ses feux.

Nous pouvons toutefois rassurer nos mandants, car dans ce lieu, la nature a horreur du vide et elle se débarrassera inévitablement des scories qui l'embrasent afin de reverdir toujours, imperturbablement à la Vie, la Vie en ses couleurs, la Vie en ses parfums, la Vie magnifique de champs de floralies qui reviendront après la boue, la dénaturation de la boue, ce lavement excrémentiel qui se tortille avec délectation dans ces égouts où le non-humain, ignorant, complice, se complaît avec délectation.

En attendant, nous resterons observateurs de cette chute vers l'abîme de cette civilisation de la mort qui va disparaître afin de naître de nouvelles civilisations bâties pour la Vie, et bien entendu nous vous rendrons compte de cet heureux événement...

## Et cela viendra

Espaces vagabonds des âmes azurées aux souverains rescrits de la beauté, des vastes saisons qui viennent et s'en reviennent, préaux d'incarnats aux festives agapes, fut le chant en ces boisseaux des constellations, de la vague l'innocence et ses royaumes, la candeur et ses écrins, et dans la fortune de l'instant la splendeur adulée, épopée des rythmes de nos joies, ces équipées nouvelles à voir aux fronts des terres et des océans, prescience des Sages aux règnes alliés déversant en semis des houles de moissons sur les songes et les rêves de peuplades immolées.

Là, ici, plus loin, dans un rite irréversible, conquérant, balayant sur son passage les esquisses de ce monde, les balbutiements intemporels, les cohortes fauves et leurs longs cris de guerre, investissant chaque chant pour en ornementer les rubis et délaisser la gangue, cette face sombre se livrant à pâmoison dans la rive triviale d'une arborescence opiacée, lac tourbillon devant l'affine vertu secouant son joug, disparaissant comme fumée sous le vent, annonçant par-delà les mers l'horizon du renouveau, déjà prononcé devant le flot ininterrompu des nefs parcourant la gravité des forges enseignées.

Exfoliant le putride pour éclairer ce monde d'un visage harmonieux, alors qu'en rimes les veilleurs content cet ambre parfum des lys à midi, des signes par les temps qui passent et, dans l'ardeur devenue, éclairent le monde fantastique des êtres qui s'éveillent de la torpeur, de la mendicité, de la peur et de la terreur accouplées à l'ignorance, de ce sommeil qui, hier encore s'imageait volonté, dissipé ce jour, élevant la conscience de cet équilibre invincible laissant les couards et les frénétiques à l'agonie de leur vide, pour briser les portiques des temples mentaux cachant avec sévérité l'imagination, la raison, l'imaginal, la critique et par-dessus tout le rire, ce rire bienfaisant réduisant à sa plus simple expression l'arrogance et ses humiliations, la bêtise et son prosélytisme, l'ignorance et sa clameur belliqueuse.

Ces sources qu'hier regardait encore comme sources du bonheur alors qu'elles n'étaient que d'afflictions, et j'en parle dans ce jour de noble volonté, alors qu'aux marches de nos frontières reconquises se terminent les derniers combats contre les hordes de l'atrophie, tandis que le soleil resplendit sur nos sites libérés de l'empreinte des scories et que le chant des enfants, cristallin, éveille au cœur du vivant ce devoir intime, celui de la défense inexpugnable de leur devenir, qui ne doit plus jamais être contraint dans la reptation et l'agonie, l'esclavage et ses supports, au nom de ce désert qui fut panache prolixe de l'atrophie.

Cette monstruosité engluant chaque fleur dans le formol de la culpabilisation d'être, cette monstruosité fétide et hypocrite innervant chaque faille de ce monde pour assurer ses possessions, ce jour jugulée, anéantie, dans le larvaire, son état naturel, cette outre chtonienne dérivant ses flasques oripeaux dans les cauchemars les plus ténébreux de l'humaine perception, frisson temporel devenu silence devant la parousie des Peuples en éveil, des Nations élevant leur parure, leur drapeau dans un cri de joie par toutes faces de cette terre délivrée du parasitisme et de son éclat, cette pandémie de l'atrophie, figée désormais.

Destituée à jamais, dont les derniers feux rendent leur soupir sous nos intrépides assauts, les assauts de la Vie combattant la mort et ses servants, ses valets, ses aspirants, ses impétrants, tous en liesse de cet apogée glorifiant le non-humain, ce jour dernière portée devant nos forces impériales désintégrant pour toujours leur lâcheté atavique, ainsi alors que se taisent enfin les armes et qu'un cri de liesse réjouit le cœur Humain.

Du nord au sud, de l'est à l'ouest, unanime et signifiant d'une résurgence, celle de la Vie en toutes faces et par toutes faces, la Vie souveraine regardant tel l'aigle bâtisseur l'Empire Solaire se dresser sur l'horizon, Ouranien et stellaire, avenir de nos âges, de ces âges souverains qui verront naître l'Humain à son destin universel, celui de l'Universalité, Voie de l'Identité souveraine, celle de l'Être-Humanité en ses composantes vitales et formelles et non celle de la non-humanité en sa décomposition virtuelle !

Il nous disait

"Face à l'opiacé qui sert de tremplin à la gouvernance, face au diktat de la surdité, face à l'arrogance et au mépris des prétendants à ce jeu particulièrement pernicieux que l'on nomme la "politique", ce jour confusion des genres, entre l'économique, son support, et ce que devrait être la Politique, l'Art de diriger la Cité, face à l'archaïsme consistant dans l'accroire et ses mortelles errances, face à la désintégration de nos Identités comme de nos Cultures, enlisées dans une boue stérile correspondant la non-humanité.

Face au mensonge légalisé tronquant toute réalité scientifique comme historique, au profit d'un désert d'acculturation monumental en lequel l'Humain n'a plus de résonance, n'a plus de vibration, n'a plus d'expression, sinon celle de la létalité autorisée par ce chef-d'œuvre d'ignominie que l'on appelle la culpabilisation, face à la dérision des pouvoirs tous édiles et commensaux en reptation devant l'agrégation formidable de la barbarie sans nom de pseudos élites qui n'ont d'autres correspondances que la mise en esclavage de l'humanité pour leur seul profit bestial.

Face à la monstruosité servile à cette barbarie stérile, mettant en berne tous les acquis sociaux, toute Liberté, toute réalité, sous les ornières d'une éducation tronquée n'ayant d'autre légitimité que celle de la destruction de l'esprit critique individuel comme collectif, au profit de l'informe et de ses méandres ignobles tendant à la dénature de toutes formes vivantes.

Face à la calcination de l'intelligence par la propagation pratiquement mystique du sida intellectuel qui devient règle de gouvernance, modèle social lobotomisé, atomisé, resplendissant de la laideur, de la boulimie destructrice, voyant ses archanges de la terreur, humanistes de pacotilles, dont le droit d'ingérence est une atteinte phénoménale au droit des Peuples à disposer d'eux-mêmes, surtout lorsqu'ils prônent l'exclusivité exogène tant en croyance qu'en appartenance, "écologistes" politiques payés par les multinationales des énergies primaires et les services discrets de pays n'ayant de vocation que de voir l'indépendance énergétique flouée pour bon plaisir des précités, archanges pitoyables dont les ailes brisées sont sous le joug et qui n'ont d'autre avenir que celui de scander les mots d'ordre de leurs maîtres en loges, euthanasie, avortement, eugénisme, face à ce samsa où la pourriture comme la moisissure deviennent maîtresses ornementales du devenir, face à cette décrépitude totalitaire et abstraire,

Nous pouvons considérer que nous sommes au sommet d'une courbe de Gauss, qui inéluctablement va s'effondrer, un effondrement remarquable, digne de la chute de l'empire Romain, car reposant sur un socle totalement lézardé, un socle dont la porosité est relent de la bestialité qui le compose, de la vanité la plus inouïe, celle de la médiocrité purulente qui dégouline en magmas suintant l'absurdité, le mensonge, l'ignorance, toutes vacuités prédestinant à cette chute brutale que rien ni personne ne pourra retenir, son poids considérable ne pouvant être retenu par un quelconque pouvoir, la gangrène y trouvant nid ne pouvant qu'être décomposition, choc assourdissant qui engloutira ses apôtres, ses reptiles assoiffés, ses carnassiers stupides.

Ce zoo de l'imprécation, de la dénature, ces morts vivants, bubons stipendiés aux logorrhées convenues, tous en adoration de Thanatos, masse informe qui rejoindra dans l'indécence la putride allégeance, alors que les Peuples, comme des nouveau-nés, face à ce cataclysme engendré par l'atrophie mentale, lentement se réveilleront pour fonder l'Aventure de l'Humanité, rejoindre le courant vivant, et par-delà ce gruau d'inconsistance, tigre de papier, s'élèveront vers leur destinée, dans le creuset de la Liberté renaissante.

Cette Liberté innée leur faisant recouvrer le sens de leur transcendance naturelle, instance majeure où leur défense sera assurée par des Guerriers de la Vie, où leur gouvernance sera assurée par une Élite de la Capacité, où leur épanouissement sera encouragé par un aréopage de Sages dont le chœur sera réalité, où enfin constituant et constitué l'Être Humain trouvera mesure de son destin extraordinaire de Vivant !"

Esquisses

Écrins des âmes de la nuit, des vagues amazones feux antiques, clameurs du renouveau, dans l'aube cristallisations du chant qui nous interpellent, aux diluviennes errances, dans ces marches nobles qui sont demeures, dans ces regards éveillés à la plénitude, corps de fruits effeuillés qu'ivoire le cil de l'éternité, en ses candeurs, ses doutes, ses préhensions et ses partages, ses gloires assumées et ses festives langueurs.

L'iris en ce lieu ne se perd, et dans l'allégorie Templière lentement s'ouvre sur le monde, un monde d'embruns et de colères, un monde de suavité et de douceur, monde ouvert sur la sapience où l'harmonie se dévoile, se découvre, sans rupture des chants, sans limbes exaltés, sans clameurs obérées, le vent porteur guidant ses pas aux champs antiques, répons, ces champs de l'aube magistrale voyant des empires créés naître l'Être en sa perception, dessein du zénith et de ses marbres altiers aux statuaires magnifiées que l'horizon enchante.

Forge de l'ordre Souverain, voyant des heures et des souffles les épopées sans nombres et sans ombres, créant les Cités du devenir, hâlant sur les flots divins les prouesses et les enchantements du destin, initiant par les terres les Temples en semis, d'Olympe le cérémonial de l'humilité où, le regard Humain s'éveille pour s'ouvrir à l'Éternité, déjà éclair de la raison façonnant les mondes éclos, en marche vers la Vie, sa lumière et ses écharpes solaires qui dansent dans la nue l'horizon des amours fabuleux.

Écrins des voûtes astrales et des compositions diaphanes dont les chrysalides azuréennes déploient les oriflammes du vivant, là, ici, plus loin, aux temporalités du Chant, aux esquisses de promesses, aux remparts des saisons, par-delà les temps comme les espaces, toujours en vagues profondes, du lys l'épervier le sort de l'Aigle dont le vol impérial détermine sans abîme la novation de l'hymne, enchantement bruissant des mille et mille flots des armées de la Vie en marche vers le triomphe de la Liberté de la Vie.

En lutte contre la barbarie et ses satrapes, leurs illusions qui narguent de leur atrophie les pas du vivant, hères de la mort sacrificielle aux rituels pervers s'adonnant à l'auto destruction par plaisir, larves sans nombre portant la lèpre à tout ce qu'elles touchent, tout ce qu'elles prétendent, tout ce qu'elles adulent, ici répons du Vivant, dépassant leurs affligeantes compositions pour faire renaître leurs esclaves à l'harmonie naturelle et civilisatrice.

Destin du règne qui ne plie devant l'adversité, destin fabuleux où toutes forces Humaines se liguent afin de destituer la pandémie de l'abstraction, cette dérision alimentant les fosses communes de l'espoir, du rêve comme du réel, tourbillons de la vacuité où s'effondrent l'imaginal et sa vertu, moment délétère qui lentement s'estompe, moment infini semble-t-il à celles et ceux qui ont tout oublié de la Vie, moment fugace à la sagesse à peine effleurée par cette pâle senteur qui disparaît.

Emportée par le vent souverain, nettoyant la Terre de ses scories, de ses corpuscules guidées par la trivialité qui déjà se métamorphosent sous les assauts des brises du Vivant, s'affinent puis disparaissent, laissant à la virginité l'étendue de leurs bestiales errances, qui les anéantit pour ce toujours que chacun ausculte, devine, décide, initie, et dans ce flot de laves charrie afin de renaître la beauté, la candeur, la divine éloquence de la Déité.

Qui ne prie seulement, mais s'incarne et avance vers l'horizon devenu limpide, déterminant son pas conquérant, incitant l'avenir comme le devenir aux pluies d'étoiles qui attendent, devises imperturbables, ce pas de l'Humain enfin devenu, débarrassé des chaînes et de la coercition, délivré de la reptation et de la fourberie, libéré du mensonge et de l'ignorance, enchantant en leurs préaux la volition de son ordonnance majestueuse, celle de la maîtrise souveraine, en la Vie, pour la Vie, par la Vie !

## Alchimie

Alchimie des cœurs, des corps et des âmes, où navigue la nef du cristal, ici se tient le lieu où le tigre s'éveille, manne des passions qu'il convient de chevaucher afin de gréer le devenir, au-delà des exaltations, des prouesses et des désœuvrements, afin de parfaire l'harmonie du chant, mature de la joie délivrant des voiles surannées les sources de l'ivoire, les fleuves fougueux et tendres, les océans majestueux, dans l'azur souverain mesure de la Voie, clameur des oasis au chant prairial qui vient l'heure de certitude, heureuse détermination, de l'enseignement sagesse de l'éclair, par-delà les rumeurs, les virtualités infécondes, ces mondes qui façonnent la nature des songes comme des rêves délétères.

Évanescences aux agapes moirées d'hivernale rupture, cette rupture au réel qui est mode de l'instant, aspiration à la désintégration dont le formalisme situe l'atonie en parure normée, qu'il convient de composer pour en évincer les parcours afin de joindre l'aube du Vivant, dans sa désignation altière, dans son écrin de splendeur qui ne doivent rien aux gravitations nucléarisées des règnes qui se défont, se désacralisent, s'oublient, mesure sans avenir, confondue déjà se délitant pour laisser place en sa compréhension à la plénitude du devenir, dont l'astre se révèle sans désastre, sans ces armatures inutiles qui guident vers des impasses, ces impasses dans lesquelles tant d'Êtres sont demeures, impasses du temps où le temps s'oriente, devient ombre du granit, solidification advenant l'errance et ses mobiles disgracieux.

Alors que la pluie tombe, que le soleil éveille, que la parturition des aubes entrelace l'affirmation vivante, rejointe lorsque enfin concaténée à la juste valeur des embruns n'étant plus volition d'une perdition, alors que le navire, secouant les varechs immobilisant sa coque, se dresse, majeur et fier de sa destinée pour porter aux îles la luminosité d'un chant, celle de son renouveau, lys iris du parfum des hymnes, qu'accompagne le vol des circaètes, dans un grand ébrouement d'ailes multicolores, sonnant comme un triomphe sur les estampes nuageuses, pour dissoudre l'éphémère et multiplier les ovations de la renaissance, inscrite écho des vagues de l'azur, des semences des houles sans fruit naufrageur, hâlant la route souveraine de la densité éclose, celle de l'Harmonie majestueuse...

Le renouveau des temps

Iris en volupté des amandes fières, dans la nue souveraine aux grenats ciselés des âmes anachorètes, nous viennent ces parfums subtils, ces déités de la voie précieuse où les rubis s'alimentent de fugues joyeuses de mélopées, des algues lambrissées d'étoiles mauves et des cœurs palpitants leurs roseraies adamantes, où le lilas fleuri des orbes drapés de miel et d'acacia, ces passementeries de l'Ouest où les navires, aux cales pleines, espèrent et enfantent le sillon de flots bleus, là où la houle légifère, là où le vent dans ses fumerolles légères et incarnées, ouatées et enchanteresses, délibère le songe, le rêve et leurs armatures éveillées.

Ici, là, dans ce chemin de la Vie bruissant ses farandoles d'exquises hardiesses, d'haleines denses aux équipées de joies tumultueuses assourdissant les règnes d'éclats de rire et de promesses, signes par les temps qui croissent la fertilité des mondes, signes encore aux destinées sublimes qui s'alimentent, et dans le vagissement des sépales réclament l'ardeur des préciosités du Chant, la volition étonnée qui se perd dans une gloire surannée mais toujours conte la pluralité des ambres, les semis des pléiades aventures et leurs nectars aux clameurs adulées, hymnes par les royaumes enchantés clamant dans l'innocence des souffles la nuptialité des terres accouplées aux Univers transcendés.

Ceux dont la parole ne serait conter le mystère sous peine de le voir appauvri par les fleurs du langage, les allusions et les illusions des mondes qui s'espèrent, s'improvisent et dans la beauté du don se retrouvent dans l'émotion de sa vivante perfection, loin du cil des oasis qui se tarissent, loi des mannes désertiques et des reflets ivoirins qui sont prétextes d'étendards alors que l'oriflamme ne s'attendant, baigne dans la clarté de l'Olympe sa magnificence et que les ondes en son adresse s'irisent de la perfection des œuvres, renouvelées, essentielles, toujours dans la splendeur de la beauté qui sait l'horizon à prendre.

Celui de la croissance, de l'élévation, de l'harmonie qui, sans failles, toujours se prononce, toujours s'identifie, toujours s'initie dans l'accomplissement des mondes et dans la nature même de sa profondeur, dans l'intrépide jouvence de sa cristallisation, monade des temps, de ces temps qui pleuvent et inscrivent sur le lac des parcours dimensionnels des Îles de bonheur, des Îles aux rumeurs étranges et féeriques, des Îles toujours par-delà les obscurités des lieux, des temples et des stances, par-delà les prêtrises et les traîtrises convenues, par-delà cette temporalité oublieuse qui marche vers l'abîme et sans âme se détourne de la fleur essentielle de la Vie, l'Amour.

L'Amour éternel et bien vivant, l'Amour souverain et Impérial dont l'Aigle du haut de son aire contemple sans détour les fortifications, aide à leur développement, sans détour, toujours veille à la fidèle incarnation de son azur, afin d'advenir la plénitude par les royaumes, la tendresse et son satin, la pureté et son éloquence, tandis qu'au préau des collines se tient le berger, nanti de sa flûte olympienne qui parle aux étoiles, dans une mélodie saillant l'éternité pour lui annoncer le renouveau des temps...

## Aux marches du règne

Aux marches du règne où les talismaniques vertus s'évertuent dans le principe de la désinence accomplie, lentement le rêve conjoint le réel, cet azur serein des âmes légères et vagabondes, cet esprit clair où la sapience en ses songes devine l'essence du jour comme de la nuit, ce corps absous délivrant ses promesses dans l'ornementation fractale de la Vie, cette Unité permanente délibérant la fluidité des âges et des seuils, ces espaces de la nue où le monde s'éploie et se ploie dans une divination mélodieuse.

Architectonie sans failles des souffles et de leurs Chants, de ces hymnes sans paresses qui cristallisent le merveilleux, étonnent le Vivant, acclament des routes en nombre et des fleuves en liens, où naviguent sans errances de portuaires dimensions aux chrysalides, de nénuphars, lactées d'ivresses printanières, aux adulations promises, et aux sérails enchantés, toutes voiles gonflées par les vents des algues légères qui fondent les Univers en leurs calices et leurs caprices, du ton donné la tonale destinée qui veille les charpentes grées, là-bas, vers ces Îles exquises dont les couleurs de safran dessinent des passementeries d'ivoire et de jade, des cristallisations épiques, des porphyres adamantins aux grâces ciselées, et des mondes enceints de la pure gravité des sphères.

De celles navigatrices de haut vol qui fondent les lacs de certitude, les grenats d'aventures si belles,

les pluviosités nacrées des éphémères sensations, les écumes hivernales et dans la sente des gravures les rus des forêts tropicales où s'en viennent les oiseaux Lyres, conte des ruisseaux aux amandes fières, aux précieuses farandoles, aux oasis en feu, dans l'éclair des satins des roses que tous les matins baignent de leur féerie votive, acclamation d'allégories qui vont et viennent les sculptures du présent.

Les vestiges du passé, et ces hautes voûtes de cristal qu'écharpe, le soleil danse de florilèges enfantés, dans la parure des ondes, dans la vision de fresques inoubliées qui martèlent les lourds tambours de bronze fêtant les Armées de la Paix, revenues aux joies de la Vie, aux splendeurs fécondes, aux senteurs épousées, dans le lys et l'acacia, dans la flore nuptiale des temples à Midi et dans la route faune des enivrants parfums que distillent en secret les abyssales majestés des voix qui parlent, façonnent, ouvragent, déclament les rescrits des Histoires vécues, et initient, déjà, aux mystères des rives.

Aux flamboiements distincts qui animent l'éloquence de la Vie, son prestige, son dessein, ses mille et mille écrins veillant les pierreries diamantaires des Esprits au-dessus des eaux guidant, semant, perpétuant, et devisant l'Éternité en ses nacres éperviers, ses nids d'azur et de promesses, nids d'amour et de saisons, nids de gloires et d'aventure, nids encore de la nidation des fruits fulgurant le Vivant pour d'une orée en délivrer l'épanchement et l'enchanter à la splendeur de cet avenir qui marche dans la lumière, qui dans le prestige des aubes tumultueuses renaît ses éclairs, ses divines luminosités, ses densités écloses, afin de participer la raison des Mondes.

De ces Mondes qui ne s'ignorent, ne se contrarient ni ne se défient, mais dans leur complémentaire ascension gravitent l'horizon à la rencontre épanouie des Âmes de leurs lieux, de ces multiples faces du cristal qu'ils incarnent, rayonnant de facettes innombrables les lendemains précieux où le sourire de l'Enfant témoigne de toute viduité, de toute détermination, de tout déploiement, de toute maturation, là, ici, plus loin, sans abandon un seul instant de la précarité, de l'oubli, de la servilité, de la féodalité, de ces miasmes qui ne se reconnaissent pas par ces temps du Chant Humain.

Par ces espaces démultipliés où l'Humain lentement se façonne pour iriser le Temple souverain qui le porte et qu'il porte, là, vers ces renouveaux qui assignent le présent à l'éclosion d'une force sans commune mesure avec la force reconnue, car la force de l'Unité, exacte constellation de l'intégrité des Âmes, des Esprits et des Corps, qui flamboient l'Humanité, inscrivent la perpétuation de ce recueillement déployant ses ailes pour transcender le futur, dans une concaténation magistrale où se commet l'Éternité composée en voie de l'Absolu souverain...

## Villes en sérail

Villes en sérail, des rimes éblouies au verbe talisman, s'en viennent ici des âges romarins et des signes sous le vent, de vastes vêtures promptes et sans oubli, des faunes océans et des clameurs adulées, toute une fête de vivant qu'éclôt un rêve de phénix, libre, ivre, joyeux des cycles d'avenir et de leurs forges mutuelles, de ces forges en racines qui pleuvent d'incantations en incantations les stances d'une éternité, renouvelées dans la printanière allégorie des rives de ce temps, hautes vagues d'afflux maritimes aux roseraies de l'ouest façonnant la tempérance de la déité.

Cette force nichée dans le cœur des abyssales vertus, inondant d'éclairs sereins la splendeur des âmes de la nue, conte précieux de l'Éden en majesté, sans or mélancolique ni diaphane ivresse, levant au firmament ce regard grave que l'horizon contemple, assistant du règne et sa demeure, de son officiante beauté et de son exaltant verbiage, ordonnés à l'harmonie, aux jours de transhumance de la clarté où l'onde deviendra, sans aliénation, sans dessein autre que l'incarnat de ses sillons.

Ainsi dans la prononciation du vœu et dans l'éclatant présage qui annoncent sa félicité, haute vague et vaste rive, des mélopées les heures des rivages, leurs sables d'or en épis, dunes altières chamarrées, dans la solsticiale aventure, renouveaux des cils qui s'émerveillent, aux âmes blondes des respires, inscrits du chant sur l'horizon et ses nefs de cristal où danse l'oiseau-lyre, une danse nuptiale, une danse azurée dont le fruit bercé de lys perfections éclos de prestigieuses féeries.

Clameurs enseignées aux transes épousées, fécondations des rêves, de ceux qui portent le cœur aux vitales ascensions, là, ici, plus loin, dans ce royaume naviguant que l'onde altière féconde, enchantant la promesse des sources d'un nectar, enivrant les flores bruissant de mille flots, où médite le Sage, là, au-delà du temps comme des espaces, en perfection du songe, alors que l'agitation souveraine des mondes s'ennoblit du vœu de voir naître l'Humain à ses ramures, dans la densité éclose avant que ne s'évanouisse l'instant de sa consécration, ainsi par le chant alors qu'aux affluents des mondes la nef de cristal poursuit son chemin harmonieux...

## L'Amour Éternel

C'est un Chant d'Amour, un chant serein qui irradie l'éternité, il n'y a ici volition d'orbe que le sacre de la joie, de la tendresse, de la beauté, du regard enfanté aux cils de l'œuvre mage qui afflue, libre dessein des signes parcourus, initiés, déployant, dans un serment dont rien ne peut taire l'imaginale densité, le cœur en sa raison palpitant l'horizon de l'Être adulé, conscience du destin qui porte en ses vêtures de printemps la clameur de certitudes éblouies.

Du nectar parfum des algues les vols d'hirondelles aux granitiques effervescences, la vertu des circaètes, cristaux de l'aube, aux cimes enneigées, vestales de vallons ensoleillés arborés de chênes millénaires, ouverts sur l'horizon et ses exquises splendeurs, ici, là, dans le songe des bruyères, dans le rêve des passementeries des glaïeuls, dans les floralies des faunes aux nuptialités gréées, dans le soupçon des vagues amazones et la hardiesse des flots d'alcôves, aux stances du temps qui se partagent et se renouvellent dans un parfum de suavité délétère.

Aux âmes émerveillées d'ambre caresses advenant la pluviosité de leurs nacres, alors qu'en la roseraie ardente s'émerveille le lys, éloquence de la Vie, des temples le sérail de la nef aux fécondes ascensions, essor de la nue que la viduité de l'altérité témoigne, alors qu'en suite mélodieuse les écheveaux aux senteurs évaporées s'enchantent de prouesses, délibérant l'harmonie comme la sagesse en cette temporalité précieuse incarnée.

Annonçant la félicité de vastes fêtes, qu'algues sycomores, les Alizés destinent aux rivages symphoniques où se tiennent les affluents du Vivant, nuées solaires aux nectars souverains reliant l'infiniment petit comme l'infiniment grand dans une catharsis développant en ses myriades cristallines la gravitation des Univers et de leurs hymnes, splendeurs d'écumes que chacun en son répons ordonne et illumine en sa force commune, l'Amour Éternel...

## D'un Ordre Souverain

Sites en corps des ramures impériales, où l'onde éblouie livre pérenne le serment de Vie, sites aux écrins éveillés qui marbrent de leurs atours les cimes initiées, sites en voix dans la Voie appropriée, où le chant demeure, splendeur des souffles, splendeur des règnes qu'ivoire aux temples fidèles les nefs parcourent dans une densité cristalline, dont la vague amazone délibère les combats souverains où se rendent sans sursis de l'heure les mondes sans oubli.

Ces mondes sur lesquels baigne la clarté harmonieuse de la Vie, ces mondes où chacun inscrit le nom de la Liberté aux frontons de ses villes, de ses chants, de ses écumes et de ses Océans, ces mondes où le Vivant, dans sa maîtrise, se dresse contre le mensonge et ses sœurs reptiliennes l'ignorance et l'esclavage, la duplicité et la fourberie, l'aliénation et la désintégration, fleuves dont les sources tentent d'apprivoiser les racines pour les circonvenir, les complaire puis les détruire, sources venimeuses à l'image de la volition qui les porte.

Un dragon vert aux mille têtes coordonnant leurs assauts en toutes faces stériles, en toutes formes hybrides, en toutes désinences infertiles, là dans ces creusets de la lie que sue l'atrophie, dame raison de la destruction et de ses ordonnances qui sans cesse obvie l'imaginal pour en disparaître le souffle ardent, qui, pour sa méprise, naît et renaît, dans une puissance composite dont l'ampleur est proportion de la ruine qu'elle veut imposer.

Cette ruine de la Vie aux marches des temples de la mort qui par lieues et immondices se réclame salut, temples des marchands ignobles, temples de flagorneurs et d'hérétiques qui condamnent au préau de leur propre déchéance la Vie, à la moisissure profonde couvant un nid de reptiles que l'Empire de la Vie combat afin de le rendre à ses atrophies se voulant dominantes, alors que bancales elles sombrent la Vie dans leurs marasmes, leurs prétentions, leurs incapacités, leurs monumentales diachronies.

Ainsi, tandis qu'au large des Océans les flottes se vêtent des parures du combat, dans la croix et par la croix, l'épée souveraine pour talisman, ainsi tandis que sur les terres les armées se déplacent, rapides, puissantes, leur drapeau de Vie flottant sur chaque face reconquise, destituant le monopole de la hideur adulée par les prêtres de la mort, encagoulés dans leur reptile répugnance, dévoués à ce culte chtonien délibérant ses massacres, massacres des innocents, des enfants, dans la bestialité orgiaque de leur congratulation.

Confréries iniques qui peuplent les allées des pouvoirs morbides, dévoués à la mort et ses sentences, armées fantasques de prévaricateurs vassaux de la torpeur et de ses expédients, conditionnement de la lie par toute face vivante, oripeau de la gangrène qui vagit, s'illumine et expire dans le naufrage acclimaté qu'elle décline, se croyant invincible par le terreau de la terreur qu'elle inspire, ténèbres de la pensée qui rugit sa suffisance, non-esprit qui se façonne dans la fange et croît son vertige par le subliminal qu'elle enfante, despotisme, destruction, suffisance, arbitraires sentences corrélées par les hospices de sa dénature et de ses gardiens affabulateurs.

Dans la contrition au vide, dans l'errance, dans ces chemins de nuit où moissonnent les hyènes et les chacals, ces dorures de la charogne dont la puanteur engloutie toute force pour accentuer une décomposition sordide, qui se montre, qui se dévisage, dans une hypocrisie sans failles qui se rengorge de noblesse alors qu'elle n'est que partage d'insolence, ici, là, méticuleuse du bourbier qui se cristallise et contre lequel déjà s'affairent les forces Vivantes.

Anti corps de leurs diarrhéiques suffisances, de leurs impavides nausées compissées dont l'œil hagard de leurs commissaires politiques parade la glu, le sourire en coin, la morgue pour principe, assauts des formalités déjà exsangues de leurs ramures qui lentement s'effondrent, les unes les autres, pour enfin laisser place à la réalité, loin de leurs virtualités indéfinies qui voguent vers l'atonie, instance broyée par les armes en répons, ces armes de l'Esprit qui ne s'en laissent pas conter et poussent dans leurs extrémités leurs fléaux sabliers.

Fléaux de lois ignobles, de traités corrompus, de bassesses acclimatées, toutes vagues disparaissant sur l'heure devant la rectitude morale, la capacité intransigeante, l'Ordre souverain qui ne doit rien aux mascarades, aux reptations, aux forfaitures, à ces brisants de pouvoirs dissolus qui coordonnent la lâcheté et ses miasmes, Ordre en marche dans ce lendemain qui chante le glas de la turpitude et ses abîmes, dissipant les nuées pour resplendir la multiplicité solaire des racines vivantes, qui dénouées des gangues abyssales des purulences votives, lentement se réveillent à l'incarnat de leur majesté.

À la beauté de l'onde et non plus la promesse de l'ombre, alors que les chaînes tombent naturellement de leur corps violé par la pourriture, que leur esprit noyé dans les abîmes s'élève vers la cime, que leur âme emprisonnée hier d'un vol gracieux s'élève vers l'éternité, que leur unité hier falsifiée par les reptiles incantations, ce jour dans l'harmonie se révèle, puissance, construction, sagesse, ambre en perfection qui dans l'azur rejoint la désinence sans oubli de la Vie, sous le regard des Veilleurs, Guerriers mage de la Vie, qui rendent hommage à la renaissance des écrins qui se sont hissés des abysses de la torpeur, de l'aveuglement, de la bêtise légiférés.

Pour dans la nuptialité solaire œuvrer à la régénérescence du vivant, et le porter à sa capacité de transcendance vitale et harmonieuse, haute vague parmi les vagues en genèse, haute et vaste vague labourant le Chant pour y germer la beauté nuptiale de l'éternité, insigne de ces mondes qui toujours présents façonnent l'orientation des règnes, les glorifient, les fustigent où les détruisent en regard de leur détermination à la Vie, pour la Vie et par la Vie.

Ainsi alors que les étendards de ses hymnes navigants flottent par les mondes éveillés et qu'il reste tant et tant à libérer par ces constructions fabuleuses de la création, ces milliards de milliards de planètes, écumes elles-mêmes de milliards et de milliards de galaxies, elles-mêmes paroles d'un univers qui n'est qu'un univers parmi l'infini des univers qui se croisent, s'entrecroisent, ainsi alors que l'aube s'élève sur l'astre souverain dans une galaxie où, en ses ersatz se situe un système solaire, où navigue une petite planète qui se nomme la Terre, en balbutiement du réel...

## Où l'Éternité dispose

Des sites en fêtes où des chants s'en viennent, libres, aériens, couleurs du serment d'être, nous sommes en verbe de ces monuments drapés de sagesse, éclair de la beauté des mondes, et notre règne dans ces immensités sacre un été précoce, sacerdoce de victorieuse expansion, par-delà les limbes moirés de cendres évertuées et confluées, eaux saumâtres d'insipides gloires, de celles lambrissées que le sable enfouie à la première tempête, pauvres demeures aux opiacées de ténébreuse idole, voyant des respires en introspection se deviser dans la déréliction nocturne où gîtent les rapaces, agapes de leurs jeux, des miroirs profonds l'altération pour principe en sa dérision sublime.

Lorsque l'horizon, à l'extérieur de ces nébuleuses coassant, se dresse, magnifique, théurgie, l'éveil Solaire, qui d'un essor fastueux développe le caravansérail des harmonies de couleurs sous nos regards conquérants, vaste flot de lumière devisant l'affine splendeur de ces éléments qui portent en leur vague la promesse de l'éternité vivante, flot singulier, universel, répandant sa chaleur sur toutes surfaces embrasées, insigne oriflamme de la Vie, trépidante, invincible, charriant ses laves de félicité dans une danse votive où le chant prend forme et félicité devient couronnement.

Baume d'allégresse aux écumes triomphantes portant les nefs de la joie vers les Îles langoureuses, moiteurs des rêves aux algues diaphanes épousant ces grandes randonnées de l'Océan, de leur souffle, de leur immensité, alors qu'en pluies divines se répand le sacre de la pureté par les terres nouvelles dressées aux fronts exquis de temples azurés, commune mesure de ces temps qui passent et ne s'oublient, de ces forges qui lancent vers les cieux des cristallisations de feux, comme un rappel, alors qu'en la nue profonde leur luminosité fractale dessine de nouveaux mondes sous les yeux des enfants interrogatifs.

Mondes à vivre et espérer, mondes à naître et respirer, au flux majestueux irradiant une énergie sublime dont chacun en son cœur témoigne la raison, dont chacun participe la volition ordonnée, dans une précieuse harmonie dont les lourds tambours de bronze annoncent un horizon là-bas dans ces cils échus qui veillent la temporalité émerveillée, racine souveraine de la splendeur révélant sans abri sa propre beauté, témoignant vivace l'aventure ne se séparant de son gréement.

Car nature même de la divination, la Vie souveraine, que l'acclimatation porte au-delà des abstractions, en ce royaume de la paix infinie régissant les Univers, les accomplissant, et dans la clarté mage de l'étreinte éternelle les sanctifiant, dans une vaste vague de floralies, une vaste force déployant ses corolles pour abreuver les lys parfums des règnes en sillons, de ceux qui construisent, de ceux qui initient, de ceux qui agissent, dans la tempérance comme dans la clairvoyance, aux fondations participant à l'exfoliation de l'hymne Vivant.

Ainsi alors que s'observent en sépales des mondes en gestation, les uns en brumes, les autres anses de tempêtes opiacées, et d'autres encore soumis au vide et ses mesures, des mondes où la Vie trouve, malgré les contingences qu'elle subit, matière à survivre, à espérer, à concrétiser, résistant au puits sans fin attirant dans un délire puisatier toutes racines pour s'en gargariser, résistant par-devers et contre toute ingérence dévoyée afin de maintenir en son chant l'hymne souverain de sa pérennité, ainsi et pour toujours par les Univers en lesquels l'Éternité dispose...

Mesure

Mesure de l'enchantement aux marques de nos sites, qu'ivoire le préau des mondes où le chant gravite, nous y sommes, vivants de l'affirmation somptueuse dont les élytres sont enfantement, conscience de cette souveraine affirmation qui frappe de plein fouet l'inanimé pour le rendre animé, motricité du cœur qui ouvre ses générations à l'accomplissement et ses demeures, vastes citadelles du corps et de ses lagunes, des écrins les fastes mais aussi les phasmes en étreintes.

Dans la vertu du cil qui s'éveille, dans ce bruissement des signes qui se reconnaissent, dans la fébrilité comme dans la maturité d'un hymne qui ne se contemple mais bien au contraire induit la parousie du firmament, son apothéose et son rayonnement afin d'offrir au mystère sa perfectible avance, là, dans ce chemin qui lentement surgit pour prononcer ses œuvres, ses gloires mais aussi ses défaites, l'ambre cycle de son poudroiement annonçant bien plus de naufrages que de conquêtes aux marches initiées des temps qui dérivent, mesure inexpugnable éclairant une réalité qui ne peut se soustraire à l'Ordre naturel de toute consécration animée...

## Dans les clameurs

Dans les clameurs de ce monde, dans la désintégration des rêves, la malversation des songes, l'aporie de la réalité, se tient le lieu où le renouveau s'incarne, libérant l'horizon des nuageuses perceptions, nettoyant les sols empourprés, initiant le rire clair d'un enfant par les routes ouvertes sur un printemps glorieux, où l'Humain dans sa majesté se dresse, du néant se libère pour officier ce monde, s'affranchissant dans un esprit libre de scories comme de moires aisances engluant la raison comme l'imagination dans le sordide et la reptation, de l'affligeant esclavage à la pensée unique.

Afin d'œuvrer dans la multitude les gréements des complémentarités désignant dans le libre arbitre l'orientation du songe, par-delà les anathèmes, les prévarications, le viol psychique des foules, la violence d'une unicité initiée par la terreur et la peur associées, de cette haine de l'Humain ici se résorbant, pour enchanter les racines multipliées des florales densités Humaines, les Ethnies, les Peuples, les Races, l'Humanité, en leurs existants naturels, ces régions, ces Nations qui fondent les Internations, et ce Monde magnifié par ses couleurs, par la symphonie des idéaux, par les volontés générées fluidifiant l'avenir tant de la source que du fleuve, tant du fleuve que de l'Océan, dans une harmonie conquise, celle de l'Universalité !

## Indicible vertu

Indicible vertu des âges où le ciel s'éploie, libre, azur de la féerie des vagues amazones dont les mouvements altiers dessinent sur les pentes sablières des gravures parfumées d'algues et de coraux, nos mots sont ici sagesse antique des rives qui enseignent, dans la pluviosité du granit, dans l'élancement fractal des devises terrestres qui s'incarnent sous la brume, où veillent les Circaètes.

Ces oiseaux de feux dont les nuptiales randonnées sont précises circonvolutions de nos mémoires ataviques, des plaines abyssales, des ouragans sabliers, des tempêtes sibyllines, des éclairs solaires aux ramures divines, des chevauchés fantastiques dans le labyrinthe des cimes enneigées, des orées au souffle bruyant des armées en marche par les citadelles des forêts aux mesures impériales.

Mémoires de fresques impérissables qui content la novation, la volition et leurs ordonnances, par ces délétères fumerolles de peuplades oubliées, par ces lourds portiques de bronze de cités de porphyre et d'ivoire, par ces routes en nombre, assauts impérieux des vives arborescences des échanges et des contraintes chargées de rubis, d'émeraude, et de cet or sans respire.

Qui façonne les alliances, les allégeances, les vassalités d'un jour seulement ou d'une éternité, toutes convoitises de chemins sombres, où la guerre s'instaure, métallique, arbitraire, téméraire aussi, dans le ruissellement des eaux qui dilapide l'errance, formalise les souches, enivre de ses opiacées la rencontre du destin du vivant.

Emprise de la Voie, dans la concaténation de la tripartition qui est officiante et indivisible, oubliée ces jours où ne subsiste plus que l'écume de la vague, la vague retournant à ses élytres qui portent ses rêves en fanions par les citadelles qui se ferment afin de mieux renaître un lendemain harmonieux, délaissant sur le rivage la plainte de la boue et de ses moires aisances, la déshérence des nains qui ne sont qu'ordonnance de la trivialité et de la bestialité.

Alors qu'en la nef se tient le lieu, le chant, l'hymne puissant et solidaire qui dans la lumière destituera l'ombre par l'ombre avortée, un feu qu'hier connu aux limbes du cristal et de ses armoiries, alors que les terres s'éparpillaient en semis dans les eaux vagabondes, et que l'arborescence des vœux réunissait en son sein les conseils, là, par-delà les ténèbres, pour ouvrir à la perception l'humaine pertinence du destin, d'un Empire le sens.

Aux confluents des sources tribales et éveillées, dans les armoiries des Peuples de nature fécondée dont l'histoire forge l'identité majeure, essaim de la tempête puisatière qui marche, triomphant, réalisant dans la perfectibilité l'aventure initiée de la plénitude et de son royaume, par-delà le temps, par-delà l'espace, par-delà les incongruités, dans une fermeté naturelle ouvrant les mondes à leur pérennité, qui reviendra dans le souffle du répons, dans la pureté du déploiement désigné, sans faiblesse et sans haine, délivrant les sites de leurs scories, de leurs destins cruels, de leurs fosses chtoniennes, pour resplendir le Cœur Ouranien que chacun porte en lui.

Ensommeillé par les chaînes de l'esclavage en soumission, par la forge du fer des nains qui parachèvent leur chute dans l'ignominie statuaire de leur pernicieuse addiction à l'atrophie et ses règnes invertis, ainsi, tandis qu'au jour qui s'éveille, dans la fenaison des nuageuses couleurs parsemant la diachronie des cieux, s'élève dans un vol azuré l'Aigle Impérial, scrutant dans sa flamboyance la densité des terres, la beauté des Océans, la limpidité des mers, l'agitation profane des Humains.

Se résorbant dans une létalité funèbre, alors qu'en majesté le Soleil inondant chaque face de la Vie irradie d'une source puissante l'avenir de l'éternité qui veille à la réalisation d'une élévation en sa configuration, imperturbable au gréement des vents altiers qui disposent, lentement s'éploient à la rencontre de l'harmonie incarnée, devisant sa source, ses pétales, ses floralies qui, dans la passementerie des fresques, de voix s'illumine, ne laissant apparaître aucune inquiétude devant l'ombre qui s'affirme, la sachant déjà disloquée par sa propre errance.

Pénétrable et destituable par le ferment de la Vie inépuisable brisant toute tentative de conditionnement de son flamboiement en liquéfiant chaque atteinte à son firmament par dissolution de leurs arachnides perversions, ainsi alors qu'au zénith se dresse l'horizon de la volition Humaine, cet Espace majestueux dont les nombres sont les souffles des conquêtes qui demain verront naître l'Univers à la magnificence et ses ordonnances.

Au-delà des illuminations du sordide aux aisances impétrantes, car dans l'Harmonie la plus conjointe née de la symbiotique préhension de toutes facettes du cristal qui en est son regard, son autorité naturelle et sa destinée, destinée Humaine s'il en fut de plus noble, déjà reconnue, par les cycles en chemin de ce règne qui vient, dans l'affine développement de ses constellations qui brillent de tous leurs feux et dont la réunion ordonnée accomplit déjà non pas la promesse d'une aube souveraine, mais l'aube souveraine elle-même permettant à l'aventure Humaine de se perpétuer dans l'Éternité...

## Cristal de la mémoire

Des villes de porphyre, améthystes densités écloses qui s'embrasent sous les yeux de couleurs ivoirines, nous sommes en semis sans sommeil de leurs sources, aux pâmoisons de constellations de rus opiacés, dont l'âme vivante, affluent de leurs souffles, irise les passementeries de jade au cristal de la mémoire dans un jeu de luminosité ne se perdant mais par les labyrinthes des moissons s'épanchant aux rives de nos joies, accomplissant des signes advenus la nuptialité de nos rêves.

Météores des caducités enivrantes s'exprimant sans refuge, là, aux mânes azurés où les éperviers, d'un vol gracile, annoncent le renouveau de la plénitude après l'insouciant désert qui d'écume en écume, en chrysalides s'étonne et se replie, tandis qu'en oriflamme se dresse le soleil puisatier, en racine et cime de toute aventure, levant son regard sur toutes surfaces afin de dire la moisson et ses équipages propices, vaste préambule d'essors qui de circonvolutions en circonvolutions s'imprègnent de cette rareté magnanime, l'éloquence, en sa beauté.

En sa grâce, livre d'étreinte et de rythme, de sens en fusion qui se libèrent et dans l'horizon splendide annoncent le devenir, tandis qu'aux larmes des oasis, dans la ténacité des océans, aux prononciations des mers abyssales, là dans la témérité des chaînes enneigées, au pourpoint des falaises de granit, dans la splendeur honorée des vents porteurs de fenaisons, iris liquide des profusions divines, se tient le lieu unique de l'éternité qui veille et accomplit, dont nous sommes infinitésimale partie et conséquence, florilèges qui s'enchantent au secret de toute divinité...

## Écrins des âges

Écrins des âges aux ramures impériales, en fêtes sous le vent, dans l'azur immaculé qui berce de ses rayons les tendres élans de la jeunesse, les forces éclairées de l'adulte, la sagesse harmonieuse de la vieillesse, dans un cycle où les âmes se fortifient, se déploient avant d'atteindre, tel le papillon le cil du tégument de la chrysalide qui l'enveloppe, pour ce départ miraculeux vers la pérennité, alors que les oiseaux-lyres enchantent une multiplicité de paysages aux courses en farandoles.

Gemmes des bruyères aux opiacées délivrées, d'iris plénitude dans les flots du thym qui embaument les sépales de l'horizon, où, festives densités, des chênes millénaires saluent le vivant en fenaison, vertu propice du cerf royal, de la biche aux yeux immenses, des faons au cœur trépidant, et par le lieu comme par le temps, l'Être impérissable initié et initiant de cristalloïdes la moisson de son parcours, étonnant rivage d'une île vierge où les circaètes en ses falaises annoncent de nobles essences, des parfums surannés des alcôves précieuses, une régénération vivante, induite et supérieure, qui dans sa force de transcendance témoigne de cette liberté souveraine qui ne s'emprisonne.

Mais toujours se déploie, manifestant du Verbe sans méprise la conscience qui ne se leurre ni ne s'éblouit, une conscience intime de ce cristal qui renvoie par ses facettes la source des univers qui s'accomplissent, et dont l'Être en leur sein est

268

miroir, concaténation des forces qui ne s'interpellent mais se produisent, au-delà des apparences, et que nul mimétisme ne reproduit car inhérent à l'Être, à son devenir, à cette désinence particulière qu'il régit et agit, sa nécessaire transcendance.

## Mater dolorosa

Inique en ses vestales, la puisatière destination enlise ses devins, où le cœur en ses racines s'édulcore de ses écrins, danse nuit des âges oublieux que la faux ébat dans ses ramures désenchantées, pluies des mânes délétères, qu'irise l'hymne d'un dessein contemplé, conjonction de rives effeuillées, de fleuves émondés, de talismans fanés, lorsque la Terre en leurs écumes regarde s'éteindre la beauté, la capacité, l'ornementation de son Chant, l'Humain.

Ces jours floué de son destin, ces jours destitué de son dessein, en deuil d'une mère en douleur devant les opiacées de la ruine de sa fertilité, ce cri de joie du Vivant qui s'extasie d'un devenir, pure désinence ouvrant ses yeux sur l'horizon pour conquérir son front de vive arborescence, déjà en berne de ses oriflammes sous les voix mortelles qui s'élèvent, éprises du mensonge, inventives de la virtualité et de ses saisons mortelles, voyant l'enfant aveuglé dans sa conscience générée par la torpeur de thanatos et de ses prêtres.

Là, ici, plus loin, tous en marque de l'atrophie la plus désincarnée, celle de l'incapacité à vivre, nains ne portant plus le nom d'humain, car déjà en mort de la Voie qui ouvre les mondes à leur destinée, florilège des Univers qu'il reste à maîtriser, ces jours d'un rêve brisé pour la mère comme pour l'enfant crucifié sur l'autel de la déliquescence putride de la mort, acclamée par la folie dominante des prédateurs insipides qui glorifient cette insanité, clameur de la médiocrité qui s'invente un prestige.

Le prestige de l'atrophie sur la beauté, reléguant la beauté pour affirmer leur couronnement, la laideur mutilée, cet oripeau parcourant les mondes se délectant de la crucifixion du vivant, lorsque la Terre mère en semis devant cette errance, lorsque la Terre mère en émoi devant cette barbarie, lorsque la Terre mère devant cette incongruité dévoyant ses filles et ses fils, les Êtres Humains, taisant ses larmes, lentement se dresse pour d'une contraction dimensionnelle anéantir les non-humains qui s'imaginaient déjà règne de sa chair morte, délivrer l'Humain crucifié.

Son fils Ouranien et Solaire, des chaînes mentales et physiques du mensonge voulant l'absorber dans le néant, ce chaos originel sans avenir ni devenir, ce chaos dépassé par l'Humain, glorifié par le non-humain, ce chaos résorbé dans l'éveil et par l'éveil renouvelé par la réalité de la Voie dont la Terre mère, dépassant sa douleur, par ses filles et ses fils libérés de l'ignorance, restitue la splendeur, provoquant ainsi l'évanescence des scories et moires aisances qui n'ont d'autres buts que l'anéantissement de sa pure irisation, la Vie, et dans la Vie et par la Vie et pour la Vie, son nuptial dessein, l'Être Humain et l'Humanité !

## Portuaire

Dévoué à la pluviosité des rythmes, le ciel se transfigurait. Il y avait là des marbres altiers qui ruisselaient sa fécondité, et sur les cristaux, ces ramures impassibles qui semblaient narguer le néant. Mystique, l'aube se levait sur ces sources chamarrées que la première luminosité dévoilait danse, couleur, féerie, théurgie d'une monade convexe que le regard pénétrant des aigles contemplait. Assises des brumes moirées de songes, les pics des pentes abyssales résonnaient de leur or limpide, vastes préambules du sens qui viendrait, ce sens de l'horizon qui ne se perd ni ne se raréfie dans l'Âme élémentaire qui initiait sa densité.

Le Verbe s'y mirait, constellation diaphane initiée des sèves antiques, et là en son sein, gravité, découvrait, témoignage de l'ornementation vivante, une nef, dont la splendeur irisait la plénitude. Une foule s'y pressait, navigatrice de l'heure antique, le pas majestueux, la tête nue sous les intempéries, union d'êtres en liens aux regards sereins.

Ce bâtiment gréé recelait en ses coursives bien des rêves, de multiples cabines dévoilant la multiplicité des univers en leurs cargaisons de ciel. Il y avait là les ivoires de Karn, les compositions sacrées de Vodj, les conques musicales d'Orion médian, les soies chenillées de Lyre, et les magnifiques étendards de Tannhäuser, et ces nourritures...

D'exquises esquisses de laves mûres d'opiacés de sortilèges, des ceps de la septième lune d'Astrée, des aubes magnésium des Mercuriales, et ces fines pâtisseries d'Orech la blonde dans la gravure du Lion, et ces meubles d'acanthe... Gravures de Nyx aux broderies spartiates, antimoine des salons d'Orphée, passementerie de la constellation du Cygne, litières de porphyre de Jupiter l'antique, tout un monde de bois de palissandre ruisselant des gemmes de Sgar, enivrement d'objets Litiens... Instruments des racines de Cassiopée, orgue hermaphrodite de Tyar, cithares des Lunes de Diran, va et vient... Des éclipses transcendées qui voguent les cristaux, ces phares habités qui inondent de leurs parfums les escales statutaires, évadées des Îles des Nixes qui poudroient l'infini, rubis diaphanes qui s'éploient, se parlent aux labyrinthes engrangés.

Et dans ces flux et ces reflux, les Êtres par ces temps composaient d'ivoire et de jade, de porphyre et d'agate, les jeux essentiels à leur survie, d'étals en étals conversaient des nouvelles en flots qui paraient les miroirs en éveil devant leurs yeux médusés : le clair-obscur des planètes de Latran atteintes d'entropies mineures, les exondations de Mars, lavées par des orages solaires précipitant son sort, les découvertes étranges de la tridirection dans des parchemins votifs des siècles d'apogée des sources de Saran, la réunion des unions portuaires aux périphéries de Dyosos, et les sentences de l'Imperium régissant les pouvoirs accrédités, enfin la nature des symphonies astrales, nouvelle mode de ces moments de grâce où l'esprit peut composer.

Il y avait là parousie d'un seuil, communion du genre et conscience de ces Êtres de passage, qui, déjà repartaient leurs cales pleines, vers ces mondes en esquisses, aux frontières de la galaxie, hâtifs de découvrir de nouvelles faces, de nouvelles joies, de nouvelles Vies, par-delà les marches navigantes, seuils de ces multiples galaxies vierges de leur rencontre. Ainsi, alors que sous le dôme sacré se révélait la nature profonde du lieu, dévoué à la pure conquête et à l'établissement des Ordres par la densité éclose des Univers...

## La pluie chantait

La pluie chantait au balcon des hirondelles, et dans la mousse chenue l'oisillon dormait d'un sommeil réparateur. Le calme serein, précédent l'aube, en majesté, imprégnait le lieu. Une Île, de roche granitée, une Île, de forêt vierge élancée, une Île traversée d'un ru dont les eaux douces étaient parfumées, une Île, éclose des broderies de la terre aux mers ancestrales. Ici, nul pavillon, encore moins de hiérarchie, les seuls ilotes navigant étant les rescapés d'un naufrage ancien.

Perdu dans le souvenir des trois couples de vieillards qui aujourd'hui ne bougeaient guère, passant leur temps à regarder la danse des flots, et des hommes en pêche, et des femmes en marche, et leurs petits enfants s'égayant dans les vagues. La sagesse était désormais leur demeure, et ils en tiraient leur autorité sur leur petit monde de vivants, couronné dans ce lieu qui leur avait permis de survivre puis de vivre.

Il y a de cela plus de cinquante ans, ils étaient jeunes, et avaient su sauver à force de nage la bibliothèque du bord de cette nef qui, croyaient-ils, allait les mener à Singapour, et tous ustensiles leur permettant d'aménager leur espace vital, hache, scie, outils divers, cordes, poudre, et quelques armes encore utilisables.

Et les deux femmes survivantes, qui deviendraient leurs compagnes, qui de voilages, d'ustensiles de cuisine, de semences pour les labours, de sel en fût, et les porcelets survivants ainsi que trois moutons et une brebis, tentant de fuir sans raison.

Les membres d'équipage étaient morts, noyés, le capitaine avait disparu. Bien avant que ne s'échoue ce simple navire, chacun réunit les affaires des uns et des autres, sextant, compas, carte, boussole, et ce tabac à pipe si apprécié, puis ils vidèrent les cales, hâlant, qui des tonnelets de rhum, qui des morceaux de saindoux, qui ces épices qui devaient servir de monnaie d'échange.

L'accalmie étrange qui suivit la tempête, leur permettant ces actes insolites, eux qui avaient échappé de multiple fois à la mort, ne prenant qu'un moindre repos, comme en prémonition qui fut de courte durée. La colère des cieux hurla de plus belle, déversant une pluie diluvienne, emportant la nef vers d'autres rivages, laissant seul cet échantillon de l'Humanité sur ce vierge sol.

Ils ne devaient revoir aucun autre Être Humain en provenance des continents, là-bas, perdus sous la brume du matin, le soleil de feu au zénith, le crépuscule du soir couvert de nuages, la pluie d'étoile nocturne. Et en ce jour sans équivoque, ils surent qu'ils devaient s'adapter pour survivre. Un monde neuf s'éclairait à leurs pieds, qu'ils devaient reconnaître, embraser et éveiller à leurs besoins...

## Renaissance

Des hymnes délétères dans la fragrance de l'instant, aux songes périssables des citadelles effeuillées, vastes augures des âmes de la nue fulgurant des embrasements sans répons en la demeure qui s'effondre sur elle-même, si captivée par ses déserts, si alanguie par ses sources taries, si condamnée en ses ébauches par les martèlements insipides de la paresse de la pensée, poussières de la vanité qui rêve, fondées sur l'abstraction, l'ignorance, le paraître, les agencements du néant s'avancent, voyant des peuples entiers asservis, des êtres sans lendemain se prosterner, et des cris et des voix, et des semonces, et des voyances et l'organisation de la mort envers le vivant se satisfaire dans la terreur, dans les miasmes de la culpabilité qui intériorise le démembrement de toute vitalité, dans cet égrégore de la bassesse qui souffle le vent de la déshérence.

Physique, intellectuelle, spirituelle, sur toutes faces de la Vie, broyant inexorablement l'hymne souverain, remplacé par un hymne à la joie funèbre, décrétant la disparition de la Vie au profit de la mort et ses multiples serviteurs, féaux de la lie accouplés à la bestialité de l'accroire, fruit pourri regorgeant de vers puisatiers qui s'émerveillent de leur déréliction, de ce vide où ne reste plus qu'une luminosité, celle de la créativité de l'Esprit qui ne cède aux tentacules de leurs hérésies qui se pressent, s'empressent, se congratulent, se légifèrent, s'ordonnent, s'accouplent, se réjouissent des parfums de mort qu'ils enseignent, ainsi dans l'intempérance du vide qui se cristallise, s'officie et se nombrilise, dans cette déficience qui dans son involution attise la contraction nécessaire à sa disparition.

Où navigants, nous allons les prémisses de cette terrible dérision, regardant les esquifs, les fosses maritimes, les écueils et les brisants, qui lentement prennent mesure de la disgrâce, et dans le feu et dans la cendre, et dans la désillusion diluvienne, dans la maturité des chants, disposant de l'éternelle rectitude qui se doit face à ces égarements, gréement des éléments en voie de reconfiguration des âges, allant de l'ombre surgie le néant de l'ombre, de vaste signification par les luminosités qui ne se voilent ni ne détruisent, par ces rus qui affluent les fleuves impassibles qui voguent de rives en rives les nouvelles altières de la renaissance, jusqu'aux fertiles Océans et Mers adulées disparaissant les brumes opiacées pour d'un chant divin porter solaire la portée de la beauté affirmée, de la vitalité recouvrée, dans l'harmonie des mondes qui se ploient et se déploient.

Dans cette densité exquise où le Règne Éternel apparaît, vive ovation de ses écrins porteurs, diamantaires, délaissant les temples agonisants pour délivrer de leurs instances la splendeur de la Vie, ainsi alors qu'aux flots se devisent encore les routes sombres, enivrées de courses monotones et arides, parfums oublieux et oubliés devant l'alacrité des florales demeures invitant l'Humain à son renouveau, par le délaissement des scories acquises, ces bâtons guidant sa marche d'aveugle, ces fouets aux lois lui assignant des croyances stupides, houles du mensonge dont se magnifient d'agapes les fauves informes de ces temps de nuit qui, déjà furent, fuyant leurs ombres pour mieux s'y circonscrire et disparaître dans le néant, leur maître accouplé, ainsi, alors qu'un rameau vert, dans la densité des mondes s'élève vers l'immensité pour glorifier ce passant des étoiles, l'Être Humain, accompli en sa demeure, qui s'élève, à son image, vers l'Éternité...

## Des rimes effeuillées

Des rimes effeuillées aux stances épithètes, clameurs de la mi nue des orages du cœur où la sylve profonde d'un lys serment s'éveille, nous allions ce site de l'âge renouveau, épousant des citadelles fières les émaux, la nef de cristal et sa florale aventure, et nos mots, et nos souffles, de fiers gréements sur nos navires prompts, de vagues aux carènes les contes de nos espoirs, de nos fêtes et de nos sources.

Des cargaisons de rêves illuminés livrant sépales nos armoiries fidèles, aux vêtures légères acclimatées du vent, aux lumineuses préhensions qui assignent la beauté, l'offrande et le plaisir, et dans les tapageuses nidations du corail, et dans les remous des fleuves aux lianes ivoirines, et dans la joie berçant nos talismans d'eaux vives, aux parcours enfantés et enchantés vibrant nos essaims, nos vols furtifs en écrins.

Parures de cités, dans le voile des chants où les chrysalides fières s'époumonent de fertilité, ovation des règnes sans rupture des sites, dans l'harmonie qui s'éveille, se dessille, et lentement s'ouvre sur la plénitude de l'enchantement, semis d'algues brunes et lisses, aux temporalités divines dont les vœux charnels officient, s'élancent vers ce souffle où la félicité navigue, d'île en îles dans le don souverain.

Par-delà les brumes et les opiacées des songes, par-delà les mythes et les prévarications des ondes, par-delà les cacophonies et les sièges nervurés des stances inutiles, ces ramures de ténèbres qui naissent de la dysharmonie et ses états, facondes oublieuses de la Vie, de ses promesses et de ses majestés, facondes qui disparaissent devant le firmament qui ceint le réel et l'oriente dans la condition de la pure harmonie.

Celle qui ne se justifie mais éblouie, celle qui montre la voie et ses sérails multipliés, celle qui initie la gravitation de toute onde vivante en son parfait et conjoint toute onde en son essor, livre d'amour ivre d'amour qui resplendit l'infini et dans lequel nous baignons, limpides, en symbiose de toutes faces pour révéler chaque face à ce destin majestueux qui est le sien, celui de la connaissance de l'unité de tout, celui de l'apprivoisement du tout, celui de la conscience du tout.

Et par cette conscience, pour parfaire le dessein constructif de chacun, qui là, délaisse ses scories, ses désirs délétères, ses luttes farouches, ses émois solitaires, ses sources taries, pour naître à l'autre en plénitude, pour rayonner de cet ultime rivage où chacun est dans sa pureté sans abandon, ainsi alors que se tressent par les cieux les forces du devenir qui, pléiades, officient l'ouvrage construit en voie de don, voie sublime que chacun gravite en sa perfectibilité qu'il ne doit ignorer...

## Voie enseigne

Voie enseigne de la création, du cil éveillé interpénétrant toutes forces en luminosité, voici le feu en sa volition comprise, de l'essor le chant magique qui substitue l'ordonnance du temps comme de l'espace, afin dans la consubstantialité même, ouvrir l'existence à sa génération inscrite, en ce firmament qui baigne d'oasis les déserts les plus arides, qui vivifie les limbes les plus stériles, conjointes mesures du déploiement voyant de l'œuvre le signe de la flamboyance de la vertu s'initier à la splendeur.

Ce jardin de féerie dont les senteurs explosent de couleurs divines, marbrant l'Océan de la vie de fluviales arborescences, irriguant de leurs pluviosités l'étreinte vivante d'une affirmation dont la beauté incarnée ne trouve en la pauvreté des mots conjugaison vitale, ainsi aux arborescences qui se déploient dans la vigueur de l'éternité, assignant de sépales et pétales la fulguration de ces avenirs qui frappent aux portiques de la condition de la Vie.

En ces parchemins de la temporalité qui se développe et se désigne, là, ici, plus loin, toujours renouvelés par le faste de l'ambroisie qui opère, théurgique, le renouveau par toutes faces du Vivant, en leurs écumes comme en leurs rêves, en leurs jouvences comme en leurs jouissances, en leurs clameurs comme en leurs souffles azurés, desseins du règne qui se précise, s'impose, et dans la Voie et par la Voie, stigmatise l'inversion de ses valeurs, contracte l'insipide, destitue l'inutile, afin d'ouvrir l'hymne à sa florale demeure...

## Des Œuvres

Désignation des œuvres aux ramures solaires, l'empreinte du chemin y trace ces rus qui deviendront fleuves avant de naître aux Océans fidèles, et leurs nectars, en abondance, délibèrent des faunes apprivoisés la raison d'un sens ordonné aux sites imparfaits pour multiplier le loisir de créer, semer, initier, dans une féerie aux croyances discernées, là, ici, plus loin et si près que leurs parfums d'abondance sont sèves de nos respires éveillés.

De vastes écumes, sans égarement aux opiacées de souffles entendant la pure incantation des verbes, dans ce frémissement des sens déployés, annonçant aux marches continentales ces grandes fêtes de la nue où l'horizon se perd, où la joie, lisière des nefs sans soucis, mesure la pérenne splendeur du vivant, alors que baigné de lys et d'or ensoleillé se lève, officiant du règne, le talisman des âges, devin des rites de passage, mage éloquence de l'azur de miel inondant de ses clartés diaphanes le signe de ce temps.

Sage hyperbole de rythmes téméraires où s'enfante la devise du Vivant, le dépassement dans la reconnaissance, la maîtrise dans l'accomplissement, la construction dans le savoir, ainsi alors que déliées les algues sycomores s'envolent du granit pour gréer les nefs coralliennes, livres des âmes éclairées, naviguant au-delà des fumerolles désespérées des moires aisances qui se complaisent, afin d'éclairer les sources fières des chemins transcendés qui voguent au-dessus des eaux à la recherche des flots vibrant la pure construction des hymnes.

De ceux qui ne sont de limbes, de ceux qui ne rêvent d'abysses, de ceux tout simplement qui conduisent du néant vers la complexité, cette fête où l'imaginal est vertu, où Raison et Contemplation indissociables cultivent un jardin de claire autorité, nature de ce chant parcourant des cils un regard affirmé que le sommeil des sables n'atteint pas, pour le couronner non seulement à son espérance, mais à son devoir de conquête, devoir et ambition du chant qui ne s'agenouillent, ne se corrompent, ne se plient à la volition de la destruction qui parade, à cette mortelle errance née de la paresse mentale.

Cet abîme sidaïque où se prosterne et s'agglutine toute la vermine de la destruction fétide, indécence frontale en ce cri vivant qui affirme la nuptialité des hymnes, ainsi alors qu'en forge les sillons de la beauté inscrivent dans l'œuvre les évanescences des rythmes pour offrir à la Vie ce serment d'être et de vivre par la Vie, en la Vie et pour la Vie, demeure du sacre qui prédispose, initie, et préambule de toute viduité, se tient debout en chaque lieu.

En chaque temps, au milieu des monuments, des palais, mais aussi au milieu des ruines, debout, impassible, Vajra, veillant sur l'accomplissement de l'Éternité, imperturbable devant les événements, toujours vigilant, en chaque souffle comme par chaque souffle, croissance de l'harmonie, par-delà le vide, les abîmes, les cristallisations oniriques, les congratulations honorifiques, levant vers les cieux ce regard puisatier, le regard de l'Aigle qui toujours accompli par-delà les miasmes des déshérences, par-delà les infertiles randonnées.

Par-delà les écumes des tempêtes violentes, toujours plus loin, à la rencontre de ce lieu mystique où le temps comme l'espace disparaissent pour faire place à la pure énergie qui se développe, s'apprivoise, et dont la concaténation est mesure de l'orientation de l'hymne de la Vie, écrin en son boisseau talismanique voyant zodiacal le miroir de ses ondes réfléchir le sens de toute sacralisation du Vivant en ses complémentaires désinences, œuvre dans l'œuvre advenue, que le cil témoigne dans l'aube en majesté qui se prononce...

## Écumes

Écumes de vagues, oasis aux marches septentrionales, nous fûmes en leurs moites étreintes le feu ardent des Îles sous le vent, dans la marche des brumes, guides passant des nefs cristallines, de celles qui ne se perdent aux cargaisons de rêves, de celles qui ne s'égarent aux passementeries des songes, et l'Ouest, ici, là, toujours présent, annonçait nos heures victorieuses, sur les tempêtes et les ouragans, la violence des récifs et les perditions nocturnes.

Les étoiles en essaims guidant nos ramures aux ébrouements des terres adulées, ivoires du jade et du limon, des roseraies nuptiales, le doux printemps de nos jeunesses, sépale ardent de nos pentes antiques, alors qu'au milieu des brouhahas mystiques s'élevait notre hymne de vivant, guerrier et intrépide s'il en fut, dans la mesure du flamboiement des rives qui se content.

Hautes mers de combats fratricides pour la misère d'un éclair, vanité fugace d'appartenance dont l'intérêt fuit comme l'hydromel aux carènes oublieuses, dans ces chaumes de l'automne où on se serre contre l'écrin du feu pour retrouver une chaleur votive, clameur enivrée de ruissellements limpides, de ces eaux vives qui sont les embruns de la vie au même titre que les embruns de la mer.

Ainsi de nos semonces par les villes enrubannées d'uniformes ou d'égarement, ainsi de nos silences dans la vision des lacs de l'éternité, ces lagons de l'espérance où les baigneuses au rire cristallin sont promesse d'une suavité féconde, ainsi de nos joies comme nos peines, alors que lys sur l'horizon nos oriflammes embellissent l'azur d'un serment, enseigne de portuaires dimensions, de celles qui se chantent à l'unisson des vagues, dans la témérité de la houle inondée des laves cristallines de fosses marines aux abysses bruyants de rêves.

Clameurs de règnes feutrés et d'alcôves lascives, clameurs des mers anciennes où les portiques s'effeuillent de gréements et de songes, aux voiles azurées et contemplatives alors qu'en écho se répond la divine éloquence des conquérants, ici, là, drapés de coquillages et de souffles, libres arbitres de ces destinations frontales nous voyant, maîtres et équipages, soulever l'abîme pour le porter vers des cimes toujours plus nobles, boisseau de nos heures de louanges.

De nos préoccupations novatrices, en ces lieux où le vivant féconde, frère et sœur de lacs d'émeraudes et de rubis foisonnants, là où la source du savoir nous est dessein, communication des hymnes, enchantement des sèves, et dans le flux et le reflux des migrations qui se composent, livre ouvert sur la pérennité des œuvres, au-delà du silence des nuées, au-delà des firmaments des vagues, là, dans cet espace magnifié, celui de l'horizon solaire qui pleut l'harmonie de l'éternité conquise...

## Tumulte

En parcours des ambres de la Vie, dans le tumulte des signes qui s'éblouissent, des roseraies ardentes qui vivent l'incarnat d'un songe, clameur, respire, danse sacrale des fumerolles ouatées de miel qui éclosent, s'irisent des flots festifs, des gravures déployées de fertiles jouvences, claires destinées qui s'évadent des torpeurs pour guider la fenaison des rives qui se croisent, s'entrecroisent, dans la désinence de l'iris, se règnent pour mieux se conjoindre dans un éclair suranné où le serment de la joie réunit toutes faces harmonieuses, opales en miroir de temples adulés enfantant ces âmes bien nées dont l'hymne est fête du vivant.

Nature désignée de sources en nombre, aux fleuves en parcours, idylles vertus de la beauté aux efflorescences magnifiées dont les gerbes coralliennes délibèrent dans leurs flux et reflux les composantes expressives de l'équilibre gravité aux orbes enchantés dont la nue est répons du cristal souverain, dévoilant aux caresses des vents la tendresse d'un chemin où s'enseignent les ramures d'une saison d'ivoire, d'histoire, mémoire des forges qui témoignent des univers à naître, féconder, enhardir, par toutes voies de la beauté, de la création, de cette limpidité qui porte en elle ses sources et ses florales passementeries.

Là, dans la féerie des Temples, dans la prononciation de leurs nefs accomplies qui éblouissent d'un parfum suave la splendeur de la

Vie, au-delà de l'amertume et ses composantes, l'agressive ardeur et ses violences combinées, la laideur et ses balbutiements, toutes ces demeures nées de l'incompréhension qui fondent dans l'ignorance du sacré la matière de la déraison et ses aisances, sans lendemain par l'apprivoisement du sacre qui est faste du vivant, en ses fenaisons comme en ses moissons, conscience du Chant qui ne s'oublie, de ce chant merveilleux annonçant la plénitude de ce sacre, l'épanouissement de son hymne, vaste flamboiement éclairant le destin du dessein des fertiles renouveaux, dans l'azur du regard qui se déploie, dans la beauté émerveillée des clameurs initiées, des chants enfantés, palpitant l'onde souveraine de la pérennité et de ses ondes harmonieuses.

Dans la condition même de la Vie, en ses allégories, ses symphonies, ses mélodies, souffle libre gréé de la nuptialité universelle qui fonde les mondes, exonde leurs sens, rayonne leur songe, dans une parousie magnanime que le conte lui-même développe, irradie, fertilise, dans une surconscience enivrante advenant des florales jouvences les cimes épousées où se coordonnent et la densité et la préciosité, dans un couronnement dont les pierreries chantent une onde cristalline, pure, fière, danse sortilège des fêtes vivantes qui se glorifient dans l'éternité, ainsi, en l'éclair de la formalité qui enseigne, en la volition ordonnée qui déploie, en la splendeur assumée qui résonne, d'un partage fécond le sevrage de toute viduité...

## Maryline Monroe

On ne parle plus de personne Humaine, on parle d'icône, non-sens au sens de l'identité qui se trouve ici broyée par le mercantilisme le plus dévorant. Date anniversaire du décès de Maryline Monroe, quarante-sept ans après sa disparition, au regard de sa Vie, nous pouvons mesurer l'ampleur de ce broyage dont elle fut la victime innocente. Maryline, née dans un milieu où le paupérisme côtoyait l'insondable délire du m'as-tu-vu officié par les arlequins de cette machine à détruire que représente l'exploitation cinématographique, Maryline issue d'un foyer brisé, sans repères essentiels, sans famille dirons-nous, ce pilier de nos sociétés, se retrouve face au désir de devenir une star, enhardie par la jalousie d'une mère qui n'a d'autres soucis que l'apparaître. Son chemin est tracé dans ce Hollywood marqué par l'étalage, la suprématie ethnique, la dénature frivole, où les êtres humains ne comptent que comme rapport financier.

Et si quelques actrices comme quelques acteurs sortent leurs épingles du jeu, c'est que leur notoriété ne peut être remise en question, le reste se couche, se love, se congratule dans un fumier d'après-guerre qui ne laisse que peu de place à la beauté, au romantisme, au rêve. On est très loin du cinéma d'avant-guerre où un certain respect dominait, ici on parle de Chiffre et non d'art, et les roturiers de la prébende y ont fait leur nid, ramenant tout à leur devise, exploitant sans vergogne les espoirs, les transformant la plupart du temps en désespoir. C'est dans cet univers de cannibale assoiffé de puissance et d'orgie qu'apparaît cet Être frêle, magnifique dans sa densité existentielle, qui va devenir le symbole du pouvoir de destruction de cette jungle répugnante qui se gargarise de sa prouesse à détruire ce qui n'est pas de leur caste, de leur prétention et de leur souci de domination.

Maryline se laisse prendre au piège, et comment pourrait-il en être autrement, le bling bling, le paraître roi, s'étalant devant ses yeux, elle qui est souche de pauvreté a envie d'en bénéficier, mais à quel prix ? Elle vient du ruisseau, et n'a pas les moyens de s'élever de sa condition, et ne faisant pas partie du cercle des vénalités qui s'autocongratulent, ne peut demander à quiconque de l'aider, la voici donc mesure de ces premières photos comme de ces premiers films hissée vers le temple profanateur de la pornographie. Maryline, dans ce milieu de la dépravation convenue qui rapporte aux aigrefins de cette finance qui vit sur l'exploitation primitive, découvre un chemin terrible, celui de la suffisance, de la traite de ce qui n'appartient pas aux communautés, cette traite abominable des sentiments, cette traite ignoble de la chair, cette traite du vivant par l'écume de la plaie de l'asservissement et de son corollaire le profit.

Le cycle infernal commence, ce cycle de la dépravation où personne ne l'écoute, personne ne l'entend, personne ne s'intéresse à sa vie sinon que pour profiter de sa plastique qui résiste, cette plastique formidable qui lui servira de paravent dans ce monde où la domesticité ne s'invente pas mais s'encourage. Premier rôle, première chance, première ovation, de Femme elle devient objet, un objet de perversité pour toute la décadence morale qui s'agite autour d'elle, cette décadence née de cette pauvreté d'esprit, de cette errance qui réjouissent la laideur et ses abjections. Maryline est sur le piédestal de cette suffisance, de cette morgue, et dans les apparences est comblée, mais là s'arrête cette infection : l'apparence, cette vision d'autrui qui n'arrive même pas à la consoler de ce trompe-l'œil dans lequel elle végète, alors qu'elle cherche à devenir, à se construire.

Personne ne lui laissera cette chance, elle doit obéir pour réussir à cette loi non écrite, non inscrite, des fauves qui régissent contrats et permissions de jouer des rôles, dans ces coucheries factices qui sont le régal de la purulence qui s'imagine dominer, alors qu'elle n'est qu'expression de la larve bestiale qui sommeille en sa déraison. Maryline suit le jeu, imperturbable, prenant sur elle d'accroire, dans la mie mesure qui la configure, non plus seulement comme objet, mais simplement laissé pour compte par la déraison et ses liens, les abjections qui pullulent de par ce monde naviguant ses liaisons fractales, devises enrubannées du toc, d'une préciosité en prévarication, de ces œuvres délétères qui unissent et la médiocrité et la bêtise. Ainsi, alors que s'enseignent les nauséeuses aperceptions, ces croyances reptiliennes, ces parcours en détresse, là, ici, dans les confluents des pouvoirs qui se combattent, des empires monétaires qui battent des pavillons lointains, cherchant à dominer par une puissance d'apparat, non pour engendrer la beauté, mais pour la mystifier, ainsi dans cette rive sans honneur, dans cette diatribe du commerce qui s'autorise.

Maryline est dans ce feu, et se brûle par ce feu. Que lui reste-t-il d'elle-même, brassée comme un météore, dévorée par cette face qui la témoigne, une image. Une image consternante de beauté au milieu de toute cette dérive d'égouts où se pressent les coordonnées de la débauche, ces fallacieux outrecuidants qui s'imaginent avoir un semblant de créativité alors qu'ils ne sont que les suppôts de la destruction de la création, noyant dans le sordide tout ce qu'ils touchent, tout ce qu'ils vivent, et dont chacun devrait admirer l'autorité de nain vagissant. Ici le lieu, ici le temps et chacun se presse à son image, dans le sublime de mariages ignominieux qui n'ont d'autres demeures que de la voir prospérer dans la bassesse et ses orgies délétères, mesures de la décadence qui inspire le respect par les tenants et les aboutissants qui inscrivent leurs noms dans le déshonneur qui les mystifie au regard de l'absolue hiérarchie du pourrissement d'un Être Humain pour lequel ils n'ont aucun respect, rien, sinon celui de la prendre et encore dans des conditions purulentes.

La nuit tombe dans ce deuil d'elle-même, et les prévaricateurs contemplent leur œuvre soumise, une image, une image bestiale qu'ils droguent de toutes les mesures de leurs concerts pour qu'elle apparaisse encore et encore comme leur jouet, leur fétiche, leur carpette, la pourriture est à l'œuvre, une singerie démente qu'on laisse faire sans prendre conscience que derrière cette loque devenue existe un Être qui ne demande qu'à sourire au jour, un Être qui n'a pas demandé à servir de charnier à cette bestialité autorisée qui se complaît, un Être lumineux qui doit se ternir dans l'ombre, se lover dans la nuit afin de s'accoupler aux paradis artificiels qui sont les rameaux de la perversité qui s'enchante par toutes faces dans cette deuxième moitié de siècle, où l'honneur n'existe plus pour les parvenus en tout genre qui exercent leur fatuité sur des contes pour enfants, ces besogneux de la destruction qui hurlent après elle, scandent pour leurs besoins la luxure dont ils veulent qu'elle fasse état, dramatique perversité voyant un metteur en scène la vouloir pute et la traiter de pute sans aucune considération de sa dignité, de son éloquence, toujours remise en question, car enfin qu'a-t-elle besoin de parler ?

Génération de la honte que cette méprise qui grouille comme un amas de vers dans ce territoire hier dédié à la beauté du cinéma, génération sacrilège qui détruit pour le plaisir de détruire, génération hideuse portant en ses ramures sa propre destruction, car l'Humain en face de cette mare fétide se rend bien compte qu'il y a là la marque d'un sacrilège envers l'Humain ! Victime expiatoire de cette ellipse de l'intelligence ? Maryline le fut à tout point de vue, ballottée en tous sens par la crétinisation de l'esprit, sans pouvoir se dérober sinon que dans cette appartenance à elle-même que personne ne peut entacher, sa beauté merveilleuse consacrée par la photographie. Confinée, sans paroles, muette par la désignation de l'autarcie régnante, elle fulgure ce rêve de l'Être Humain en chacun de ses sourires, témoignant par-delà la pourriture qui l'environne de cette rédemption extraordinaire que chaque Être peut dans l'épreuve naître en lui-même.

Et se retournant sur elle-même, inscrit dans son geste fatidique, qu'il fut aidé ou non, la gloire de son nom au-delà de la mesure et des menstrues des abîmes glauques qui ne cherchaient qu'à en user, en abuser, viol collectif des moires aisances qui n'ont d'autres desseins que de détruire la beauté pour hisser au pavois de leur sécurité leur laideur et leurs atours ! Que l'on ne s'y trompe, Maryline fut une martyre de ce temple du veau d'or où s'accouplent la prosternation communautariste et la destruction sans voiles de tout ce qui n'y appartient pas. Un communautarisme basé sur la violence et le sacrifice des autres, pour le profit d'une nuée de parasites les uns les autres obviant le réel pour cristalliser le virtuel afin de mieux effacer le témoignage constant de leurs destructions impassibles, actrices et acteurs consommés comme de vulgaires friandises, chairs à canon de cette ignominie sans fin qui ne reconnaît la valeur non pas dans la prouesse du caractère, non pas dans la prouesse créative, non pas dans la prouesse de l'intelligence, mais dans la seule prouesse sexuelle, l'Être se résumant ainsi à un sexe et en aucun cas à un Être Humain.

On pourra développer ainsi pendant des milliers de pages sur l'agonie vivante que fut Maryline Monroe sur l'autel de la dépravation où elle fut conviée, choyée, pour le seul reflet de l'or qu'elle rapportait, jusqu'à sa mort advenue, presque initiée, presque programmée par la laideur qui ne recherchait en elle que sa destruction, tant la beauté est fatale à la monstruosité. Maryline est partie, son image a disparu pour ne laisser place qu'à cette beauté qui transcendée par l'Amour aurait pu accomplir sa régénérescence, mais l'Amour en ce lieu où elle fut n'existait pas, il n'était que vaste fumisterie d'empreinte que même un adolescent sensé n'oserait pas initier, si ses convictions Humaines ne sont pas létales comme l'étaient celles qui régnaient sur ce temple de la destruction que fut Hollywood en ce temps-là.

Que l'on ne se trompe, le ver est toujours dans le fruit et continu à sévir comme jamais il n'a sévi dans tous les domaines du Cinéma, de la Télévision, de la culture, dictature contre laquelle ne s'élèvent que peu de voix, tant l'ignorance des faits et les prébendes monétaires ou sexuelles éconduisent la volition au silence. Maryline n'est plus là, mais son nom est toujours présent, symbole d'une abnégation qu'il faut éconduire, ce massacre des innocents qui servent à faire tintinnabuler des deniers dans les poches des maquereaux de l'Art, qui n'ont d'autres buts que d'asservir et détruire pour le seul petit plaisir régalien de leur atrophie à être.

Victime expiatoire, Maryline, symbole de la beauté Occidentale ne pouvait que disparaître aux yeux de la bestialité par la bestialité afin de convaincre les éblouis de la lâcheté du peu de cas que l'on peut faire de la personne Humaine, surtout en son genre et son Identité. Que l'on ne se trompe il n'y a pas d'aveugles ce jour, et l'avilissement de Maryline par ceux et celles qui l'ont détruit apparaît désormais dans sa plénitude. Son martyre n'aura pas été vain, elle aura prévenu les générations futures de l'ineptie et de l'outrecuidance des castes dévoyées qui s'arrogent un droit qu'ils ne possèdent pas, celui de la création, un droit qu'ils possèdent, celui de la destruction, et l'on ne peut être aujourd'hui qu'heureux de voir toute une jeunesse se déployer en dehors de leurs aires sordides afin de faire valoir leur imagination, leur créativité, qui ne pourra jamais leur être volée, et encore moins dégradée par la bassesse des inaptes à la création.

Merci Maryline d'avoir ouvert les yeux à toutes ces générations qui illuminent de leurs feux, en dehors des pourrissoirs institutionnalisés la grandeur du Cinéma, de la Photographie, de l'Art en général, de ces cultures, qui n'existent plus dans le carcan des aberrations qui se veulent monarques du droit de s'exprimer, unités économiques de l'abêtissement et de la servilité, de l'ignorance et de l'acculturation.

Que ton Âme repose en Paix dans cette éternité d'où ta beauté d'Être Humain à qui l'on n'a jamais laissé la parole, s'exprime aujourd'hui pour nous conter que vanité et atrophie ne sont que les refrains du sordide comme du mercantile qu'il faut outrepasser afin d'initier sa créativité.

Merci Maryline.

## De nouvel An les vœux

De nouvel an les vœux, écumes des joies nouvelles, des rires sous le vent et des signes sous la pluie, dans l'apprentissage de cette harmonie qui assigne le vivant, nous irons des rives épanouies, portuaires d'un enfantement serein, visiteurs des algues de la pluie aux roseraies ardentes, aux grenats dressés de sève, aux sentes humides de firmament, et nos souffles en écho libéreront nos chants de volutes parfumés, irisant des sylves la hardiesse des émaux, latitudes de sens adulés aux courses charnelles éveillées, de vastes houles aux clameurs renouvelées, dans la tendresse éclose des jeux de règne et des jeux de rêves.

Aux forêts éployées de mousses et lichens, dans la tempérance des lys parcours qui, suaves, frémissent sous l'étoffe du vent, dans la moisson des heures limpides, de plaines en cimes, de monts en abîmes, au clair soleil de la voie qui enchante le devenir, où nos cils en émoi, où nos souffles azurés, où nos cœurs palpitants, fresques de vastes renommées dans l'ardeur d'un éblouissement, dans la splendeur gravitée s'ordonnent et se donnent dans la joie de fleuves en nectar, parcourant des dimensions des mondes de nefs aux voiles d'ambre et d'améthyste, couronnant nos âmes légères, nos corps apaisés, nos esprits triomphants.

Dont l'harmonie restitue les passementeries diaphanes, ces ondes hors du temps délivrant leurs sérails de songes conjugués, desseins des nuptiales appartenances qui flamboient les isthmes de la beauté florale, navigateurs de féerie, de limbes exfoliés, de mannes explorées, de sentes animées, de sources adulées, toutes voies maritimes de l'essor qui œuvre le dessein de la Vie, en la Vie et par la Vie, dans cette compréhension qui vogue vers la perfection de la perception.

Au-delà des sortilèges des passions, des extatiques langueurs, des fleuves chaotiques, des lambris désordonnés des houles en semis, hordes silencieuses devant la magie de l'instant, ce don magistral qui s'irise de mille et mille épanchements, dans la pure jouvence de l'éternité, ainsi dans l'apprivoisement de la temporalité des mondes qui se désignent, dans l'apprentissage des cœurs qui éclosent, dans la vaste promptitude des flots qui s'unissent dont le courant ne s'épuise, dans cette fête de la Vie qui s'enchante de ses rubis, dans cette joie souveraine du vivant qui s'incarne et qui l'incarne, dans une fête renouvelée, sanctifiée, fête de la beauté qui se conjoint et dont le signe porteur resplendit toutes faces des sphères en essaims...

## Sites en parousie

Sites en parousie, des vastes horizons écumes et portes des règnes adventices, lointains des orbes denses et fauves, ruptures des liens équinoxiaux, des mannes du soleil les gréements d'un solstice vital explosant de couleurs sous les ondes diaphanes et claires, explorant les prémisses des conquêtes à venir, dans la luminosité du chant qui s'ordonne et palpite l'immensité, ses nuées d'étoiles en cils, ses brumes vaporeuses de constellations éblouies, ses fresques galaxiales ébruitant le souffle de la pérennité, appel de nos routes en nombre, de nos hymnes en chœur, dans la florale désinence des émois et la tempérance de l'imaginal.

Dont le front d'or assemble et rassemble la multiplicité afin d'éveiller l'ardeur promise, cette ardeur magnifiée du conte Humain, sans oubli de ses racines, allant à la rencontre de ces espaces fantastiques dont chaque terre est une histoire, dont chaque lumière est un espoir, désincarné ou violent, toujours à reconnaître et percevoir, le combat dut-il naître, l'amour toujours transcender, dans les conflits à venir, naturels aux marches de la prédation, afin d'assembler et accueillir toutes forces en péril pour que demeure l'Identité de chacun, ses lois et ses coutumes, ses Peuples et ses Nations.

Que nul ne doit asservir sous peine de s'asservir lui-même, et nos forces multipliées viendront ces dangers, ces farouches empires qui ne recherchent que le gain et le profit, ces marchands d'esclaves et d'illusions, ces contrebandiers de la mort vivants de parjures et d'ignominies, sous toutes formes, en toutes formes ressemblantes, ici, là, plus loin, mesure de nos combats impitoyables, et pour certains accroire désespérés aux marges de notre propre empire, tromperie car ici, en ce lieu, en défense n'existe aucune masse malléable dont l'unité peut être défaite lorsque sa tête est obérée, mais bien des îlots magnifiés qui défient chacun, planète, internations, nations, régions, départements, villes et villages, existants qui chacun combattent, et dont la perte de l'un d'entre eux ne cause pas la perte de tous.

Surenchéri par le fait de l'Être individué qui au sein de chacun des existants s'avère une force innée bien plus imposante qu'une légion, la complémentarité des uns des autres suffisant pour détruire toute tentative d'annexion ou de conquête, ces deux verrues étant oblitérées grâce à la perception innée de l'appartenance, motivant ainsi ce combat remarquable, qui voit l'Être individué, paysan le jour et soldat la nuit, permettre ainsi d'assainir son existant du parasitisme qui cherche à le phagocyter par d'autres terres et d'autres espaces aux diversités prédatrices, n'ayant d'autres fronts que le métissage afin d'enclaver l'esclavage dans les plus vastes renoms.

Ce métissage qui voit l'Être devenir non-être, splendeur déchue de sa volonté et de son empire, de son Histoire et de son Chant, de son Identité souveraine, en cette faille temporelle faillite de la volonté, non d'apparaître, mais d'Être, faillite de l'intelligence, faillite de la culture, naissant des acculturations spontanées, bribes de ce qui fut pour les uns et pour les autres, sans lendemain dans la démesure qui occis toute volition en l'ordonnance de la disparition de l'Être, ivoire des millénaires, tel en ce millénaire qui fut sur cette planète hier vécue, la Terre inhospitalière pour le Vivant, une Terre enfermée dans sa théurgie de la mort et de ses adventices langueurs.

Une Terre broyée par l'inconséquence de la reptation, qui visita, tribales, des arborescences en luttes éternelles, au lieu que de voir dans la complémentarité l'Harmonie s'y installer, des arborescences de sang au parasitisme inquiétant qui veut ronger parfois les mille et mille planètes de nos cœurs conquérants, tels ces fléaux que l'on voit près des Îles attendant leur proie et qui trouvent leur maître dans la vigueur de leur renvoi aux vastes flots de l'Espace qui ne se couronne de mortelles errances, d'apatrides insertions, de parodies vivantes, mais bien seulement de la Vie dans ses incarnations, dans ses fidèles incarnations, et non ses reniements bâtis sur le sable de la couardise d'allégeances aurifères.

Hier sur cette Terre, ce jour lavée de ses scories, brillant de tous ses feux et de toute sa plénitude, voyant ces centaines de Peuples coordonnés et souverains adopter notre Chant commun du Vivant, voyant ses Races magnifiées, gardiennes et conquérantes de nos planètes azurées, par la vertu de la communion multipliant la beauté de leur condition, et non plus avilissant leur existence dans le servage et l'atrophie, ainsi alors que se lèvent sur Véga du Cygne les soleils de la parousie et que l'étreinte des temps poursuit sa route pour prononcer le chant Humain par toutes voies de l'Empire.

Ainsi dans la mesure du respire où chaque Être Humain est respecté et respect de son identité naturelle, et que la Vie, son étendard se dresse vers l'immensité pour conjuguer sa réalité avec la beauté, la solidarité, la complémentarité, l'Harmonie par toutes faces des Univers, ainsi et pour toujours par la Voie et en la Voie de l'élévation qui est couronnement et non atrophie qui est désintégration, et ce pour l'éternité...

## Pluie d'étoiles

Pluie d'étoiles des âges de la nue, au labyrinthe des saisons énamoures d'iris jade par la contrée des flores épanouies, ici et là, passementeries des algues tressées de blondeurs safranées, limbes jaillissants des fertiles roseraies aux marbres bleuies des signes sous le vent, clameur, clameur du soir vivant dans l'aube qui se lève, s'immortalise et grandie, ivre de fêtes et de joies partagées.

Tant de temps en règne par les promontoires de l'ouvrage qui se bâtit, ce Temple des diaphanes efflorescences qui invente le monde et mûri dans ses nefs les plus austères la compréhension des rives qui appartiennent, composent, déifient, proposent, dans la nidation la plus fertile comme la plus douce, dans l'ouragan symphonique des verbes qui s'effeuillent, renaît, disparaissent pour laisser apparaître la fécondité du Chant.
Ce Verbe souverain, Olympien, mage en son essence, vertu en son propos.

Ovation des sources comme des fleuves, majesté promise des souffles vivants dont les cœurs se répondent, s'épanchent, et se fortifient par les pléiades de l'incarnation et de ses répons, hymne encore, hymne du corps offert à la candeur, hymne de l'esprit s'ouvrant au discernement, hymne de l'Âme s'irisant à la glorification, hymne de l'Unité vivante marquant de ses principes l'Idéal et sa volition.

Par les ordonnances templières des forces qui saillissent l'immortalité sans rupture des vagues en assauts, gerbes de coralliennes effervescences brisant le couchant pour dresser au levant la nature promise de la Divinité et de ses ors lactescents, dans l'embrasement des orbes qui se ramifient, se perpétuent et s'initient, mutuellement, dans une assistance sans promesse dont les répercussions limpides frappent le front vivant d'une écume Ouranienne et victorieuse.

Une écume vive et forte, vive de son déploiement, forte de son embrasement, signe des signe de l'apprentissage qui ne se corrompt mais se transmet, forge de l'Épée que ceint après l'épreuve le Chevalier reconnu, estimé et élevé au rang de cette paternité aristocratique le mutant dans l'élévation au degré souverain de la destinée, non celle de sa propre errance, mais celle de l'Unité majestueuse délibérant par les strates et les moires aisances, les forces qui accomplissent et transcendent.

Permettant de taire ces lagunes triomphantes en lesquelles se noient les Êtres et les Hymnes, instance sacrale dont la soif éternelle et sans repos compose l'horizon, cette soif non du pouvoir mais du savoir, cette force limpide accomplie et accomplissant dont les fastes ruissellent les chemins de la Vie, les sentes glorieuses de l'Avenir, les transes du Devenir.

Toutes voies offertes à la Voie mystérieuse dont l'accomplissement ne se promet mais se prend avec une volonté impériale que nul ne peut défaire, car de la Voie elle-même le métal précieux qui ne se concatène, ne se dévoile, ne se brise, si tant officiant de la pure révélation, l'Absolu qui ne se décrit, mais intégrant s'intègre et en soi ne peut se désintégrer, arborescence du Levant au levant saluant le Renouveau de l'Éternité et de ses flamboiements divins...

## Devise de l'Éternité

Dessein des pluies d'or aux fraîcheurs matinales, l'aube ici s'inscrit, mage et louangeuse, délaissant la torpeur pour initier le vivant, agir en son écrin des vagues renommées où s'incarne la beauté, ce style naturel ouvrant ses rives aux senteurs des flores par milliers, des âmes vagabondes aux cils éveillés, parfums de joies illuminées aux vestales rosées éployant leurs ailes lumineuses, danses de miel aux sépales, aux claires randonnées des algues en miroir que reflète l'onde solidaire qui jaillit de l'incarnat aux votives saisons.

Allégresses des vivants, des rires et des sourires clamant sur l'horizon l'orientation des cœurs, leur palpitation exaltante, et dans la nuée disparue, alors que l'éternité s'élève, la parousie des ambres sous le vent, navires saturnales des lys avenues où les fougères incantent l'hymne d'un renouveau, aux auspices des mousses et des lichens avertis qui livrent leurs embruns aux chênes et frênes mémoriaux, tandis que pépiements, fontaines de jouvences, les oiseaux lyres s'enchantent parchemin des faunes irisés.

Promesses des tendres épanchements, des ivresses hyménées, et de leurs senteurs sublimes effeuillant dans leurs rites les adventices fenaisons d'acanthe et de rubis, d'émeraude et de cristaux, enfantant l'univers accompli qui s'éploie et se déploie dans une course vagabonde, aux isthmes qui se découvrent et se prononcent, lieux vivants affines de la vertu distillant ses préciosités dans la splendeur des corps devisés.

Aux parures enivrant l'éblouissement de la Vie, dans un signe de feu, un signe au-dessus des eaux, un signe majestueux délivrant des purs émaux les fresques majeures de la pérennité des Chants, à jamais et pour toujours renouvelée, féerie de ce monde participe de l'éloquence en ses ascensions aux fécondes ovations, oriflammes sacrées devisant l'Éternité en l'Éternité...

## Des cils éveillés

Des brumes en pluies d'or aux larmes solaires éveillées, sapience des sagesses initiées, le songe se tient ici, lieu de floraisons joyeuses, clartés d'une danse épousée que les frimas de l'hiver oubliés enchantent en leurs rêveries profondes, aux lacs aventureux des jouvences nuptiales, aux parterres des floralies votives que l'harmonie éploie dans un règne silencieux, où le monde éclôt de vives allégresses, des rires de parfums, aux voix de cristal qui inventent des symphonies altières qu'une architectonie devise.

Nénuphar des ondes, des éclairs mystérieux passant tels ces vols d'oiseaux lyres dont les cœurs sont palpitations d'eaux vives, chœurs de l'ambre divin, de ces cils en miroir aux printaniers effluves, dont les rives incarnées contemplent, félicités les sources en avenir des océans, princières allégeances de vagues à midi, aux souffles animés, enfantant cette portée musicale d'un nid espiègle, où l'oiseau mue, chamarré de ses couleurs de corail, de jaspe, et de quartz, le regard émerveillé par la flore des tisserands parlant sans naufrages des équilibres souverains, des monades de la beauté aux arcades de la réalité bruissant de ses élytres, composant un horizon limpide.

Là-bas, vierge sillon de l'énamoure plongeant ses racines dans l'éternité, au souffle paysage de chênes millénaires enseignant la splendeur, annonçant la pluviosité sacrale de l'unité vivante, loin des dissonances, loin des tumultes, loin des errances, dans une gerbe de majesté, instaurant aux parures adventices des liens profonds qui lient et relient les viduités aux écrins somptueux, aux claires préciosités des aubes sous le vent témoignant par les temps de l'ultime rivage bâtisseur, celui de l'Humain, sans dépendance venant au sens de l'épopée souveraine, celle de l'Amour inaltérable.

## Où les sites

Où les sites s'enchantent, le cœur palpite la luminosité d'un hymne des rives en essaims aux fleuves calmes et souverains, des forêts profondes aux mousses bleuies, des prairies diaphanes aux flores enfantées, des vallons joyeux aux sources amazones, des règnes d'opales aux lacs argentés, des mers sublimes aux liserés de vagues en émoi, des océans triomphants sur les larmes amères, là, ici, plus loin aux chaumes de cristal des villages en camaïeu, où le souffle du vent s'élève, rejoint les promontoires des nuageuses incantations pour porter au vivant le signe constellé de son réveil.

Aux paysages fleuris, aux hordes sauvages des faunes s'abreuvant, aux semis de moisson des Êtres qui vont le calice du miel de la Vie, de l'espérance et de la grâce, conjoints de la beauté comme de la félicité, fêtant la nuptialité de l'harmonie, dans un sourire qui se dévoile, et dans la raison, perfectible de ses ondes, vivent de bonheur la haute vague des souffles de la temporalité en ses aubes de couleurs, fulgurant les terres verdoyantes, les déserts brûlants, les glaces des pôles éphémères, hâlant des Îles les équinoxes frontaux les merveilleux solstices baignant la clarté de l'opale et de ses rêves dans la frénésie du quartz et de ses songes, dans la plénière désinence des algues diamantaires dont les reflets irisent les mondes de surannés éclairs vibrant l'éternité.

Là, ici, plus loin dans une allégresse que seule la Vie sait faire naître au plus profond des Êtres, course de la Voie en ses horizons épousés, clairs et vitaux dont le sacre est émerveillement, dans la contemplative révélation de l'unité formelle de toute viduité composée, dans son hymne qui jamais ne s'édulcore, jamais ne se tait, comme une symphonie de couleur initiant une mélodie majestueuse enseignant la sagesse et ses floraisons ataviques, ses rescrits parlant dans la mémoire des âges, le renouveau des âges, ceux qui ne se parodient, qui ne se magnifient, qui tout simplement se dressent vers l'immensité pour élever le vivant à son destin sans commune mesure, au cœur de la luminosité florale de toute densité, l'Absolu souverain, leur intime et ultime perfection...

## Temples sacrés

Temples sacrés de la mémoire des temps, en rites aux marbres des lyres renouveaux, élevant leurs ramures aux cieux pour porter les prières de cohortes enseignées, ceintes de cette beauté cosmique, lorsque le don s'initie, aux Temples encore labourés par les mugissements des vents, des pluies amères et des tornades guerrières, le soleil puissant et solidaire, nidation des eaux et du cristal des eaux, accueillant aux Temples le chant Humain, sa candeur et son inestimable apogée, alors que les fruits d'hiver tremblent sous la Terre la germination des avenirs aux promontoires du vivant.

Hâlant d'empires en empires les équinoxes de la nuit, leurs portails, et leurs passementeries oublieuses, enivrant du parfum de l'aube la rosée florale des lendemains qui rêvent, se coordonnent, s'assemblent, et dans une gerbe de corail construisent la beauté, la sagesse, l'harmonie, accomplissant des vœux d'hier, les rythmes de la Vie aux splendeurs qui naissent, sans hâtives saisons, sans raisons oubliées, la tempérance de leur chant levant ses oriflammes afin d'idéaliser le degré souverain de l'écume naviguant au-dessus des eaux.

Là, ici, plus loin, toujours renouvelée, dans l'exquise perfection de l'Amour, son illumination comme sa préciosité inscrite dans ce rite qui s'élève et se destine, en toutes voix par toutes voix, créant ainsi un égrégore manifeste subjuguant toute manifestation, de la plus humble à la plus couronnée, pour porter sa pure harmonie, advenant la maîtrise ordonnée, celle sans failles, développant les fondements naturels de sa croissance dans la réalité la plus féconde.

Allant d'îles en Îles porter la nouvelle de l'assomption, de continents en continents libérer la pensée, écume et verbe, fenaison et moisson, abeille et miel, ainsi dans la raison de l'hymne qui vogue à la rencontre des rives sans oublis, là sous le zénith qui calligraphie l'Éternité et ses devises, ces Temples en essaims conservant en leurs pierres érodées tous les mystères des voix enfantées à la recherche de la Voie...

## De Véga

De Mars, dans la concrétion galactique de Véga, le souffle Humain s'en vient, alors que ses villes scintillent de florilèges, que l'espace immense ruisselle ses nefs qui vont les fins fonds de l'éternité. Il y a là mesure de l'élan sacral qui détermine une Humanité renouvelée, consciente de sa destinée et de ses forces, visitant l'insondable pour offrir à la Vie son chemin de lumière.

Et l'histoire nous est conte de cette formidable avancée après la sortie du siècle des ténèbres, ce 21eme siècle qui restera symbole mortifère par excellence, où l'on vit l'âge sombre exalter ses scories, l'usure pour principe, nasse de la servitude de la clarté du Vivant et de ses obligeances, voyant le non-humain régner une atrophie qui ce jour a rejoint les limbes de sa déshérence.

Après ce combat de l'Humain revendiquant son droit de vivre, le respect inconditionnel de sa condition, le respect salvateur de ses racines et de ses forces, par les désintégrateurs ne pouvant voir au-delà de leur atrophie, que le néant de leur illumination stérile. Il y eut non des révoltes mais un contre-pouvoir manifesté par chaque Peuple, renvoyant à la poussière les tentatives dictatoriales qui voulaient ne voir que quelques "maîtres" pour des milliards d'esclaves.

Et ces milliards dans un champ de floralies se sont unis pour araser la folie pernicieuse des incapables à vivre, sangsues qui ne voulaient voir le destin de l'Humain qu'au cœur de notre Terre, ce jour disparue, après que son soleil soit devenu une géante rouge, puis une naine blanche, enfin ce trou noir abyssal en lequel l'Humain, porteur de la Vie, eut lui-même disparu si la folie négatrice n'avait été chassée de son orbite.

Les Nations après le renvoi définitif des carnassiers, des parasites, non-humanité ne vivant que sur et pour la mort d'autrui, se réunirent et mirent en commun leur savoir, leurs données, leurs capitaux, pour fonder sur les bases d'une universalité symbiotique et non osmotique, le cœur de leur devenir, voyant chaque Être Humain s'épanouir dans un monde respectueux de ses racines, de ses appartenances, de son capital tant physique, biologique, qu'intellectuel, voyant s'organiser le pouvoir en son consentement de sa commune à sa Région, de sa Région à sa Nation, de sa Nation à son Internation, de son Internation à son monde terrestre, un pouvoir solidaire ouvert sur l'Univers.

La route était désormais tracée. Libre du fléau vivipare, l'Aigle pouvait s'envoler vers le devenir, l'Aigle Humain. Son satellite fut conquis et terra formé avant la fin de ce siècle, et les premières expéditions martiennes furent un succès. Ensuite toutes faces planétaires furent conjointes, voyant naître dans l'unité symbiotique déclinée la première constellation comprise. Alors l'Humanité s'élança vers les autres constellations, mage éloquence de la Vie, conquérant de multiples terres, rencontrant de nouvelles formes de Vie, intégrées dans l'assomption symbiotique du Pouvoir, et pour certaines invariablement matricielle à l'image des reptiles qui voulaient diriger une non-humanité, déclinée dans l'oubli, sinon la guerre en cas d'agression caractérisée.

Ainsi alors que de l'un des satellites de Mars en Véga, Sirius le jeune, un flot de nefs s'élance pour apprivoiser les chaînes de Tannhäuser, par-delà les septentrions de Neptune la beige, et que je pense à mon petit-fils, commandant d'une de ces nefs, qui va connaître ce que nous avons connu, des temps intenses, des joies divines, dans l'essor sans rupture de nos conquêtes, mais aussi des peines intangibles devant la perte des équipages, morts au combat où dans des explorations fatales.

Qu'en cette ère de Paix et d'Harmonie mes prières le rejoignent pour qu'il soit courageux et fier, comme chaque Être Humain qui porte l'oriflamme de la Vie par tout écrin portuaire. L'aube mage s'éteint pour laisser place aux deux soleils merveilleux de notre milieu, et leur pluie de lumière nacre le firmament d'un ruisseau diamantaire.

D'autres temps viendront, d'autres ères où la galaxie conquise nous nous élancerons vers le cœur de notre amas, avenir, certitude pour laquelle l'Humain est né, afin d'essaimer la multiplicité du couronnement vivant. Et ainsi par les siècles dépassant le temps puis l'espace pour s'unir à la destinée de la Vie souveraine, la régénération de l'Absolu souverain...

## Où se surprend le Chant

Où se surprend le chant de rêver, en consomption des signes, en apothéose des formes, dans le dire prononcé, sur l'écume des vagues, dans la moiteur de l'air, dans la chaleur des terres, dans l'embrasement solaire, nos équipages en semis commerçaient des cargaisons de règne, des cendres amazones et des rubis opiacés, d'Îles en Îles, aux portuaires abysses des désirs de parfaire, irisant des escales sans naufrage, des clameurs de tempêtes et des rires ardents aux danses saturnales d'étés indiens.

Par-delà l'inventivité festive, ils résonnaient les arcanes diurnes et nocturnes des souffles en répons du salut des aubes sous le vent, alors qu'aux zéniths leurs vœux s'éclairaient de fresques nouvelles, chemins de cales aux épices invariants, aux poudres d'or de roseraies de palissandre, débattant de l'avenir des courses frontales sur l'horizon du Verbe, là sur ces flots d'azur ou de bourrasque qui les portent au firmament, dans la quiétude, la bravoure et parfois la peur au sommet des tempêtes qui les secouent comme de simples fétus de paille, pour joindre les florales demeures d'oasis précieuses.

D'eaux vives affirmées délivrant des cœurs le cil de la beauté, de l'exaltante passion qui marbre, maritime, des passementeries d'ivoire, des sources de conflits gréés, des flottes naviguant des pavillons distincts, concert de canonnades épiques et d'assauts intrépides, striant des fumerolles évanescentes sur l'immensité diaphane des eaux calmes ou agitées, toujours égales en leur densité, s'amusant de ces écharpes de corail se disputant un butin sans lendemain.

Ainsi alors que fendant la brise, vers l'Ouest ils poursuivaient leur route, et que dans le ciel des myriades d'oiseaux lyres enchantaient les dernières convoitises de la brume, que le soleil ardent attisait le temps neuf, ce temps de leurs chemins, ce temps de leurs écrins, les avisant concaténation de tous les lieux, hymne de certitude auquel chacun d'entre eux rendait hommage, avant que de repartir vers ses tâches quotidiennes qui sont moissons de leurs essaims, dans le sourire faune des gerbes de cristal, dans les parures souveraines aux couleurs chatoyantes, liserés de jardins édéniques aux larmes absentes.

De nefs glorieuses, architectonique de chants sereins vibrant à pâmoison l'empire de la Vie, de ses alizés somptueux reprenant ces mélodies de bonheur que seuls les amants savent conter, ainsi et dans leurs ondes, ils s'endormaient du sommeil du sage pour voguer à nouveau vers l'infini, ses cristallisations, ses écharpes de sommeil précédant l'éveil et ses fabuleux horizons à conquérir et essaimer...

## Chant de printemps

Et nous sommes messagers des temples d'ivoire aux parchemins enseignés, protecteurs des règnes, avançant sans refuge aux armes du soleil, nos armes en écrins, et la nuit pourra tomber que nos enfants seront à l'abri, que leurs rires et leurs sourires pourront poursuivre leurs voies en majesté, et le ciel pourra se fendre d'éclair que leur chant ne sera abîme, et les terres comme les Océans pourront fondre sur notre univers que leurs cils ne seront inquiets, car nous sommes là, Guerriers fidèles de la Vie, inflexibles devant les événements, marchant aux combats sans laisser transparaître la moindre émotion sinon celle de vaincre la terreur, détruire l'orgueil de la violence, conjuguer l'essor de la Paix.

Nos pas en chemins de terre, nos pas en écrins des mers, nos pas par les airs, hâlant l'immensité pour retrouver l'harmonie perdue par les fronts du parjure, ici et là, dans les sentes les plus sinueuses, par nos forêts ancestrales, nos chaumes de pierre gravitant les cimes éblouies, nos prés et nos vallons et nos villes délétères, ardents brasiers des corruptions métalliques, lavant l'injure comme l'affront dans des échanges démultipliés cristallisant nos terres d'assauts intrépides.

Là, ici, plus loin, en vols fertiles, venant, disparaissant, déjà oubliés par le navire chaviré, enseignes d'innombrables ardeurs, voyant naître en chacun la capacité de se fondre dans l'éternité, pour libérer la Vie, ainsi par l'aube téméraire, ainsi par la nuit sédentaire, tandis que les chiens de guerre disparaissent sous le feu de nos essaims, tandis que des villes nous viennent les hymnes de tout un Peuple qui acclame nos élans, et que nos morts, par-delà la Vie, désignent nos victoires.

Victoires du Vivant, victoires en semis qui parlent notre Histoire, impérissable en nos mémoires, victoires qui ne se désignent sans compréhension du don qui naît en chacun, ce don de la Vie à la Vie d'autrui, universelle désinence, que l'enjeu domine par le jeu souverain, voyant décimées les hordes barbares, hordes par nos terres, hordes par nos hymnes, balayées impitoyablement jusqu'aux houles des mers anciennes, dans ces flots de l'Océan majeur qui contemple notre lieu.

Au-delà des outrances, au-delà des règnes sans lendemains, au-delà des rubis sombres qui s'abreuvent du sang des innocents, hordes contenues et maîtrisées par notre garde Chevaleresque, là, au préau de nos frontières inamovibles, gardées par des guerriers toujours renouvelés, la Croix pour symbole, lavant l'injure et la prosternation dans un chant de guerre qui porte l'effroi jusqu'aux rives les plus lointaines, dans les âges qui s'avancent, restituant l'Ordre et la Sécurité séculaires à nos Peuples.

Volition de l'ordonnance qui frappe à nos portes, résurgence de nos racines inoubliées, ainsi par-delà les talismaniques errances, les atrophies et les stigmates de la barbarie, par-delà les contes désœuvrées et les histoires stupides contées hier par ces troupeaux de rives sans avenir qui pensaient corrompre la nature profonde de nos cœurs, qui pensaient circonvenir nos forces, et qui ce jour disparaissent de la mémoire Humaine pour toujours, ainsi alors que se lève dans les cieux le Soleil invincible et que nos regards se déploient sur l'horizon afin d'en œuvrer l'avenir harmonieux...

## Hymnes en écrins

Des hymnes en écrins, joies sereines aux cils mordorés, nous allions le sérail des chants, dessinant dans l'azur les divines errances, les rêves éblouis, ces fastes dont la mémoire remonte les sources ataviques, empreinte sous la nue les voies surannées qui développent en leurs sillons des vagues altières et souveraines, clameurs sous le vent, aux fraîcheurs matinales, aux soirées vespérales et dans le midi d'une heure simplement, clameurs de l'horizon.

Alors que le ciel en son zénith, inoubliable, nature le Vivant, éblouie le berceau des algues, enfante le secret riverain des florales jouvences, fête des règnes couronnés, des altières définitions du Chant dont les messages éclairés nous enseignent, haute vague et pur respire, danse du verbe qui s'alimente, ingénu, fertilise l'appropriation des souffles, s'étoffe des brises marines pour d'un chœur triomphant étonner le monde de sa nuptiale correspondance, ainsi alors que descendent des fleuves colorés de gerbes de corail des nefs talismaniques que l'azur féconde.

Ambres en semis de cales emplies de blés, de seigles et de flores, passementeries d'épices opiacées attendues par de portuaires écrins, là-bas par-delà les îles enfantées, boisseaux des temples à midi, où diaphane la luminosité envole un parfum, compagnon d'oiseaux lyre aux plumages chamarrés de houle, cortège précieux dont les regards ardents sont épithéliales renommées, cortège souverain des soupirs de rives alanguies aux plaisirs enchantés.

Que le couchant des lys irise d'une fluviale arborescence, raison de l'éternité, de ce flux d'ambroisie qui coule dans les veines de chaque être vivant, flux et reflux, harmonie de toute devise, celle déployée, celle désirée, celle inoubliée, de l'Amour le cristal lumineux exposant ses mille facettes réverbérant la pure lumière de toute densité, pour porter aux vivants la raison de ces mondes qui se déploient, agissent, se perpétuent, disparaissent puis renaissent, au-delà des temps, au-delà des espaces, afin de porter la Vie en son affine splendeur, l'éternité en son sérail, l'Absolu souverain...

Des signes

Des signes qui s'entrecroisent, vont et viennent, majeurs dans l'océan des passions qui s'égarent, s'évanouissent, puis reviennent en force pour agiter leurs évanescences sans gloire, des signes sans couronnes qui s'autorisent, s'invectivent, s'affrontent, et dans la dérision de leurs conjonctions broyées s'affirment indécences, des signes effeuillés, noctambules des clameurs qui s'épanchent, s'enhardissent et se devisent, aux voies périssables des demeures adventices, des signes aux profondeurs glacées et illuminées qui charrient l'insolence, ce verbe faux dont les aisances s'en viennent des prémisses de décompositions adulées.

Signes en corps, signes en fêtes, où le regard se porte pour en voir l'abstraction, cette demi saison de la décadence qui se prépare à disparaître dans le néant de ses certitudes, dans le développement sidérant de son étreinte mortelle pour l'espèce Humaine, signes en répons des pleurs du Soleil, des larmes amères de la Terre, des nuageuses perceptions des Océans, toutes vagues sans refuge qui dressent sur l'horizon le voile noir de leurs stances samsariques, danses de la nue éprouvée, danses de la vie éreintée, danse aux brumes constellées où se lavent dans un frisson d'or les leviers de la destruction, cadavériques oripeaux des splendeurs consumées, aux diaphanes errances achevant leurs propos dans l'outrecuidance de leur défaillance.

Cette défaillance vitale qui les conduit inexorablement vers la prêtrise de la mort, dans la conjuration qu'ivoire les temples à genoux où grouillent toutes les infections de leur rutilance, des quatre points cardinaux aux quatre éléments dans un indicible acharnement, tempête du mensonge légiféré, colère de l'ignorance infligée, voracité de mondes clos qui tournent de plus en plus vite sur eux-mêmes avant que d'exploser et se dissoudre dans le cœur des lois naturelles qui veillent le destin Humain, signes aussi qui s'entrechoquent dans la clarté diffuse, par les opiacées qui règnent, orées des jours enfantés qui relèvent le défi, tels les Bouddhas de ce Monde, unissant leur destin pour combattre l'hallali, tel Ajurna, Prince du Ciel et de la Terre, en conseil de l'illumination, ordonnant à ses guerriers de traverser le fleuve de la virtualité afin de restituer au réel sa parenté sublime.

Tels les Chevaliers du Temple, en liens sacrés, préservant la Vie par-delà la déshérence, toutes forces bâtisseuses de ce Monde, élevant ses oriflammes afin de gréer par-delà les ruines des civilisations le lendemain du songe, ce lendemain développant dans la forge la flamme vive des diamants foudre qui iront ce vaste monde le préambule du renouveau, hâlant les gréements de la temporalité dissoute par les frénésies périssables, redressant le cœur en sa palpitation divine, orientant avec la précision du sage l'architecture sacrée dont les rêves effeuillés en l'exonde perception des temps livreront sur l'horizon le métabolisme précieux du devenir, hissant les brumes aux agapes des règnes pour les réduire au néant qu'elles n'auraient dû quitter, devant la sapience de l'autorité naturelle jugeant le crime avec célérité, sans l'ombre du doute, devant l'inexcusable, l'intolérable, reléguant aux délétères dérisions les masques emprunts qui commuent le réel en la fourberie du virtuel.

322

Dans ces îles closes où la folie saura rassasier leur folie, ce crime impie envers l'Humanité, envers la Vie, et dans cette grandeur qui sied à la justice, renvoyant à jamais ce qui fut ourdi involution aux poussières de l'Histoire, réveillant l'aptitude comme la promptitude de ce chemin oublié de la Voie, qui ne s'attend, cette Voie de l'Humain unissant son avenir à la pérenne aventure de la Vie, en sa flamboyance, ses écumes, ses joies et ses sérénités, partant du cœur vers le cœur de toute existence, de l'individuel vers la quantité, en résonance, dans l'ordonnance harmonieuse de la complémentarité inépuisable, dans la volition inexpugnable de ces Humains qui hier encore n'étaient que les esclaves d'un rite dont la matérialité la plus ignoble les confinait au sacrifice le plus primitif, ce sacrifice de servant, ce sacrifice de dupe, ce sacrifice à l'irréalité et ses exploits conjugués par la destruction de toute existence.

Demeure ce jour ignorée, lovée dans sa carapace d'aveugle et de muet, aux sens maîtrisés par la raison du silence, la raison de l'aveuglement, car comment pourrait-il en être autrement, l'habitude de recevoir sans ne jamais donner étant ici vecteur de la plus horrible des prisons lorsque cessent les dons de toutes formes comme de toutes sortes, lorsqu'on doit pour se nourrir travailler et non attendre qu'on vous nourrisse, prison de la prévarication, de la futilité, du sordide, de cette dérive intellectuelle mutant l'organisme à sa déficience, condamné qu'il est de s'accomplir dans le substitut, la désincarnation, le repliement, ce vide circonstancié du matérialisme vorace où l'humain anéanti se réjouit de sa propre prostration, de l'abîme qui le détruit et l'ordonne en sa propre destruction.

Ignoble image que connut la Terre en ses abîmes voyant le non humain ignare se lover dans la désinformation la plus violente, l'ouïe fermée par le masque de cacophonies déversant leurs mots d'ordre, le regard percé par la propagande télévisuelle et cinématographique, le foot ball, l'aporie universelle, nouveaux jeux du cirque Romain, la parole tue par les tueurs nés de la pensée désignant la pensée unique, l'histoire unique, la science unique, la philosophie unique, monstres castrés dont l'atrophie s'imaginait élective de l'aventure humaine lorsqu'ils n'étaient que les mentors de thanatos, leur maître en toute chose.

Ainsi écoute, regard, parole, enchaîné le non-être se dévoilait, ce paria de la nature, cet errant de la Vie, ce déraciné de la Terre, loque qu'il eut fallu devenir, applaudir, encenser et glorifier, mais c'était sans compter avec la Vie, la Vie limpide et sereine qui ne s'embarrasse de cette fioriture, de cet épouvantail sans lendemain pour son avenir, de cette lamentable chose s'extasiant de son impotence qu'elle aurait désiré impotence de toutes formes de vie, Vie en contradiction formelle avec cette dérive, Vie souveraine ne se laissant freiner dans son avance impériale par cette moisissure adventice, cette fabulation héritée dont l'atavisme pernicieux, illégitime, s'autocouronnait, Vie relevant le défi de cette répugnance voulant guider les Races, les Peuples et les Êtres vers leur tombeau, Vie souveraine et magnifiée dépassant ce carcan des illuminations pour restaurer la résurgence du feu de chaque Être Humain, officier sa temporalité et la libérer de ses entraves, non dans un sursaut frénétique, mais dans la raison de l'interaction entre les nécessités, transcendante et immanente.

Délibérant ce seuil inexpugnable où l'Humain franchi pour toujours la frontière le séparant de sa nature matérielle en le menant vers sa nature spirituelle, ainsi, sans équivoque, le voyant debout au milieu du marasme, constructeur pour toujours, officiant la désintégration de la pourriture, l'ensevelissement de la charogne, la nucléarisation de la putréfaction rongeant l'Humanité, ses Races, ses Peuples, ses Ethnies, ses Êtres Humains, afin que s'ouvre leur chemin vers leur accomplissement et non leur destruction, ainsi dans le rayonnement de ce siècle, alors que ce siècle en ses prémisses voulait voir disparaître l'Humain au profit du non Humain, ainsi dans la puissance de ce siècle où l'Humain révélé désigne l'Avenir impérissable, celui de sa réalité qui n'est pas de se vautrer dans la fange mais de s'élever vers l'Éternité et par complémentarité de faire s'élever, l'Humanité en ses Identités vers sa destinée magistrale qui n'est pas celle de rester conditionnée dans ce berceau terrestre mais bien de conquérir l'Espace et sa densité !...

## Des cils adventices

Clameurs en règnes des cils adventices, des souffles divins aux marches florales de l'Univers, s'en viennent en ces semis les rives altières de l'aube, en ses écrins, ses jouvences et ses luminosités florales, et le Verbe, en leur sein, s'émerveille d'un Chant de renouveau, pluie d'arc-en-ciel des messagères perceptions, de leurs œuvres et de leurs chœurs vibrant à l'unisson la pulsion des énergies sacrées, là, dans le site de la beauté nuptiale éprise des lys horizons, dans l'écume ardente des fenaisons et des moissons, des agapes de la nature et de ses vœux, des rives aux immortelles incantations planant par-dessus les eaux, pour enfanter le sillon de l'éternité accompli dans la raison des sens éveillés à l'harmonie splendide des invincibles partitions de la Vie qui ne s'effeuille mais toujours s'avance dans la parousie.

Son chemin d'arborescence cristalline, alors que le feu tresse ses ondes majeures, ses éclairs splendides, toutes vagues prononcées sans absence, toutes houles déversées fières et magnifiées, sur la nef des coralliennes appartenances, de l'éblouissement participe de la transe de l'ivoire, du palissandre, des épices les plus singulières qui sont charges des cargaisons du rêve, du songe, déployant dans le réel les ornementations de l'avenir puissant qui ne s'outrage, toujours s'affermit de la contemplative nécessité avant que de naître l'agir souverain, là, ici, plus loin, déployant ses oriflammes vertueuses, ses promesses d'aubes victorieuses, et ses enchantements glorieux dont les lourds tambours de bronze résonnent la perfection, aux danses des arcanes mugissant dans les flots, atours des cils en éveil, des villes aux paysages clairs façonnant l'immensité et ses nectars.

Dans la pluviosité d'un sacre, dans l'épreuve d'un respire, dans le partage d'un signe, ce signe de la fécondité qui ne se trahie et délaisse les portes sans issues des mondes larvaires grouillant des vers de l'infamie, du désordre et de ses lambris, toutes voûtes oublieuses de la raison des mondes ne pardonnant aux insensés, aux transfuges de la nuit, aux cohortes atrophiées dont les palinodies sont de stériles invocations face à la pureté diamantaire seyant à la foudre qui se développe, enfante, initie, et perdure par la Voie de l'accomplissement et de ses âges, dans le firmament brillant du soleil invincible, où s'ébattent les flores abyssales, les faunes épousés, les Humains, enseignes de son avance imperturbable, Substrat de l'heure des stances forgeant les lendemains, Substrat dont les constantes irisent d'un flot ardent les Îles sans repos de la conquête comme de l'éblouissement, et dont les naufrages ne sont qu'épiphénomènes aux troubles vagissants disparaissant devant la perception affine.

Ainsi aux clameurs de ces mondes qui s'affligent et se désintègrent, ainsi aux clameurs de ces rives qui se replient sur elles-mêmes pour mieux disparaître la réalité fantastique, ainsi alors que chevauchent le devenir comme l'avenir cette réalité dont les miroirs se brisent sous le regard connaissant, pour dévoiler la densité de cette Voie qui en chacun parle et que bien peu écoute, Voie de l'orientation souveraine tressant ses ornementations par-delà la matière comme par-delà le spirituel, dans une navigation téméraire du fruit de l'esprit dissipant les contraires, qui, symbiose, déjà naissent l'immortelle randonnée de l'Harmonie, ce Verbe né de la rencontre entre l'Immanence et la Transcendance, désignant la vitalité en ses ordonnances, ses conjonctions, ses rayonnements, et ses cristallisations, demeure du Vivant dépassant la condition des strates se lovant sur elles-mêmes afin de se défendre de la puissance naturelle veillant, et toujours s'imposant pour disparaître les défaillances de son hymne, hymne de la Vie fulgurant chaque espace comme chaque temps pour en concaténer le degré d'existence et induire en sa portée le symbole de cette évolution qualitative qu'elle doit ordonner afin d'induire l'Éternité et son sérail, Voie de l'aube en ce chant messager qui prononce, veille et maîtrise, l'avenir Impérial qui vient...

## Des âges conquérants

Insignes des âges conquérants, règnes de l'ivoire, des marges continentales s'en viennent aux bruissements des brises, dans la fureur des vents, dont l'éponyme danse initie les souffles des vagues prononcées de houles, délivrant des chants où vagit l'éternité, en voie du devenir que nul ne peut ignorer sous peine de s'ignorer soi-même, ultime rivage adulé des perceptions diaphanes et des enchantements secrets, aux villes en ruban, sinuées de rêve vierges contant de la beauté les enfantements de la parousie, les clameurs de l'ardeur, la tendresse de l'harmonie, arborescences frontales aux temples gravités où se tiennent en table ronde les offices de la nuptialité souveraine, voie du songe où se révèlent le réel et ses écrins, ses portes en majesté, ses sentes en écumes, ses orées de lisses fenaisons, et ses vastes féeries distillant dans le miroir des ondes des sources de nectar où s'apprivoise le verbe.

Horizon de félicité aux architectonies majeures délivrant par l'horizon un arc-en-ciel de symphonies, une pléiade de mélodies, et dans le creuset des vagues, cet Aria universel qui mesure la félicité de la Vie en son essaim, gloire messagère des frissons de l'aube, des rives éveillées et des cils éclairés, dans la désinence majestueuse partagée se déclarant félicité des œuvres, enchantement précieux des sources et des fleuves, des mers et des océans dont les écumes sont floralies des mondes, passementeries d'ivoire et de règne développant les signes des constellations aux galactiques épanchements, corolles de vagues azuréennes dont les émaux franchissent les flots des temps pour initier l'éternité aux facettes en nombre des éclairs de la pulsion des univers, dont le Cœur palpite la raison, l'ordonnance et l'embrasement, levant des équipages passant aux courses saisonnières les anses à midi des laves délétères, assignant d'aristocrates langueurs aux propices embellies statuant des horizons les limpides essors, en clameur du règne, en souffle de ces empires renouvelés malgré les pâleurs des rites à genoux, des rus ombrés de lichens assoiffés, toutes congruités bouleversées en l'officiant rayonnement qui se meut, jamais ne meurt, délivrant par les espaces leur désincarnation, leur dénature, aux faces humiliées convergeant vers l'abîme suranné de leurs oublis, de leurs prêtrises, de leurs absences.

Renouvelant ainsi les principes de l'Ordre naturel qu'aucune énergie ne peut troubler, car intégrante et intégrée en sa raison, nuptialité sans équivoque déployant ses ailes conquérantes, là, ici, plus loin, dans une loyale fenaison, dans cet essor merveilleux annonçant la mutation des mondes et de leurs équipages, à la voie gréée sans route sombre, à la voie adulée sans prosternation, à la voie sublimée par le cil de l'imaginal dont les rimes franchissent le fleuve incarné pour en découvrir l'harmonie sans fin, sans rupture, sans tragique errance, aux rives ouvertes sur la compréhension, la maîtrise, et déjà la capacité de correspondre à la fois l'univers initié et la pluralité des univers révélés, haute vague allant le firmament, ses odes et ses hymnes, ses divines constellations frappant à la porte matérialisée pour en confondre l'évanescence, pour en signifier l'abondance et naître en leur recueil la faculté d'un accueil, ainsi, alors que la pluie danse des rythmes nouveaux, là, aux arceaux des lourds tambours de bronze, assemblant les Peuples éveillés couronnant l'infini de la splendeur par leurs actes héroïques et précieux, dans la concaténation des chants, devise de l'Ordre souverain seyant à leur plénitude enfantée...

## Constellation

Constellation des âmes aux fruits d'hiver azurés, qu'initient les mondes adulés aux surfaces enfantées, de vives arborescences leurs émaux et leurs chants s'en viennent des sources lointaines aux clameurs des étés précieux, dont l'Univers parle dans le chatoiement des ondes de la présence diaphane des œuvres assumées, dans ce creuset de l'Or souverain palpitant, au cœur de la monade de toute fête, l'enchantement de toutes Vague, splendeur des mots et des phrases dont le verbe entonne le refrain des hymnes.

Là, ici, plus loin, dans la profusion des rêves, dans le jaillissement des rives où l'Éternité demeure, inaltérable, inépuisable, altière beauté des sacres de la Vie fructifiant le temps comme l'espace, l'indivisible en l'invisible, concaténation du souffle inépuisable, invariable en sa densité, sa préciosité, son éloquence, des cils l'ardeur en ses promesses, des songes les prouesses, vaste flot d'écume naviguant les demeures solsticiales, dans la raison des mondes, la perception des univers, l'éblouissant message de la vie, régissant sans orgueil les cycles des chants, dans leur heureuse destinée, leur tendre éloquence.

Dans ce creuset des sites où le frisson s'élève, telle une mélodie aux frondaisons azuréennes, annonçant aux courants des vents porteurs ce message de fête, le message vivant, bruissant de voix antiques et nouvelles, assurées et timides, délivrant au zénith l'hommage le plus vaste à la Création, dans la luminosité, la clarté divine, l'effervescence tellurique, la splendeur Ouranienne ou la vision chtonienne.

Par-delà les abysses et les cimes, délivrant d'une pure autorité son flamboiement, mesure de l'essence même de tout faste comme de tout couronnement, voyant frontal des rythmes effeuillés et exondés, le cil éveillé répondre l'ordonnance de ses degrés, de l'humble destinée la majesté jusqu'au phare lumineux étendre ses ramifications par les myriades étoilées, tandis que sur le fleuve impétueux se dirige la nef de la puissance comme de la beauté, de la sagesse comme de l'équilibre, où chacun, passager, ne se contemple mais bien au contraire agit la vertu du rayonnement éclos pour fertiliser les demeures encore en sommeil.

Voie de l'astre fructifiée, initiée et déployée, comme la houle jusqu'aux pierres de granit polies et repolies jusqu'à l'évanescence de leurs scories, danse des algues à midi, danse des cils en écheveaux, danse encore des corps irisés, danse de la Vie précieuse ruisselant ses sources, éclairant ses fleuves, embrasant ses Océans, alors que l'Être en sa multiplicité s'ordonne.

Officiant en sa splendeur sa demeure d'un instant, résorbant des vols pathétiques, par l'appariement des rêves comme des songes, pour inscrire volition de la théurgie de la matière, la vitaliser et la réguler dans l'annonce d'autres moissons affines, aux vastes pléiades d'harmonies, aux vastes enfantements de préaux, par l'insistance du verbe, mesure de toute illusion comme de toute réalité, inscrite par l'éternité qui veille...

## Essaim des villes

Essaim des villes à midi, de clartés diaphanes aux marches du corail, nous allions ces sites en promesse, écrins des âges de la pluie, des roseraies les stances adulées, mages et sinuées aux âmes vagabondes, orbe en fête du vivant, et nos respires ouvragés de plaines en collines, de vallons en orées irisaient un souffle précieux, sans allégeance aux mystères, sans désinence autre que celle d'une harmonie merveilleuse, suavité des chants, prononciation des hymnes, que l'éclair souverain désigne.

Là, ici, plus loin, armature du règne de nos cœurs palpitant le sérail d'un hommage, dans l'élégance du vœu vivant, dans l'appariement des ondes aux surfaces moirées de songes, dans ce labyrinthe équinoxial dont les faces multipliées renvoient les éclats du soleil en majesté, ainsi et le fruit et le flot en cet ivoire conquis, cette force sans faiblesse alimentant l'éternité, dans ces semis ornementaux tressant de leurs fresques les mémoires antiques, leurs berceaux, leurs fortifications, leurs mesures comme leurs demeures, insignes aux éblouissements fractals devisés, illuminés, loin des opiacées, témoignant de cette grandeur naturelle qui fut.

Haute Vague aux falaises ardentes où se nichent les circaètes attendant le chant des buccinateurs et la sonorité des lourds tambours de bronze pour s'élever vers l'immensité, voile surannée des oasis effeuillées, transe des temples à midi irradiants, alors que le vent d'Ouest, toujours le vent d'Ouest, enchante la brise du matin d'une mélodie nouvelle à voir, conjonction des rives de ce temps, aux rires et sourires des êtres de ce chant, appel au zénith, à l'ascension des règnes, dont la mesure des cils déploie une oriflamme.

Tandis qu'en chemin les galops fougueux des chevaux sauvages s'éloignent, tandis qu'au plus près se tient le lieu, ce lieu de tous les sentiments, ce lieu de toutes les aventures, ce lieu de toutes les actions, ce lieu divin de l'Imaginal, voyant son détenteur vivre cent mille et plus vies en une seule vie, et bien plus encore par la reconnaissance géométrique des univers en rencontre, de desseins et de destins, bien plus encore, par l'infiniment petit comme l'infiniment grand.

Dans la circonvolution des mondes déployés, enhardis, prédisposés, initiés, dans des clameurs adulées, des danses épousées d'éclairs aux stances du zénith, aux épures cristallines des quartz matinaux, et dans la foudre des talismans aux flamboyants écrins de règnes adventices, là, ici, plus loin, dans l'écheveau des algues moirées de rêves, divinations des temps dont le croisement affirme l'autorité d'une veille à l'harmonie sublime, où la pluie s'espace pour ordonner la sérénité et acclimater la beauté...

## Des Îles sous le vent

Des hymnes de la pluie au souffle de l'embrun, nous viennent des îles sous le vent aux vagues amazones, aux fruits d'hiver et aux passementeries d'Éden, aux coralliennes effervescences de gréements aux stances irisées, celles qui parlent de l'écume, des nidations d'abeilles et des échanges de joies, celles qui parlent de la houle, des alizés ouvragés de certitude, des sépales éveillés aux fresques adamantes des constellations de vivre, celles qui parlent du crachin, des sources et des rus des moments d'émotion couronnant un instant de larmes safranées, toutes celles encore allant et venant les parcours intrigués de la Vie en ses raisons, ses imaginations, autant de voiles sur l'horizon reconnaissant l'infini, ses préambules et son autorité, dans l'enchantement des songes et la vivacité fertile des mondes.

Agapes des gloires assumées, des victoires fécondes, mais aussi des défaites en semis, écheveaux de l'humilité marquant de leurs ombres les faiblesses circonscrites, l'étroitesse d'une vision, l'impermanence des rives aux tempêtes dressées, fronts des vanités servant l'oubli, essors de l'inconsistance se repliant, aux vagues déferlantes, lavant à l'aune de la lumière l'espérance d'un renouveau, voyant les cils ouverts en répondre la fermeté de l'horizon précieux dans une désinence majestueuse laissant le ciel inonder de pluie Solaire, feu des cieux, chaque source de la Vie.

Feu sacral au zénith contemplant sa création sublime, alors que témoin, le chant, dans sa divinité s'éclôt, parlant des rives à naître et prospérer, des souffles à éveiller et libérer, des tendres élans du cœur comme des gravités fécondes, de ces rives hissant les pavois de l'alacrité comme de la détermination par les routes à parcourir, reconnaître, maîtriser et déjà dévoiler, là dans l'orée où se tient la lyre de l'éternité, conseil des âmes, clameur des cœurs, félicité des esprits, rectitude des corps, harmonie de l'éveil en ses irradiations souveraines, écrin de la sagesse voyant du Vajra la conscience de ce monde, traversant les événements sans que ces événements ne l'atteignent, dissipant l'ignorance pour libérer le savoir, devisant la juste luminosité dans l'ombre et ses ruptures, hissant le pavois de la Liberté sur les antiennes des mondes affligés, toujours en veille par les abîmes comme les cimes.

Combattant de la Vie, hâlant de rives en rives les ponts permettant de réunir les invariances, dans la pénétration des ondes en semis, des souffles de l'azur et des préciosités sacrales émondées, haute vague dans la bourrasque des temps, dans l'enchevêtrement composite des espaces, dans les flux et les reflux des univers, passant de seuils en seuils, de portes en portes les abysses comme les règnes les plus prompts, distillant en chaque regard et l'interrogation et le pouvoir connaissant, et dans l'intimité du cœur la mansuétude convenant à la sagesse ignorée.

Énergie sublime développant ses arcanes en toutes faces des cristaux pleuvant par les densités matricielles des équinoxiales randonnées, tandis qu'arène de son champ se tient immobile l'absolu divinité, ultime condition, par-delà les faisceaux de l'illusion, les psychodrames de la virtualité, les faux pouvoirs épanchés, tous ces épiphénomènes qui ne sont que les étoiles filantes des avenirs estompés, laissant place à la pure destinée de la Vie, dont il est gardien, en la parousie des mondes, dans le granit comme l'énergie la plus lumineuse, dans cet abandon des sens naissant tout un chacun au sens universel, celui de l'essor du Vivant, par-delà les poussières d'étoiles, par-delà les cristallisations, dans cette fluidité remarquable conditionnant le temps comme l'espace, afin de régénérer la viduité, ainsi et dans l'éternité, où le temps comme l'espace ne sont plus matrices, ainsi alors que le soleil en ce lieu flamboie la mesure potentielle de tout avenir...

## Respire souverain

Signes en force de la nue au respire souverain, s'en viennent des lys horizons les fruits d'hiver et les chants magnifiés des splendeurs antiques, un jeu de règnes aux marches cristallines, des essors la splendeur de l'écume aux sablières allégeances, là, dans le prisme des quartz opalins, où se niche, diamantaire, l'effluve des fronts d'or, grenat des âmes épousées, des cils ouverts sur la beauté, éclos des souffles irisés, harmonieux dans la candeur, mélodieux dans le bonheur.

Toutes formes effeuillées aux rythmes sibyllins enseignant, vertus propices, les émois d'un chant, et la parole d'une voie, volition couronnée des mondes initiables, de ces océans symphoniques qui interrogent nos mémoires, dans l'appréciation des rives déployées, caravansérail des signes de la pluie, des odes solaires, des souffles minéraux, des stances de l'éther, mugissements des flores par grand vent, des cimes des chênes millénaires sous l'ardeur du zéphyr, des enchantements des mousses sous la brise, et là, dans la féerie des mers, improvisation des brumes silencieuses puis des éclairs de lumière, écrins des vagues au zénith, que le Verbe en sa destinée nature d'une vêture festive,.

Agape de la joie de la luminosité brillant dans les regards, irradiant la fertilité, la souveraineté, la densité d'être pour l'être que chaque être répond dans l'incarnat de la beauté, ainsi par les cimes et les abîmes dressés aux parcours vivants, ondes dont les sinusoïdes zodiacales s'entrecroisent et s'entrelacent, à la recherche de l'équilibre des mondes traversés, ici, là, plus loin, toujours à la recherche de cette harmonie plénière qui est condition de toute légitime appartenance.

Que le sage répond, en l'ordonnance propitiatoire, dans la nature même du cœur dictant l'autorité naturelle afin d'ouvrir l'horizon à la Vie majestueuse en ses écrins solidaires, haute vague du firmament induisant la jouvence éternelle des œuvres de florales demeures aux caducées des règnes enfantés, abreuvés par l'apogée d'un espoir, naissant le fleuve nourri de poussières d'étoiles, enchantant d'autres hymnes, d'autres témérités, d'autres promesses, d'autres songes et d'autres rêves, dans la mélodie fractale éblouie du partage, dans la fête du zénith devisé, alors qu'au loin le son des carillons annonce de nouvelles temporalités, diaphanes et limpides, aux conjugaisons vibrant à l'unisson l'épopée vivante qui jamais ne se perd dans les congruités des concaténations équivoques.

Mais bien plus vive s'élance, impériale, vers la destinée souveraine de la Vie, dans la flamboyance comme dans l'humilité, toujours en voie d'appartenance, assignant des navigations à l'affleurement du chant, par la préhension de rimes en nectars, de verbes en échos aux reconnaissances d'azur virginaux, conditions de l'Unité gravée au-delà des rites, transcendant toute force pour l'advenir à la maturité des souffles, là, ici, plus loin, vers des horizons limpides, des sites enrubannés sans oubli, des stances en semis de pluies, des marches de cristal nées d'une parousie, alors que dans les cieux en écheveaux les nuages disparaissent dans une danse subtile pour laisser rayonner l'astre enchanteur.

Porteur de toute aventure, de tout royaume, de tout empire, gréant les voiles des nefs souveraines des âmes Humaines traversant les portiques immenses des espaces infinis, navires en sèves aux parfums inhalés, navires en transe aux émaux gravités, navires encore aux larmes d'acier, aux armes de ce mystérieux embrun cimentant l'éternité dans la raison profonde de toute viduité, évacuant la vacuité pour prononcer l'intemporalité, nervure de l'aube transcendée déployant ses oriflammes sur toute vague azuréenne par ces milliards d'étoiles en essaim glorifiant les univers essaimés, ainsi alors que le vent tombe et que s'élance dans le ciel un circaète dont le vol nuptial rejoint l'immensité.

## Des Âges Souverains

Des âges souverains, il fut un temps pour tout cela, un couronnement majeur par les splendeurs de la Terre, et dans ce creuset occidental l'aventure y trouva chant, là aux cycles Celtiques, embruns aux parfums de rêveries conquérantes, alors que les vagues majestueuses éblouissaient l'horizon, vastes prononciations des flux et des reflux des œuvres enfantées, aux voyages d'échanges et de rites, mais aussi de combats et de foi, dans l'abîme comme sur les cimes, constante d'une voie, une tripartition ne se voilant ni ne se désunissant, Mage, Sage, Guerrier, des écrins du royaume, livrant bâtisseurs le souffle au vivant, ce clan, cette force Humaine développant sa désinence dans une expression éternelle, née du sang, née de cette féerie génétique qui distingue, oriente, acclimate, développe et enfin se dresse sur l'horizon pour naviguer leurs complémentaires éléments à transcender.

Là, ici, plus loin, aux rencontres farouches comme aux rencontres décisives, dans les clameurs des combats sous le firmament, cris de guerre enfantée, constellant la mémoire humaine de fresques héroïques, annonçant la victoire, la défaite, toujours la grandeur de l'honneur, l'honneur que l'on mérite, l'honneur qui ne s'achète, l'honneur glorieux de vaincre pour vivre, de vaincre ou mourir, la mort n'étant en ces lieux qu'un passage et non une finalité, ainsi dans l'ombre de l'ombre falsifiée de nos époques ténébreuses livrées à la barbarie du crime, ces instants du sacre de la pointe Occidentale.

Dissipés des aperceptions, délivrant la vision claire d'une ordonnance tribale et claire, statuée dans la légitimité des appartenances, dans la multiplicité ethnique désignant une équation matricielle conjuguée basée outre sur l'honneur, sur le respect mutuel, horizon de pleine destinée délivrant à la paix un regard d'aigle, à la guerre ce même regard, l'Aigle en tant que principe et archétype initiant la raison comme la passion à un équilibre majeur, permettant la naissance du pouvoir sublimé, du pouvoir transcendé, du pouvoir qui n'est domestiqué par aucun élément conjugué, qu'il soit matériel, spirituel, car les intégrant et les restituant à leur juste place.

Ainsi alors que les cieux qui n'avaient rien de sauvage comme l'exprime l'histoire réécrite en nos temps de bestialité, et que des clairs espaces s'embrasaient pour œuvrer dans et par les racines la mesure de fleuves en puissance, livrant alliance par la parole ou bien le fer, toujours en cet équilibre triparti, s'élevant vers les sommets non de la puissance, mais de l'harmonie, temps glorieux des âges lumineux initiant aux surfaces occidentales l'Art ultime qui est celui de gouverner, voyant les âges requérir les âges, et dans l'assemblée souveraine naître les Peuples, fratries de la pérennité, constellations multivoques œuvrant des terres ancestrales les terres sacrales.

Les Nations, fertilisées par le sang, fertilisées par cette force de l'unicité bravant l'intemporalité, les écumes et leurs prouesses barbares, levant l'oriflamme d'un pavois sur toutes surfaces exposées, l'épée au service des Peuples ouvragés, règne en leur multiplicité, leur concordance, leurs expressions héritées dans le creuset de l'inné et non de l'acquis, vaste prononciation du rang élevant l'immortalité des symboles au-delà des apparences, dans la subtilité intime de la perception comme de la préhension spirituelle.

Développant et façonnant l'Art divin, par-delà les drames, par-delà les rites, par-delà les opiacées des vagues migratoires déchues, toutes forces sans intérêt dans la caducité des termes, l'Être debout statuant l'infini, sans regard pour les adorateurs en reptation, nains aux coutumes sans renom, esclaves de leur atrophie et de leur désertification, ainsi dans l'onde que le guerrier contemple, imperturbable, solaire en sa réalité défaisant les signes chtoniens et leurs suppôts, barbares en lices, barbares en sites, toujours repartant vers leurs côtes esclavagistes et enrubannées.

Ainsi dans ce signe qui transparaît le mensonge né de l'atrophie que nous vivons, l'éradique et le condamne à sa simple illusion qu'il n'aurait dû quitter, ainsi dans le brouillard équinoxial qui se veut guide, cette luminosité exaltante frappant à la porte des termitières devenues de ces villes en lesquelles nous rêvons, voyant d'un monde l'étincelant rivage, qui n'est ignoré dans l'autorité du Verbe, qui n'est enseigné car induit de l'éternité, matriciel dessein de l'œuvre maîtresse composée, ce jour voilé par l'incohérence, le parasitisme de cette atrophie humaine se voulant statuaire alors qu'elle ne résonne que du silence de la matière, non la matière spirituelle, mais la matière brute, opium de la déité circonscrite, de la dégénérative alliance avec l'idolâtrie.

Cette dépravation isolant toute détermination, reniant la nature même de l'Humain, sordide grouillement dont l'infection empuantie toutes les forces de la Terre, gargouille immonde se réjouissant de sa monstruosité, que d'autres temps virent immolés, naturellement par les Peuples debout et non sacrifiés sur l'autel du déshonneur, de la lâcheté, de la duplicité triviale, aphone, et sans lendemains, tels ces peuples de nos jours rongés par les vers de la suffisance où sont règnes les loches grasses à souhait de la déréliction, peuples soumis, peuples brisés par les artefacts du mensonge comme du mépris, violés en leurs racines, leurs histoires vidées de leurs substances par les araignes festivités de l'indifférencié, du déraciné, du parasitisme, chiendent de la terre polluant toute beauté par les voies de notre Terre.

Ce jour en voie de calcination, à la ressemblance du tableau né d'un artiste peintre atteint de démence, mélangeant toutes les couleurs pour donner naissance à un tapis imperturbablement marron, illimité en sa dérision, son inculte et sauvage marasme, déclin de l'harmonie advenant le pourrissement de toute chose, un monde sombre, le monde de la décadence, de la barbarie revenue, autrefois retenue aux frontières des étincelants rivages, ce jour rongeant le cœur des villes, le cœur des campagnes, s'arrogeant des droits inouïs sur les autochtones, percevant la dîme de la violence, racket de la sueur des ilotes travaillant pour nourrir et soigner cette marée assoiffée de son sang.

Le sang des Peuples, ce sang attaqué par la base comme par le sommet de ces bubons que sont devenus les pouvoirs, pompes ubuesques s'autocongratulant de l'agonie des Peuples, au profit d'esclaves assistés et consentants, drogués et belliqueux, antinomies de l'ardeur, de l'honneur, de la beauté, de la solidarité, de l'harmonie, tous idéaux bafoués par l'horreur, la léthargie, l'apparence, le déshonneur, la vindicte, l'arrogance, le mensonge, la bestialité, la contrition, l'inénarrable culpabilisation, un monde ventriloque d'opiacés télévisuels, un monde vertigineux d'ondes hertziennes, diarrhées de la vertu ombilicale qui se pavanent sur le ruisseau de l'outrage, de l'abondance sismique de la dénature.

Approuvant jusqu'à l'innommable, la pédophilie, le trafic d'organes, l'avortement programmé, l'euthanasie légiférée, cloaque d'une soumission qui ne mérite aucun regard, aucune compassion, et qui disparaîtra, sous le vent salutaire de la renaissance du vivant, comme disparaîtra son déambulatoire où la nécrose est règne, la nécrose de l'esprit, pitoyable avec ces idées trafiquées et stériles, le darwinisme, le freudisme, le einsteinisme, caricatures de la réalité dont l'insolence est sommet de cette nécrose touchant de plein fouet les êtres humains à la dérive, emportés par cette déification de l'inculte, les écouteurs greffés dans les oreilles pour ne plus entendre, ne plus être, ne plus respirer que sous condition, lever les bras sur admonestation, se coucher au son des cymbales du vampirisme social.

Pauvres êtres n'ayant plus rien d'esthétique sinon que la démesure de leur moi, ce tout petit moi qui se laisse infléchir par n'importe quelle idée errante, et dont profitent tous les prédateurs de souches les ponctionnant avec joie en leur laissant une menue monnaie pour qu'ils ne se révoltent, les reconnaissant si bien dans l'indécence qu'on fabrique pour eux, monument de fragilités qui disparaîtra aussi vite qu'il est venu tant il ne pourra résoudre le problème de leur durée dans l'espace qui n'est pas attente, qui n'est pas génuflexion, mais composante.

Ainsi alors que nos terres se souviennent de la grandeur héroïque d'un Peuple gréé par la volition, l'autorité ordonnée, la splendeur comprise, avant ces siècles d'opportunistes, avant ces éclairs du pitoyable qui se couronne, de cet ordre sablier lui-même redevable d'un ordre construit sur le néant, et qui retournera au néant, car ce serait oublier que notre terre a quatre milliards cinq cents millions d'années, pour croire un seul instant à la pérennité de cette barbarie, épiphénomène à l'échelle de l'univers qui à l'image des étoiles filantes se désintégrera en ses propres contingences, absorbée par le sable qui l'emportera, lorsque les consciences éveillées reviendront aux fondements de leurs civilisations multimillénaires pour à nouveau croître le rameau vert de la Vie par toutes faces de cette terre dans l'honneur des empires qui viendront, faisant oublier à jamais la torpeur et l'indolence d'un règne malsain...

## Aube qui se lève

S'en viennent des règnes en semis des orbes multiples qui fardent les temps d'interfaces oublieuses, malmenées par la tempête des rêves qui s'apprivoisent, ondes d'éclairs enrubannés de marges septentrionales, et dans l'écume des sorts qui s'animent par-delà les idoles de ces souffles, se tiennent, visiteurs, des nombres qui s'efforcent, âmes témoins des livres aux pages effeuillées, destinant aux cimes les plus belles manifestations, aux abîmes les maelströms anarchiques qui grouillent comme vermine suffisante sur l'acier et le bitume des jours antiques, et dans ces flots, aux brassages délétères, se circonscrit l'épisode qui changea les lendemains à naître.

Embrun et perle du saphir miroitant ces chemins sériés qui parlent en nos mémoires humaines, un grand vent balayant la surface de la terre, un vent souverain festoyant des abrasions comme des concaténations involutives, dépassant les limites de tout ce que l'humain a vu et verra par-delà les quanta de temps comme d'espace qui bercent les univers, un vent austère, implacable, chevaleresque, immolant les matures perverses, désintégrant les royaumes bigarrés, assainissant l'espace comme le temps conjugués dans un silence fracassant, réveillant la torpeur des vers, réveillant la puissance des Êtres, relevant ce défi titanesque qu'est celui de concevoir l'idéal au-delà du paroxysme des folies en lices.

Caravansérails dénaturant toute forges humaines pour instaurer de naines aspirations aux théurgies conquérantes aspirant dans le vide, telles des ravines disparaissant aux égouts de ténébreuses idolâtries, phasmes des atrophies multipliées, narcisses malades écumant la boue de leur langage dévoyé, pauvres êtres, affligeants dans le consumérisme de leur affliction, de cette croyance délitée du réel se fourvoyant jusqu'à la lie dans un naufrage inouï.

Car le saviez-vous, Ô Êtres de ce temps, votre destin en ces parchemins de la mort était scellé, scellé dans un prisme né de compulsives adorations, d'orientations dithyrambes envers Thanatos, puisatier des songes creux, de ces non-humains qui depuis longtemps disparus, s'enchantaient de croire à une supériorité maladive par rapport à la Vie inextinguible, efforçant tout Être à se consommer jusqu'à la disparition même de son intelligence, de ses racines, de sa vie, anthropophagie grotesque et délirante issue du chiendent intellectuel se prosternant sur ses propres déjections.

Dans l'accroire s'apitoyant sur leur rejet jusqu'à l'extrême violence, celle permettant de faire disparaître tout repère culturel, assignant l'esclavage perpétuel, demeure sans lendemain, demeure oubliée aux stances guerrières, ces stances majestueuses sonnant le réveil Humain des charniers intellectuels, de ces brasiers du sens commun de la Vie, de ces torpeurs lovées dans une irréalité navrante dissipant ses scories dans des alluvions d'un bestiaire effrayant, terrible en ses mensonges, ses aperceptions, ses ruminations infertiles, tout d'une face lovée dans l'inconditionné, l'indifférencié, immaturité avenant l'agonie et ses ersatz.

De la mort triomphante les arcanes, la mort de l'humain par avortement, la mort de l'humain par euthanasie, la mort de l'humain par défaut de soins, la mort de l'humain par économie interposée charriant ses offres et ses demandes comme autant de pourceaux l'abreuvoir et l'auge au détriment de la Vie, la mort toujours irradiant tout acte et toute prononciation, la mort collective par le viol des Peuples, l'outrage fait aux Peuples, l'opacification des Ethnies et des Races, la destruction des Nations, toutes faces d'une même plaie.

Celle de l'ignorance, de la suffisance dans l'ignorance, déité du virtuel, or des ténèbres de ces nains hier combattus, nains culturels, nains scientifiques, nains artistiques, nains politiques, nains religieux au service d'une tribale arborescence de copistes, déracinés de la vie, n'ayant d'autre luxure que la destruction d'autrui, ce jour disparus dans les méandres souterrains dont ils viennent.

Hier, fut-il dit, alors que se lève notre soleil en majesté et que les Peuples renouvelés s'enchantent du spectacle vivant de la Terre, des Univers, dans ce calme magique qui transcende toute émotion pour la restituer à la pure beauté, voyant des âges le secret des stances qui par complémentarité s'épousent et se coordonnent dans le rayonnement gravifique de la Vie dont chaque Être Humain est porteur, lieu et lien de la capacité universelle, ode à la Vie et non à la joie de quelques délits d'humanité.

Voyant chaque Identité respectée, portée en sa Nation de ce Monde où s'autorise enfin dans la légalité des souverainetés initiées en leurs existants biologique, historique, géographique, l'incarnat de l'Empire Humain, magnifié, solidaire, harmonique, où chaque Être Vivant est combattant pour la Vie, seuil d'avant seuil de l'exaltant voyage vers ces immensités à conquérir, là-bas, dans l'Espace, expression naturelle du Vivant, ainsi dans cette aube qui se lève...

## Profondeur

Profondeur de vue des espaces incontournables, liserés de nuages qui s'avancent en des fresques majestueuses, striées d'onctions lumineuses gravées par le feu solaire, immédiateté, rareté, force éblouissante cristallisant le royaume d'un instant d'écheveaux de contrastes figurants, là, témoignant d'oasis vertigineuse, aux oliveraies profondes, traversées par un fleuve d'argent où se baignent des nefs natives, émaux de cristallisations drapées de songes, enchevêtrées de chênes millénaires dont les remparts multicolores défendent des cités d'ocre et de jouvence.

Plus loin, velours de vagues bleutées et neigeuses, rive d'un horizon illuminé de rêveries diaphanes où des visages se tressent donnant vie à des dialogues azuréens, ici, là, plus loin, toujours renouvelés, dans des esquisses qui se répondent, incitant tout un chacun à s'interroger sur le sens de cette multiplicité de dimensions écloses, naviguant des féeries, des courses chamarrées d'estampes épousées, et dans l'assomption de leur zénith mille fois conté, se retrouvant dans l'harmonie d'une nuptialité jamais défaillante, comme une promesse, comme la caresse d'un vent d'été.

Âge du cil portuaire des plus beaux voyages dont les aventures s'éploient et se déploient comme autant de festifs émois, comme autant de festives langueurs, dans l'esquisse d'un sourire qui s'éternise, submergeant toute destinée, embrasant l'espace comme le temps pour offrir au regard humain un dessein de joie, clameur du verbe, mesure inaltérable participant de l'immanence comme de la transcendance, de l'inspiration des sens, de la formalité des règnes.

Densité éclose, reprise en chœur par la nature même du souffle semant où il veut, en eaux profanes comme en terre exondes, par les chants comme par les hymnes afin d'enfanter cette harmonie sublime, cette harmonie qui se contemple dans ces mouvements nuageux intronisant la renaissance de toute viduité, dans un vaste front de quiétude prédestinant les armoiries fidèles à la contemplation, dans un vaste flot délibérant des fresques armoriées les étendards de la beauté, de l'essentielle magnificence dont les accents se répercutent à l'infini pour annoncer la pure liberté.

Celle d'une appartenance, idéalité du règne en ses florales aventures, ses ivres desseins marquant l'enfantement de  la densité majeure, l'exaltant sevrage du vivant en l'aristocrate gravité de la perfection, dans une onde de Vie délibérant ses adventices lagunes, ses fleuves en rameaux, et aux neiges étincelantes appelant toute devise éternelle des talismaniques vertus, aux embrasements dissipés, allant l'embrun fertile des moissons, ainsi, alors qu'en répons des temps l'énergie gravite l'avenir somptueux, ainsi alors que chante dans l'espace, imperceptible, le renouveau du Chant Humain...

## Aux sources de ce monde

De la pure évanescence qui se déploie, aux âmes bien nées des rives en parcours, des jeux les cils de la vertu qui s'innocente, des hymnes les parousies, prêtresses du levant, nous sommes en chœur de cet éblouissement sans fards, libres du vent aux transes du vivant, aux clameurs adulées, aux verbes féeriques, aux danses safranées d'écumes et de songes, et dans le granit des fiers éblouissements, et dans le quartz au mystérieux rayon lumineux, et dans l'opale au saphir inoublié, tout minéral gravitant l'éternelle présence d'un parfum subtil et généreux, monade de l'azur des temps dont les frimas sont des aventures à naître, prospérer, élever dans la nuptialité du chant.

Valeur conquise au firmament des odes, de celles diluviennes qui messagères dérivent les plus vastes fêtes, les plus beaux sourires, dans l'armature des joies, dans l'apprentissage des sens, dans ce domaine où l'amour merveilleux, en plénitude, exonde tous les soleils, initie toutes les étoiles, adule tous les horizons, sans artifices, alors que l'écume blonde dans une gerbe corallienne libère son exquise et florale jouvence, harmonie de pure éternité, clameur de suavités propices, de triomphes précoces, haleine sans mystère s'élevant dans les cieux pour offrir un serment aux constellations dont les pluies divines constellent les fruits vivants.

Nobles vagues délaissant les vestiges pour armorier de leurs flammes épousées les frais rivages de la luminosité, au calme septentrional soufflent d'une ardeur composée, au cri extatique se répercutant à l'infini pour annoncer le don merveilleux, de l'être à l'être, du ciel à la terre, de l'espace aux multitudes éclairées par la nacre de la Vie, apothéose de l'éternité, et nous sommes en ce souffle, voyageur des préciosités, aux mannes déités, aux splendeurs écrues, et nos voix dans l'astre de ce sérail, nos voix nouvelles à voir, s'émerveillent de ces écrins en majesté.

Orbes sous le vent des liserés de l'ouest aux gravures monacales, aux tapisseries de hêtres et de chênes aux splendeurs uniques, orbes dans l'hymne gravissant l'éternelle saison de nos cœurs palpitants, où nous allons, libre dessein des vœux, le rythme de talismaniques épanchements, enivrés par la parure des sapiences arborées, dans ces frissons magiques dont les incantations se perdent dans des cieux profonds, élevant de vastes promontoires, irisant de nobles appartenances, toutes faces nous menant vers ce lieu de fécondité, toutes formes agençant cette course d'un destin sans failles, ramure au piédestal d'une nef aux joyaux reflétant l'immensité précise de notre univers couronné.

Ainsi dans la moisson des cœurs, ainsi dans la fenaison des Âmes, bruissant de mille couleurs, des âges antiques la promesse souveraine d'un respire, dans la thaumaturgie des mondes, expression sibylline des esprits, dans la densité des corps, dans l'unité merveilleuse de la Vie aux multiplicités étincelantes, corolles aux clairs essaims que les oiseaux lyres délibèrent dans de mélodieuses cacophonies où se retrouvent et l'onde, et son mystère, cette face de l'ouvrage embrasé qui nous est répons, invitation, signe sur l'horizon en pâmoison, signe fastueux retrouvé par ces Îles du bonheur que tout un chacun partage dans la somptuosité de l'unité.

Aux racines des élans savoureux, des stances aux éclairs adulés, forces de houle par les surfaces définies, reconnues et toujours splendides, dans la reconnaissance fractale des devenirs déployés, tels des oasis, aux désertiques errances, des floralies aux fresques en passementeries, livres de l'or nuptial qui sème sans sommeil la destinée d'un rythme qui ne se perd, ainsi alors que de l'Ouest s'en viennent les nefs cristallines de la pure beauté pour enchanter les sources de ce monde qui s'épanche...

## Couronnement

Des âmes de la nue nous sont venus d'antiques respires, des vagues profondes affleurant les houles messagères, irisant vers les cieux des mélodies éblouies, tout un faste que répètent inlassablement le vent et ses échos, là, ici, plus loin, dans d'adventices certitudes témoignant, de l'aube les enfantements, là, ici, plus loin comme une fête par le chant, alors que bruissent les faunes renommées, les ivoires déployés, et dans la préciosité des règnes la palpitation des cœurs énamourés.

Il y a là demeures de florale jouvence, inscrites aux orées des temples qui marquent de leurs sens les ramures de l'horizon, contes dans le conte des équipées bruyantes qui s'avancent en leurs clairs sillons, dévoilant l'ancestrale ordonnée de la Vie, hâlant dans ses devises les conjonctions des temps déployés, mannes à propos des chaumes en liserés, des calvaires aux bruyères évaporées, aux signes théurgiques, dont la Christique influence aux marbres alysses, couronne les mystères druidiques d'écharpes de soleil aux constellations assoiffées, libre dessein des heures de ces temps, par-delà les contingences elliptiques d'une adoration déchue.

Ainsi, alors que transcendés les nuages s'éparpillent dans des luminosités précieuses, contrastant de vestales ornements de pierres gravées, les unes en mémoire, les autres en répons, toutes ornementées de la pensée d'un songe, d'un événement, d'une force rayonnant et l'humilité et la foi, ardeurs comprises dont les évanescences fugaces se lient et se délient dans des cultes oubliés, des mages destinées, des rythmes qui sont parturitions de l'humaine présence, alchimie des houles, des vents, des terres et du feu sacral en symbiose.

Syntonie d'une forge élevant le vivant sans arbitraire démesure, dans la pure capacité du verbe qui ne s'isole ni ne se corrompt, devisant l'Être debout et non l'Être soumis, la soumission n'étant le fait que du soumis qu'il soit Roi majeur où mineur, ainsi dans les pérégrinations de ces lieux aux silencieux hospices, visités et inévitablement conjugués, alors que par les cieux volent les Circaètes, porteurs de nombreuses nouvelles, des autres terres bâties sur les eaux, des autres nefs, cathédrales du vivant, des autres feux dont l'enseignement est résonance fluviale.

Ainsi dans la fenaison des rêves, la moisson des songes, écharpes sans sommeil délibérant les odes des souvenirs, de ces pierres précieuses qui nous sont pentes mais surtout devenir, le voile opiacé des théurgies chtoniennes ne pouvant vaincre l'Éternité, au-delà des précipices qui semblent insondables, alors que leur banalité n'exerce aucun attrait pour les cimes du devenir, si tant de correspondances intimes délivrant des fêtes à Midi, là, dans ce bruissement de l'espace conquis qui ne se résumera jamais à l'idolâtrie comme à ses composantes, ces fourberies de l'hymne qui pullulent et gesticulent des venins grossiers, qui ne servent que la lie de troupeaux en rut de leur propre destruction.

Ainsi alors que dans ce moment majestueux s'élève la gloire infinie de la Vie au-delà des déserts stériles, des iniquités dérivées et des croyances futiles nées pour circonvenir la Vie, images enseignées de faux prophètes, d'anges déchus s'imaginant des dieux où Dieu lui-même, pauvre scolastique des fourbes et des hypocrites s'extasiant aux surfaces de la crédulité, de la bêtise légiférée, de l'ignorance adulée, bestiaire d'un temps qui s'effondre sur lui-même, laissant place à une réalité motrice dépassant l'entendement formaté, ainsi tandis que la pluie devise ses anciens serments avant que de rendre à la pureté originelle le sens du sacré, de l'élévation et du couronnement de l'Humain...

## Fluvial émoi

Des Îles en semis, nous y voici, des règnes en passementerie, des rêves éperdus, dont les hymnes en pluies d'Éden raniment les flammes, où l'oasis est fruit d'une aube nouvelle sur les temples, estompant leurs âges pour offrir à la nue sa splendeur, adage de la pluie d'or de hautes vagues aux fraîches haleines, dans la courbure des flots, circonstance amazone des souffles, de la tendresse des sources minérales les flores millénaires d'empreintes azurées, au miel de rives parfumées.

Hâlant de précieux équipages, aux cotonnades épervières les stances délivrées de voiles sous le ciel, enchantant fertiles les écrins de la joie au parcours limpide, infini et suave, d'une roseraie éclose aux amandiers d'un sourire, vague conquérante, flux et reflux des ondes éblouies, lieu et temps de la concaténation du firmament, aux agrès vertueux enseignant de mystiques accomplissements, irisant de solsticiaux abandons, promptitudes d'évanescentes de gloire partagée au songe de la pluie émerveillée, splendeur de l'écume à la navigation solaire déployant ses ailes diaphanes, s'élançant vers les nuages à la rencontre de l'horizon sacré.

Portant ce message de la temporalité, que l'Amour encore et pour toujours embelli la terre merveilleuse, clameur souveraine des âmes de ces temps qui passent, s'initient, mûrissent, se flétrissent, se renouvellent, dans l'exacte densité que la Vie éclos, aux marges septentrionales des pâmoisons, des sérails invitant l'Humain à sa réalisation souveraine, dans l'Amour par l'Amour porté, danse sans naufrage aux alluvions du chant, dans l'architectonie des fleuves en parcours, rencontre des villes en royaume, aux portuaires désinences, et aux fauves allégories saturnales d'épopées épiques.

Des bruyères romarins aux sentes des dahlias, aux roses épithéliales sacrant les vivants, épures du granit des sèves amantes aux rites de grenats dont les orées répondent l'écho suave et solidaire, dans un havre d'émotions profondes dessinant aux lacs entrelacés les rêveries du vent, les énamoures des nuageuses perceptions parfumées de fêtes et de règnes, talismaniques devises des coryphées parlant de demeures, enseignées, aux abris tressés par les chênes millénaires, sorts de la joie.

Cette joie nouvelle explosant des gerbes de soleil, embrasant le firmament, constellant l'univers de sa présence inoubliée, cœur en corps de la vie, aux fragilités exquises, drapées de l'élégance naturelle, ceint de ce saphir lumineux des lendemains à naître, prospérer, développer, dont l'hymne ne se conte dans l'orgueil mais dans la parousie des vagues pour offrir au vivant son pouvoir de catharsis, dans un fluvial émoi de respire souverain...

## Force souveraine

Imaginal en force souveraine, là, ici, plus loin, des ramures l'exaltation, loin des opiacées et de leurs langueurs d'oasis, dans l'apprêt du temps, l'appariement de l'espace, éclair de la tonalité des vagues, instance sacrale qui ne s'émeut mais bien au contraire, épithélial, couronne les frondaisons du chant vivant, clameur, certitude, délivrance, aux feux antiques tressées d'armoiries sublimes, celles de nos racines, celles de nos essors, celles de la fécondité de nos terres, illuminées par le sang versé de nos ancestrales conditions d'honneur, de gloire, de cette beauté dynamique qui forge un Peuple.

Là, ici, toujours renouvelée, dessinant aux eaux claires les vertus de tous les principes de l'autorité du verbe, splendeur éployée aux mystères conquis des régénérations accomplies, illustres et prestigieuses, mantisses de nos frontières naturelles qui ne peuvent être dissipées, qui ne peuvent être dénaturées, sinon par la lie et ses demeures, cette lie qui couvre la terre en s'enrichissant par la mort d'autrui, chiendent de nos sols disparaissant devant les vents porteurs de vastes nouvelles.

Ces nouvelles que le cœur palpite, arborescent des houles bienheureuses lavant l'affront, l'injure comme le parjure, alors que les oiseaux lyres épanouissent des chants neufs, propices, ouverts sur les symboles dévoilés de la pure viduité, chœur en majesté des signes guerriers étoffés, des stances mages irisées, des rives sages illuminées, par la florale ascension du règne qui ne meurt, toujours renaît dans la préciosité du don, toujours s'affine dans l'idéal qui franchi tout horizon, devise la moisson, la fenaison par les cycles des saisons effeuillant l'éternité.

Enchantement, du ciel comme de la terre, de l'eau comme du vent, d'une concaténation olympienne, ferment de la survie des temps comme des espaces, réponse honorifique que rien ne peut contrarier, que rien ne peut désintégrer car dans la conscience du Vivant, survie de la Vie en ses floralies, ses densités, ses émotions, ses intelligences magnifiées, si loin des servitudes, si loin des chaînes que l'on fait ruisseler du sang des esclaves, si loin de l'abîme des corpuscules se régalant de la dénaturation, abondant les agapes sans noms de la destruction et de ses oripeaux, calvaires infestés de vermines grouillant le vertige d'immondices, turpitude d'exaltations se prenant pour des dominations alors qu'elles ne sont que des prurits que la Vie annihile.

Toute barbarie étant consumée par le feu de sa délivrance rugissante, telle la vaste tempête nettoyant les villes de leurs scories, les campagnes du chiendent, les terres de leurs parasites, ainsi à l'aube du séjour glorieux qui ne s'infeste, à l'aube majestueuse voyant renaître l'Humain de ces cendres, toujours renouvelé non seulement pour l'espérance mais pour la désinence de la Voie en ses portiques signifiants, portiques sans outrages, portiques sans infamie, portiques de la tripartition qui transcende toute demeure, toute force, toute forge de la Vie.

Là, ici, plus loin, non dans l'abstraction mais bien dans la réalité, cette réalité éternelle délaissant les franges des temps inverses, ces grains de poussières aux dissonances que l'Ordre en sa mesure remet à leur place précaire, cette place glauque, cette place torve, cette place de forfaitures, asséchées par la lumière en ses incarnats, cette Lumière qui jamais ne cesse de combattre, fut-elle dans l'ombre de la noirceur aux instigations ténébreuses dont les houles sont parjures de la Vie, fut-elle dans la nuit profonde où la veulerie, l'hypocrisie et le mensonge s'en donnent à cœur joie pour corrompre la beauté, la sagesse, l'humilité et la grandeur.

Car ici le lieu comme le temps n'ont pas d'importance, car ici l'Éternité veille sur l'accomplissement et se moque bien des léthargies comme des miasmes qui corrompent, ces prismes défigurés allant à leurs fins dernières devant la volition dressée, inflexible, inimitable, la volition de la Vie à surgir de ce néant cherchant à l'emprisonner dans une contraction dimensionnelle sans lendemain, une contraction qui disparaîtra comme elle est venue par une autodestruction globale de ses féaux, qu'il conviendra de laisser se dissoudre sans même lever le petit doigt pour en sauver les ridicules porteurs de néant, la Vie prenant revanche sur leur condition, la Vie forte et belle, la Vie sereine et composée, la Vie en majesté que rien ni personne ne peut détruire, car des floralies les passementeries de la génération comme de la régénération de l'Œuvre fécondant tout Univers.

Ainsi alors que le Chant semblant se taire devient une vague de fond arborant un prestigieux essor afin de destituer tout ce qui n'est plus que virtualité, tarissement, atrophie, impertinence et arrogance, ainsi alors qu'en chaque Être Vivant, l'étincelle, noyée hier par le mensonge, s'élève vers les cieux, pour circonvenir la désintégration de tout ce qui est Vie, par un accomplissement vivant, délivré de la génuflexion, de la servitude, de la culpabilisation, afin de conquérir les Univers et leurs flots de magnificence...

## Enchantement

Couleur d'épice, des sites abreuvés par la plénitude des serments, nous allions ce havre de paix et de beauté, éclair du vent aux messagères promesses, et nos cœurs palpitaient l'horizon, ces vastes étendues liquides, magistrales devises des ondes en lesquelles enlacés nous vivions d'harmonieuses splendeurs, des fêtes épousées, des règnes opalins, toutes vertus des nombres qui dans le parfum grenat des roseraies enfantent la joie de vivre, signes de présage d'altières définitions aux orées parsemées de multiples épanchements irisant la beauté diaphane des liens qui ne s'estompent, toujours se révèlent dans l'émoi des mondes et l'embrasement des sens.

Sans servitude, sans apparaître, car élection des passementeries du firmament éclos, danse au front des vagues, danse au soleil levant, danse dans l'apprivoisement des sources et l'exonde passion des stances, de celles qui révèlent, de celles exquises qui fécondent, dans l'appariement de rêves et des songes, dans l'ordonnance grandiose des temples à midi, sérail des ivoires bercés de sèves adamantes, libre dessein des algues en parcours aux souffles déployées qu'enchantent les oiseaux lyres aux semis des chênes millénaires, les circaètes majestueux aux falaises de granit et l'aigle souverain aux marches septentrionales.

Là dans ce cœur d'une oasis soudaine, dans la désinence d'un regard, d'un sourire, d'une ineffable houle amazone dont les ruissellements sont promptitudes des essors initiés, ainsi, et l'ambre en règne de ces échos libérait ce charme myosotis, cette adulation précieuse irradiant la perception d'un désir de perfection, d'équilibre, seyant à l'aristocrate détermination, dans une profusion, une commune mesure de déploiement, au préau de la lagune ivoirine dont nous visitions l'enchantement marin, par rimes et strophes, tumultueuses et solidaires, somptueuses et magnifiées, aux coloris magiques délivrant nos stances et nos hymnes aux gravures constellés de soleil et d'embruns.

Là, ici, plus loin, dans le ressac du temps qui passe, irisant des nectars opalins, des grenats éblouis, des laves moirées de quartz et d'argile, fonds d'histoires illuminés de merveilleuses farandoles culminant des clameurs, des souffles, des incantations, libérant des regards de feu, des embrasements sacrés et, dans la correspondance de leurs ultimes degrés, l'accomplissement de toute origine comme de tout devenir, horizon spontané aux écumes lourdes de promesses, latitudes de vagues grisées d'émotion s'élançant aux sentes pour fertiliser l'éternité.

Ainsi, insigne de toute régénération, le parcours de nos voix et de nos chants, dans la fierté des signes reconnus, dans la nuptialité conjuguée des œuvres, allions-nous ce sérail, paradis qui ne s'est perdu que pour celles et ceux qui ont oublié de regarder cette réalité fantastique exposant devant nos sens les liens inextinguibles de notre abondance, qu'il nous suffit de rejoindre pour initier par le passé, le présent, l'avenir, pour développer ce devenir qui nous est commun dessein, par la reconnaissance, par la conquête puis la maîtrise de toutes forces comme de toutes manifestations de l'harmonie à l'enchantement témoigné...

## Écumes et songes

Des signes enfantés aux prouesses des règnes adventices, d'écumes et de songes, d'amours et d'ambroisies les cristallins écrins qui de douves en douves, de stances en stances émeuvent des parfums sereins, des âmes bien nées à profusion aux promontoires des cils, au front nuptial des éclairs qui vagues après vagues ourlent un frais repos, et dans la monade de ce monde, irisent un serment majestueux.

Celui de la Vie en ses arcanes, ses tumultes, ses lois vibrant la perfection des hymnes, la splendeur des chants, la douceur d'une harmonie féconde délibérant les cœurs, leurs pulsations, leur vitale sérénité, alors qu'en fresques se témoignent les vastes courants des histoires épousées, les transes de l'horizon, et dans les floralies des algues l'énamoure puissant de la concorde, aux voix splendides mêlées et entremêlées pour prononcer l'éveil.

Cette pure mélodie reprise en chœur par les oiseaux-lyres, les circaètes de la mer et les aigles souverains dont les parcours sont adamantes destinées, libre dessein des flots aux armatures fidèles, des gréements de l'ouest aux rives inexpugnables et aux enchantements d'azurs bercés de houle, hautes ramures de paroles attentives au berceau des lacs mordorés d'ivoire et de schistes, de goémons et d'algues brunes.

En ces eaux de l'océan parlant en nos mémoires, en ces diapasons naviguant d'essences rares les floraisons du monde aux passementeries de charnelles éloquences, de l'esprit les vives arborescences des contes immémoriaux des âmes éveillées, du fruit vivant où l'horizon de l'unité divine flamboie, heure dans l'heure anime en l'incarnat des roseraies et des grenats des fleuves d'éternité pour en reconnaître la beauté...

## Il n'y a

Il n'y a dans cette recherche que les mantisses d'une reconnaissance des gravitations qui fondent l'humain en ses moissons, toutes formes qui existent dans la densité proclamant sa volition de jeux, d'extase, au-delà des subordinations aux contingences administrées, avec ce seul écrin qui se nomme le don, don d'une joie, don d'un sourire, don d'une fertilité, pour le plaisir partagé de naître et renaître à l'écume des vagues, à la promesse des houles, à la préciosité des pluies, à la beauté solaire, loin des bestiaires inanimés et tragiques, mécaniques, vides de sens comme de substance, mondes artificiels qui ne sont que dissolution.

Mondes sans écheveaux dont les marges ne sont que déplaisir, faibles luminosités devant l'extatique appartenance, cette magie des sens coordonnant, effeuillant une transe éternellement renouvelée, transcendant la configuration du monde dans la rectitude qui sied à la profondeur de ces écrins, motifs de mille et mille parchemins aux senteurs épousées, aux grenats déployés, aux conques offertoires, aux sentes saillies, par le serment des lianes devisées, essor et plénitude que le regard déploie, ce regard de l'autre comme un miroir de l'action développant dans de mystérieuses constellations le panache souverain d'un plaisir décuplé.

Celui qui fortifie, oriente, incline, dans une vertu novatrice épanouit comme un signe sur la pierre polie, dans de souples mouvements dessinant dans l'univers des firmaments éblouis, consciences de la pure beauté des temps animés, jamais isolés, toujours féconds par l'immensité et ses souffles impériaux s'élançant tels des Aigles de mer, vers ces rivages magnifiés contant l'adulation, le bonheur, la gaîté, sans méprise, sans distance, sans ces artifices composites, superfétatoires devant la genèse précieuse de l'apothéose du firmament, grâce commune au nectar parfumé, grâce divine au fleuve ardent naviguant des joies nouvelles, des saisons glorieuses, des enfantements magnifiés, fêtes de la Vie en l'Harmonie vitale transcendant tout univers accompli...

Fresques

Iris aux marches du palais, s'en viennent d'écumes les passementeries d'hiver en leurs feux éclos, et la sagesse ici épouse leurs rives nouvelles à voir, des chemins d'ouest les parures, des chemins en transes qui s'initient, s'extasient, s'enveloppent de fumerolles aux moiteurs adulées, ainsi où l'aube devient, marche gravissant les abîmes pour nourrir les cimes, marches fières et couronnées du santal, de ces fêtes à midi, dont les sérails parlent dans la luminosité des cieux, nacres des rubis dont les arbres millénaires s'enchantent, alors qu'en ribambelles les chants des enfants s'entonnent.

Apaisant le souffle des temps qui passent, volutes incarnées des ivoires sereins aux clameurs frondant les espaces, annonçant des azurs impériaux comme d'humbles perfections aux moissons éveillées, creusets des cœurs palpitant l'horizon, voyant des mondes en essaims les livrées de la vie qu'éploie, muse de leurs règnes, une citadelle d'onyx où le rêve s'incarne, instrument d'une navigation solaire embrasant de mille parfums les mille courses du vivant dans ses diaphanes éloquences, minérales, florales, animales, substrats, tandis que l'aigle dans le satin des roses aux pierreries divines scrute le sage gravitant la perception des mondes.

L'infini, cet infini revêtu du microcosme comme du macrocosme irisant en ses énergies affines la splendeur des myriades d'univers ennoblis, dont l'architectonie sans failles livre ses secrets à la pure densité du zénith, là, dans cet effluve des miroirs opalins dont les grâces déploient des ailes de cristal, invitant tout un chacun aux voyages multipliés, à ces danses de l'Âme fulgurant la beauté des rives de parfums de claires équipées de nefs gréées voguant vers ces Îles bienheureuses dont les volutes apprivoisées sont éclair insoumis, de ceux dont l'élégance flamboie toute demeure, de ceux dont la beauté sans partage exulte un renouveau, de ceux dont l'humilité couronne la métanoïa des stances du vivant, et d'autres en parcours aux nébuleuses antiques de retour.

Loin des fresques ridées, s'opacifiant et se fondant dans l'incertitude, la rectitude, la prestigieuse éloquence de soudaines allégories parant de lumière toute festive aventure, narguant les ramures effeuillées et flétries, tel le buis sauvage hâlant de ses nectars les promesses de nouvelles conquêtes, de nouvelles découvertes, de voie en voie florale exondée, délivrant les vastes cycles de la pérennité d'ardeurs précieuses ouvrant sur des sources inconnues dont la maîtrise permet de reconnaître ces ultimes rivages, de la densité, représentée par ces Îles sans naufrage, Îles en fêtes du levant au couchant, Îles en seuil de l'éternité ouvrant leurs contemplatives désinences aux portiques secrets de la nuptialité vivante.

Ouvre de l'œuvre qui ne s'estompe, mais bien au contraire s'amplifie jusqu'à la perfection, jusqu'à la perception intime et sans oubli voguant, impériale, la mesure de toutes formes, de toutes forces, de toutes joies limpides, inépuisables, ancrées dans la préhension des solsticiales déterminations, de celles affleurant les chemins, appontant les fleuves ardents, composant ces symphonies perçues que nulle autre que la sagesse ne peut entendre, loin des mensonges itinérants recherchant dans la duplicité leurs racines perdues.

Une sagesse libérée des volatiles imperfections masquant sa lumière vivace, plénitude de l'œuvre sanctifiée, allant de rives en rive l'éternité du destin frappant à la porte du passant, afin de l'accueillir, le déployer, et dans la pureté du verbe le transcender, ainsi aux odes enseignées, fresques des ivoires opalins, des antiennes naviguées, des pluies d'Éden composées, ainsi dans la parturition des âges, alors que l'aigle majestueux veille l'éveil inexorablement...

## Lyre de l'horizon

Lyre de l'horizon aux mânes caducées, où les nefs se prononcent, clarté des temps qui adviennent, du souffle sans mystère des vagues fulgurant ces galaxies étonnées, majestueuses, frontispices des algues sous la nue délibérant des fêtes natives, tandis qu'embruns les souffles éperdus s'en viennent aux mille chemins, passants d'ivoire comme d'histoires, aux lagunaires cristaux veilleurs, aux soleils insondables de merveilles, là, dans l'exacte ascension du songe, ici, dans l'ambroisie limpide des ramures enivrées, dans ce faste sans oubli, intrépide et souverain surgissant des cathédrales aux fronts déserts, des épopées sublimes et des courses sauvages par le défi des stellaires adorations.

Alors que les lunes de Vega arborent leurs sillons, dans une féerie d'alcôve, dans ce souverain plaisir illuminant le regard des Êtres de ce temps, hâlant la puissance des chants par-delà les frontières des hymnes, délivrant un message vivant par toutes les terres maturées, œuvre de vaste haleine guidant le génie comme la folie dans d'ordinaires convoitises, dans ces lieux sans parfums, ces réductions temporelles, ces abysses d'espaces incontrôlables, où les univers multipliés se délient, s'approprient, se concatènent avant que d'exploser dans des myriades de firmaments que l'instinct compose, survit et dévoile aux profondeurs des sources cristallines résonnant de leurs faits d'armes.

Témoins des astres comme des désastres des armadas d'écumes furieuses, des passementeries de nefs gravifiques testant ces premiers pas des hyperboles d'Orion, ces festives demeures gravitationnelles épanchant le miraculeux voyage ignorant l'espace comme le temps, pour ne reconnaître que les quadripartitions enfantées, ces points familiers désormais aux voyageurs immobiles, desservant par leurs portes ouvragées les clameurs de mondes initiés, déroulant au miroir des ondes leurs cargaisons de sortilèges, leurs métaux précieux, leurs denrées fauves, et dans la novation des flux et reflux des confins révélés par leurs armatures de splendeur, incarnat de routes aux moissons nouvelles dont les matrices coordonnent chaque vaisseau de ce jour, oubliant, en mesure du solstice, les balbutiements équinoxiaux, délaissés par les regards de vaillance des équipages conquérants.

Arbitres de luminosités nouvelles à voir, correspondre et essaimer, conquérants au renom de gloire, de lieux les vêtures et les exaltants sevrages, domptant des faunes acclimatés, délibérant des flores insulaires, des Êtres en semis l'atour de l'Empire en leur réalité comme leur définition, que la bienveillance ordonne, dans l'accomplissement, où que le ciel oubli aux armes qui se froissent, le devoir de chacun restituant l'équilibre nécessaire à l'épanouissement vivant, volition des œuvres sans sursis aux ébauches galaxiales, dans ces firmaments fabuleux scandant la concaténation des mondes, inscrite aux rescrits antiques parlant nos parchemins, là, ici, plus loin, aux dianes éloquences qu'Isis en fruit d'or opale de ses gréements, ses festives langueurs et ses draperies azurées.

Là, ici, plus loin dans les affables sursis de Mars, les constellations de la Vierge et les silences d'Onyx de Beltegeuse, notre règne, notre Chant issu de notre Terre qui fut, au temps du temps exalté, voyant les promesses de l'aube promouvoir ces lendemains prospérant le regard Humain, à une prouesse, à un serment, le devenir d'un avenir glorieux, tisserand de la galaxie génésiaque hissant de l'abîme vers les cimes les flamboyances de cette force vivante qui nous est commune mesure, dépassement du frisson des âges, mesure de l'instant, où l'ambre est calice, fer et feu, air et flamme.

Raison des rives en parfums, des condominiums se pressant aux arcanes des pouvoirs, demandeurs et quémandeurs d'eaux vives à midi, marchands enseignes flottant par les univers des exploits de règne, mantisses de nos éclairs fulgurant la densité, l'intensité, la mesure circonscrite de l'harmonie ouvragée, sans outrage, symbiotique, élevée, idéalisée, magnifiée afin de rencontrer l'Éternité, Voie sereine des éblouissements fortifiant cette aventure fantastique, celle de l'Humain en ses multiplicités, conquérant toujours, voyant se dresser l'immensité fortifiant sa destinée, ainsi alors que nos navires dépassent les flots d'Andromède pour advenir les écumes astrales, repoussant les frontières de l'Empire éclos de nos âmes épousées...

## D'hivernale grandeur

D'hivernale grandeur les neiges s'en viennent consteller les terres ancestrales, ramures scintillantes d'étoiles blondes et mûres, armures flamboyantes des ivoires armoriés aux splendeurs solsticiales, en aval des champs parfumés de blés et d'orge, de seigle et de colza, sillons ouverts à la pérennité vivante, dont la brume dense conte le secret éveil, alluvion des âmes, des esprits et des corps qui nous sont demeures, dans le parfum suave des feux pétillants, ici, là, aux orées millénaires afin de réchauffer les cœurs puisatiers, dont la danse crépite des bois morts aux fumerolles contant des règnes d'épervières abondances, semis de labour germé, dont la présence diurne et nocturne s'éploie et se déploie pour nourrir un cycle effeuillé dont parle l'aube arborée.

Tandis qu'en frises souveraines s'ébrouent sous le vent d'ouest les sapins altiers, éperdant leurs sèves aux écrins dans de fières arborescences allant et venant des parchemins de rêves aux émaux des cils ouvragés des faunes à midi, sous l'opale d'un ciel de feu où le firmament enseigne, bruissant des éclairs, l'onde magistère que le sage chevauche, imperturbable au froid, à la chaleur, car élément harmonique de l'architectonie transcendant chaque état vivant, chaque étape de ses azurs, de ses plaines, de ses abîmes mais aussi de ses cimes, de ses grâces majestueuses fondant la temporalité et en dépassant les virtualités afin d'en gréer les formalités.

Hautes vagues marchant de rives en rives, aux fanions tressés de joie et de lumière, pour enfanter l'éternité, ses rêves, ses pétales et sépales initiant les mondes à une vive détermination, un chant d'azur coordonné bruissant de houle, un chant d'allégresse unifiant les règnes, un chant d'harmonie apaisant les flux, un chant souverain ordonnant toute symbiose, dans ces notes de couleurs vibrant à l'unisson, ces notes mélodieuses qui parfond les mondes d'une symphonie lumineuse et diaphane, embrasant les cils d'une eau pure et magnifiée, témoignant de toute viduité dans la raison de la permanence, dans la vision de l'impermanence, dans cette caractéristique fondant les Univers ne se substituant à l'aventure car l'aventure enfantée, une aventure magnifiée dont l'épopée fulgure et la bravoure et la grâce, et l'onde et ses flux, dans une joie culminant les déités assoiffés, les règnes éparpillés, les transes profanes et les illuminations profondes.

Toutes voies d'un secret dessein où la volition s'épanche par chaque lieu, par chaque essor, dans la pluviosité des sorts, des enfantements, des balbutiements, des contraintes, des rêves comme des songes subliminaux, pour chercher les promesses de l'horizon, ces nectars du soleil inondant l'immensité, révélant la plénitude de toute vie, là, ici et beaucoup plus loin dans les suaves galaxies dont les saphirs enchantent les lendemains à naître, où l'oiseau, lentement, d'un vol incarné précipite son vol dans une luminosité dont l'essence affirme l'autorité souveraine de la Vie, en ce lieu, en ce temps, parmi les lieux, parmi les temps, renouvelés, majestueux et clairs dans la randonnée des cils éveillés.

Dans ce regard princier imprégné de toute viduité annonçant la fertilité, le renouveau des chants comme des hymnes, le renouveau victorieux dont l'écrin surgit l'émotion des mondes afin d'en transcender la vitale perfection, insigne de l'avenir en gestation bruissant son incarnat, déjà aux frimas se glissant de branches en branches vers les exhalaisons des sols aux fumerolles légères s'évaporant vers le ciel du devenir, pour préparer l'ardeur du Printemps, la joie de l'Été, les caresses de l'automne, et encore, souverain, ce signe hivernal préparant de plus vastes demeures, de plus belles féeries, des isthmes portuaires le frisson des vagues se hâtant vers les promesses de l'harmonie, hymne en corps du cœur palpitant l'Éternité...

## Amoureux Printemps

Desseins des pluies aux rives septentrionales, s'en vont leurs rimes aux floraisons nouvelles des vallons et collines, ouvragés par le pépiement des oiseaux lyres enchantant leurs paysages, aux nombres éclos de cotonnades nouvelles à voir aux passants de leurs rives révélées, plages d'or enrubannées de fertiles goémons, mers antiques aux océans olympiens délivrant des vagues blondes les houles messagères, désignant le printemps résonnant la bruyère aux chênes millénaires, par les coursives des villages aux chaumes dorés, où les voix cristallines des enfants saluent le zénith solaire, demeure des cils ouverts sur la densité du monde vivant, dont la magnificence s'adresse au cœur Humain, délivre la moisson des heures, l'origine des temps, la vibration de l'espace, la merveilleuse sensation de vivre, éclair dans les yeux adolescents enivrés de leurs chants, dans la nuptiale désinence des œuvres composées.

Là, ici, plus loin, éternel renouveau de l'Amour et de ses clartés d'ivoire, de ses fêtes et de ses rires, de ses sourires et de ses passions que rien ne peut remplacer dans ce creuset de la Vie où s'initie le devenir, flux et reflux, avançant inexpugnables vers les essaims lumineux constellant les nuits comme les jours, voyant des nefs ciselées s'élancer vers leur plénitude, nouveau monde éployé de l'Humain en majesté, conquérant des immensités, levant l'oriflamme de la pérennité par toutes terres révélées, annonçant un éternel printemps par les arborescences délivrées, aux festives constellations de soleils multipliés devisant l'essor de notre humanité, assignant les temps en leur multiplicité, développant ces temps dans ces portes safranées advenant des énergies les possibilités infinies de voyages adulés.

Ainsi dans la source et par la course, alors, que les floralies s'éveillent, pollen des signes dont les univers attendent la préciosité d'un verbe, une seconde seulement au préau de l'éternité alors que les aigles, aux miroirs de nos cimes, ramifient un hymne épithélial pour nous porter de l'azur mordoré la nef épousée, celle de l'universalité, haute vague au firmament enseigné, demeure de toute pérennité, vaste parchemin inscrit en la Voie irisant de ses écrins les densités exquises de la nature renouvelée, ce Printemps en nos flores, ce printemps en nos faunes, ce printemps en nos vies, ce printemps dont nous suivons la route, drapé du verbe et ses semis, pour la fenaison d'un arc-en-ciel en toute sphère de sa beauté harmonieuse attendant la floraison de ses principes comme de ses gloires.

## Dans le cil sans oubli

Dans le cil sans oubli, la vague, profonde et inouïe, alimente le chant de motrices perceptions dont les sens, éblouissent des mondes de sapiences aux étreintes des rires et des flamboyances mystiques, couronnés par un verbe déployé, mantisse claire des âmes de la nue, de l'exonde aventure dont les fumerolles sauvages s'ourlent d'un enchantement pérenne devisé, essence aux fragrances émerveillées délibérant un répons par toutes faces virginales des temples azuréens, tandis qu'en semis se révèlent les alluvions des temps en leur temporalité échue, des chœurs aux hymnes puissants dressant leurs voliges par les sources effrénées de rythmes qui se parfondent, s'unissent, s'initient, et là, dans l'hommage qui sied, développent leur ascendance dans la méticulosité des termes, de ces havres où se baignent des horizons neufs et altiers, dont les préaux printaniers viennent en écharpes de soleil étreindre les feux antiques pour consumer les vanités des mondes oublieux.

Oublieux de vivre aux mélopées profondes, oublieux de naître aux gravifiques métabolismes des réalités souveraines étincelant de leurs essences les divinités souveraines, aux vagues en écho se répercutant sur les berges de l'avenir, leurs plages mordorées, leurs élans gracieux, leurs sèves immaculées, anses de pluviosités granitiques élevant aux cieux des temples sensibles, diurnes et nocturnes des fleuves en parcours dérivant aux môles les agapes vertigineuses des nefs de l'ivoire, là, ici, plus loin, en semis des aubes passantes ne se lamentant, en joie des rives contant leurs ruses aux frontalières dissipations du vide, là où s'aspire le néant, en rives aussi, aux écumes ployant les sillons, là-bas, dans ce mystère des Îles olympiennes où se tiennent de vastes essors charnels.

En majesté, souvent, devant l'avance sacrée des flux et reflux des temps en rencontre, s'associant, se dissolvant, se liant et se déliant, suivant l'humeur des houles, la sapience des orfèvres en pouvoir, la sagesse congratulée des mages dont la parturition des ondes enseigne les voies navigables, ces voies majestueuses résolvant les mystères des âmes, la grandeur des êtres, la salvatrice désignation des univers, ceux de rives de lumière et d'autres de ténèbres, ceux ruisselant l'éloquence et d'autres de silencieuse portée, aux nombres sans dissonance, par l'acclimatation des œuvres ne s'épuisant, bien au contraire dans un azur merveilleux s'ébattant et annonçant leurs vœux, ces vœux de l'âme azuréenne, allant les circonvolutions de la Voie et ses mystères, ces vœux de l'esprit, déployé universel par la compréhension des règnes, ces vœux du corps, dans la félicité des ondes fécondant l'éternité, ces vœux de l'Unité, d'un vol exemplaire surgissant au-dessus des eaux pour initier toute harmonie, dans une architectonie sans failles abreuvant les temps comme les espaces d'une incommensurable victoire.

Celle de la Vie, en la Vie et par la Vie tressant ses arcs-en-ciel de couleurs, de féeries et de bonheur afin d'illuminer ce chant qui est celui de notre destinée commune, où l'Amour conjugue, où l'Amour éploie, comme l'oiseau-lyre aux harpes mélodieuses, couronnant les cils ouverts de l'Absolu, veilleur inexorable de son propre devenir, nôtre par l'essentielle compréhension et préhension de l'horizon de la plénitude le signifiant et l'embrasant, ainsi à l'aube talismanique où s'enfantent le règne et ses préaux dans d'humbles certitudes chevauchant l'inoubliable randonnée humaine sur cette surface initiée dont le sage contemple et expose, tant sa beauté est poésie, l'enchantement de l'expression harmonique dont l'écho nous est splendeur...

TABLE

# NOUVELLES
# DE
# L'HORIZON

Royan
2019
Vincent Thierry

*Œuvres de Vincent Thierry*
*Catalogue*

*GÉNÉSIAQUE*
Le journal d'un Aventurier

*PRAIRIAL*
Le Chant du Poète
De Jeunesse
Les Continents oubliés
Vents du présent

*ÉCRITS DU VENT*
Écrins
De Marche Humaine
L'Indivisible
Military Story and new world

*HÉROÏQUES*
Mutation Terrestre
Lettres à l'Amour
Les Cantiques
D'Olympe le Chant d'Or

*NATURAE*
Fresques d'Amour
Le Verger d'Amour
L'Interdit
Mélodie d'Amour

*FENAISONS*
Améthystes
Océaniques
À la recherche de l'Absolu
Voyages

*HORIZONS*
Ivoire
D'Histoires nouvelles
D'Orbes
Stances

*SOLSTICE*
Idées
Âme Française
Expressions
Solstice

D'UNIVERS
D'Iris
Démiurgique
D'Azur
Flamboyant

REGARDS
D'un Ode Vif
D'une Gerbe de Soleil
Du Songe
Du Savoir sans Oubli
Que l'Onde en son Respire
Que l'Or Solaire
Qu'azur le Cristal
Du Souffle Vivant
De l'Harmonie

ISTAÏL
Cygne Étincelant
Âme de plus pure Joie
D'un Âge d'Or Renouveau
Par le Ciel Symbolique
De l'Être Universel
Règne d'Or Liquide
De toute Luminosité

*TEMPOREL*
Les Sortilèges de l'Enfance

ALPHA
De l'Azur Souverain
Ivoire de l'Éden
L'Orbe Cristallin
De l'Aigle Impérial

*OMÉGA*
Dans la Demeure des Dieux
Le Chant du Cygne
D'Oriflamme Souverain
Le Chœur Magnifié

*FRESQUES*
D'or et de Pourpre
Dans la Luminosité du Verbe
L'Azur du Cristal
Qu'Enamoure l'Éternité

*COSMOS*
Cosmographies
Delta du Cygne
La Légende de l'Espace
Infinitude

*ÉTOILES*
Thélème ou l'ambre de Vie
Véga 3000
Architectura
Naturae

*ARRIOR*
Sous le Vent de poussière
Des Catacombes
Debout au milieu des ruines
L'Aigle Impérial regarde

*RESCRITS*
Aux Protocoles
À Thanatos
Aux Droits
À l'Histoire

*CONSCIENCE*
Contemplations
Orientations
Actions
Le Diamant Foudre

*CRISTALLOÏDES*
Essors
Cristal
Empire
In memoriam

*DOCUMENTS*
Subversion I
Subversion II
Subversion III
Subversion IV

*EXPOSITION*
Prélude
Exposition I
Exposition II
Exposition III
Exposition IV
Exposition V

*MULTIMÉDIA*

*UNIVERS*
*(Shows artistiques informatiques – CD/DVD)*

1992-2018 : Univers I à XXXIII
2007 : Univers Film
IDDN.FR.010.0109063.000.R.P.2007.035.40100

*ÎLES*
*(Films CD-DVD)*
Est Ouest
Atlantis
Fragments
Rêve Corse

*MUSIQUE*
*(CD-DVD)*
Émotion
Mystica

*COMPILATION*

*ŒUVRES 2008*
*(CD)*
Œuvres Poétiques
Œuvres Romanesques, Nouvelles
Œuvres Élégiaque, Chants
Œuvres Théâtrale
Œuvres de Science-fiction
Œuvres Philosophiques, pamphlets
Œuvres Métapolitique
Œuvres Complètes

*PROFESSIONNEL*
*(Base de données DVD)*
Assurance Dommages

## SITE INTERNET

http://harmonia-universum.com

*Éditeur Patinet Thierri*
*http://harmonia-universum.com*

*Impression*
*http://www.lulu.com*

www.ingramcontent.com/pod-product-compliance
Lightning Source LLC
Chambersburg PA
CBHW071142100726
47908CB00002B/220